Bon anniversaire ma f

Que ce livre t'apporte

détente en te permettant de a_____

la vie de personnes — bien différentes de

nous — sympathiques et authentiques.

Miche

29 Janvier 2010

Ils rêvaient des dimanches

Christian Signol

Ils rêvaient des dimanches

ROMAN

Albin Michel

IL A ÉTÉ TIRÉ DE CET OUVRAGE

Vingt exemplaires
sur vélin bouffant des papeteries Salzer
dont dix exemplaires numérotés de 1 *à* 10
et dix exemplaires, hors commerce, numérotés de I *à* X

À tous leurs descendants.

« La conduite des hommes de mon
enfance avait l'apparence d'un sourire
du ciel adressé à la charité terrestre. »

RENÉ CHAR, *Le poème pulvérisé.*

Introduction

Un soir, sur un chemin familier qui m'est cher, en mettant mes pas dans les pas de ceux qui m'ont précédé sur cette terre, j'ai senti frissonner l'arbre du silence. C'était après un orage, dans cette odeur de terre et de pierres mouillées qui réveille si bien en nous un écho oublié, venu du fond des âges. Il n'y avait plus de vent, rien ne bougeait, tout était apaisé, et pourtant j'ai entendu comme un murmure. J'ai eu l'impression – la conviction ? – qu'il provenait de l'arbre dont nous sommes issus : celui de nos familles, dont les branches sont innombrables et dont les feuilles frissonnent au plus profond de nous. Autant de feuilles, autant de voix vers lesquelles il faut se pencher pour bien les entendre, leur accorder l'attention nécessaire à la perception d'un silence qui, en réalité, n'en est pas un et ne demande qu'à être écouté. Je sais aujourd'hui que ce murmure a le pouvoir de donner un sens à notre existence, de prolonger la vie de ceux auxquels nous devons la nôtre, car ils nous habitent intimement.

C'est ce jour-là que j'ai ressenti le besoin de faire

revivre ces êtres auxquels je dois tout, et grâce auxquels les miens sont passés – comme beaucoup de familles françaises – de la basse paysannerie à l'université en moins de soixante ans. Grâce à leur travail, à leur force, à leur courage et à leur souffrance. Et parce que ce sont mes grands-parents qui personnifient le mieux cette évolution patiente mais acharnée, c'est d'eux dont je parlerai dans ces pages qui, aujourd'hui, sont devenues pour moi une nécessité.

Nés à la fin du XIXe siècle, ils ont accompagné chaque heure de mon enfance – du moins mes grands-parents maternels plus que mes grands-parents paternels demeurés en Périgord, mais que j'irai aussi retrouver parce que leur vie est à bien des égards exemplaire. Ils ont personnifié ce que j'ai connu de meilleur chez les hommes et les femmes. Ils ont permis à leurs enfants de vivre mieux qu'eux, ils ont marché à pied, puis en charrette et mon grand-père Germain a conduit une automobile Mes parents, eux – qui n'avaient pu fréquenter longtemps l'école (ma mère avait échoué à l'indispensable examen des bourses à cause d'une question orale sur Madagascar dont elle n'avait jamais entendu parler) –, ont permis à mes frères, à ma sœur et à moi-même de faire des études au prix de ce que l'on appelait des « sacrifices » – qui, en réalité, n'en étaient pas : mon père et ma mère étaient bien trop heureux de voir leurs enfants instruits alors qu'ils n'avaient pu l'être.

Ce que je sens de plus précieux en moi aujourd'hui, c'est cette conviction d'être l'aboutissement de milliers d'heures de peine et d'efforts consentis pour que d'autres : enfants, petits-enfants, un jour vivent mieux. La sensation de cette immense patience, de ce grand courage, de cette force souterraine me hante très souvent. Et l'homme qui les incarne le mieux, c'est mon grand-père Germain, un homme de fer et de feu, dont je sens encore l'odeur de velours quand il s'asseyait près de moi pour les repas des dimanches, et dont je revois distinctement les yeux d'un bleu d'acier, les avant-bras parcourus de veines tendues comme des cordes, les larges mains qui avaient tenu tant d'outils mais qui ne tremblaient pas malgré l'âge.

J'ai longtemps hésité à écrire sa vie. Dans *Les Cailloux bleus*, j'ai imaginé, en quelque sorte, l'existence qu'il aurait menée s'il était resté sur le causse, attaché à cette terre qu'il ne possédait pas. Dans *Les Noëls blancs* j'ai utilisé des éléments biographiques très proches de la vérité ; dans certains autres de mes romans également, mais jamais je n'ai pu, jusqu'à ce jour, me lancer dans l'écriture de sa vraie vie parce que je savais que j'y trouverais le plaisir de l'accompagner jour après jour, de le comprendre, de l'aimer mieux que je ne l'avais jamais fait, mais surtout que je partagerais sa douleur et ses épreuves, au cours d'une existence qui ne lui a fait aucun cadeau, mais qu'il a traversée sans fléchir.

Je n'ai eu aucune peine à refaire près de lui son chemin, à retrouver ce que lui ou ses enfants m'en avaient dit, à imaginer ce qui avait été tu, à ressentir ce qu'il avait senti, subi, gagné à la force de ses bras, dont le droit avait été mutilé pendant la guerre. C'était un homme de métal, d'une dureté inouïe, forgée au cours d'une enfance pendant laquelle il avait beaucoup souffert. Et c'est dans cette enfance que j'ai eu, d'abord, besoin d'aller le rejoindre, afin que tout le monde sache ce qu'il avait accompli, cet homme né les mains nues mais riche d'une volonté sans faille, d'une foi inébranlable dans le travail et de deux yeux d'un bleu magnifique.

C'est cette lumière vivante au fond de ces yeux qui me permet aujourd'hui de le retrouver, chaque fois que je le souhaite, à travers le temps. Rien que ces yeux. Seule cette lumière. J'y ai appris la simplicité, le courage et la force, mais j'y ai surtout appris que cet homme indomptable m'attendrait toujours quelque part.

1

CE que je sais de plus certain, c'est que l'enfance de Germain a beaucoup influé sur sa vie, car il a passé ses premières années auprès d'une femme qui n'était pas sa mère. Elle était bonne, généreuse comme ces femmes des campagnes, alors, dont l'amour pour les enfants s'exprimait dans le soin qu'elles prenaient à les nourrir, les laver, les habiller et les rudoyer – avec affection, toutefois – quand c'était nécessaire. Mais ce n'était pas sa mère. Elle s'appelait Louisa. Devenue veuve très tôt, elle avait accepté cette charge pour gagner quelque argent, le reste de ses pauvres ressources provenant d'un jardin, de menus travaux exercés çà et là, dans les fermes où, parfois, elle emmenait Germain, sous la chaleur accablante des étés.

Pas un seul jour, au cours des premières années de sa vie, Louisa n'oublia de lui parler de celle dont l'absence le faisait tant souffrir. C'était devenu une antienne, un rite, une obligation, comme si elle avait craint d'usurper une identité à laquelle elle n'avait pas droit, elle qui n'avait jamais eu d'enfants En outre, elle avait pris soin de placer sur la table de nuit de Germain une photographie de sa mère où l'on voyait le visage d'une jeune femme au regard noir et farouche, aux cheveux bruns relevés en chignon, à la bouche large et aux lèvres épaisses qui semblaient s'ouvrir sur des mots, dont, chaque soir et chaque matin, Germain guettait vainement le murmure. Ainsi, malgré la distance, il n'avait cessé de penser à elle, avait fini par idolâtrer ce portrait muet dont le silence l'accablait.

– Parle ! l'implorait-il. S'il te plaît, parle-moi !

Les jours, les mois et les années avaient passé dans ce silence glacé dont il espérait follement qu'il cesserait un jour.

Il savait où elle se trouvait, car elle le lui avait appris quand il avait été en âge de comprendre : elle travaillait à Paris où elle était partie peu après sa naissance. Elle écrivait souvent, et il guettait le facteur, à midi, en rentrant de l'école. À l'aller comme au retour, il courait tout au long des deux kilomètres qui séparaient la maison de Louisa du village, suivant le sentier bordé de haies vives et de noisetiers qui, après être descendu jusqu'au cimetière, remontait vers des maisons coiffées de tuiles rousses. L'école était un petit bâtiment aux portes et aux fenêtres encadrées de briques et fleuri de lilas, au printemps, entre la salle de classe et le préau. Trente mètres avant la grille de l'entrée, une Vierge aux couleurs douces, jaunes et bleues, s'abritait dans une grotte, vestige d'une mission de 1880. Germain s'arrêtait chaque fois devant elle pour l'implorer : « S'il vous plaît, faites que ma mère revienne vite. »

Un jour, avant de prendre la route de Paris, elle lui avait dit en le serrant dans ses bras :

– Bientôt je reviendrai et nous ne nous quitterons plus.

Depuis, il s'attachait à ces mots, se les répétait jour et nuit : « Je reviendrai et nous ne nous quitterons plus. » Cet espoir l'aidait à supporter son absence mais ne l'empêchait pas d'en souffrir. Il ne cessait d'en parler à Louisa qui soupirait et demandait :

– À quoi vas-tu penser ! Tu n'es pas bien ici ?

C'était une femme brune, forte, aux yeux couleur de châtaigne, dont les mains étaient toujours occupées.

– Si. Je suis bien, répondait-il pour ne pas lui faire de peine.

Il ne connaissait que le village et la maison isolée de Louisa : une petite demeure de trois pièces blottie dans un bouquet de chênes et chauffée, l'hiver, par une cheminée au sein de laquelle, sur un trépied, Louisa faisait la cuisine. Une table en chêne, trois chaises, deux lits aux dosserets en bois de noyer, deux tables de nuit, un vieux coffre et une armoire ancienne : c'était tout ce qu'elle contenait.

Quelquefois errait dans la mémoire de Germain le souvenir d'un autre village, de quelques visages plutôt flous, mais il ne savait pas où ils se trouvaient. Il se souvenait simplement que sa mère l'avait porté dans ses bras, d'une chaleur écrasante, d'une longue côte qui lui avait semblé mener jusqu'au ciel. Un mot, aussi, lui était resté de ce jour-là : le causse. Et ce causse était bien différent de Saliac et de sa vallée verte, de cela il était sûr, mais où se situait ce causse ?

17

Sa sacoche de cuir était lourde à son épaule, ses sabots cloutés lui faisaient mal aux pieds, mais il reprenait toujours l'école avec plaisir, dans ces mois d'octobre qui poudraient les arbres de rouille et d'or, embrasaient la campagne d'une lumière chaude et parfumée. Il avait faim, se hâtait, courait presque sur le chemin, sachant les couverts mis, la soupière fumante sur la table en bois brut.

Il arrivait à bout de souffle, s'asseyait, tandis que Louisa, parfois, lui tendait une lettre dont il reconnaissait l'écriture et il sentait alors son cœur s'emballer. Louisa avait décacheté l'enveloppe postée de Paris, mais elle ne l'avait pas lue parce qu'elle ne savait pas. L'enfant remerciait, dépliait le papier bleu, commençait à lire en ânonnant :

> *Mon cher fils,*
> *J'espère que ces quelques lignes te trouveront en bonne santé, autant que je le suis, moi, malgré le travail. Je te recommande une nouvelle fois de ne pas causer du souci à Louisa, de l'aider chaque fois que tu le peux, de faire tes prières et de bien travailler à l'école. De penser aussi que je reviendrai bientôt, comme je te l'ai promis. Encore un peu à attendre, ce ne sera plus très long, du moins je l'espère, en t'embrassant, mon cher fils, comme chaque fois que je pense à toi.*
> *Eugénie Rivassou.*

Il repliait la feuille de papier, la remettait dans l'enveloppe, la posait à côté de lui. Louisa l'avait servi pendant qu'il lisait. Il portait la cuillère à sa bouche, puis il demandait brusquement, apostrophant celle qui mangeait debout, près de la cheminée :

– Pourquoi travaille-t-elle à Paris et non pas ici ?

– On gagne plus d'argent à Paris, répondait Louisa.

Il la dévisageait d'un air sceptique, demandait encore :

– Quand va-t-elle revenir ?

– Dès qu'elle le pourra.

Il se taisait, se remettait à manger tout en jetant vers Louisa des regards de reproche.

– Dis-moi plutôt si tu te plais toujours autant à l'école, demandait-elle en tentant de détourner la conversation.

Il ne répondait pas. Elle savait très bien qu'il aimait l'école, même si, dans la cour, souvent, des élèves se moquaient de lui, qui n'avait ni père ni mère. Sans doute en entendaient-ils parler dans leur famille, et la cruauté naturelle aux enfants les poussait à faire souffrir l'un des leurs. Depuis deux ans qu'il fréquentait l'école, il s'y était habitué. Mais ce à quoi il ne s'habituait pas, c'était aux mensonges de Louisa et de sa mère, à ces secrets trop lourds qu'il devinait, et dont le poids lui faisait vivre une situation qui ne ressemblait en rien à celle des autres enfants.

– Elle m'a emmené très loin, un jour, chez des gens, reprenait-il. Elle a marché longtemps, la route montait beaucoup, il faisait chaud.

Il ajoutait, avec de la colère dans la voix :

– Qui c'étaient, ces gens ?

– Est-ce que je sais, moi ? soupirait Louisa.

– Oui, je suis sûr que tu le sais.

– Tu te trompes.

Il repoussait brusquement son assiette, se levait, et menaçait, d'une voix qui tremblait :

– Si tu ne me réponds pas, je m'en irai et personne ne me retrouvera jamais.

– Cet enfant va me faire devenir folle ! gémissait Louisa.

– Je te jure que je partirai, insistait-il.

– Que veux-tu que je te dise ? soupirait Louisa. Elle allait parfois chez ses parents.

– Tu vois que tu le sais.

– Mais non, je le sais pas. Je le suppose, c'est tout.

Il réfléchissait, reprenait :

– Ils habitent sur le causse ?

– Oui, je crois.

– Alors c'était bien chez eux.

Il mangeait sa soupe en silence, puis Louisa lui servait de l'omelette. Il avalait deux ou trois bouchées, murmurait :

– Ils n'ont pas voulu de moi.

– Qu'est-ce que tu vas chercher, encore ?

– Ils n'ont pas voulu de moi, répétait-il, d'une voix qui faisait peur à Louisa.

Et, tout à coup, la dévisageant d'un regard douloureux :

– Pourquoi ?

– Pourquoi ? Pourquoi ? Il n'y a que ta mère qui puisse te le dire.

Il se taisait définitivement, ayant compris que Louisa avait raison : ce secret qu'il devinait, il n'y avait que sa mère qui pouvait le lever. Il devait se résoudre à attendre qu'elle revienne, se résigner à ne pas trouver de réponse aux questions qui se bousculaient dans sa tête, du moins pour le moment.

Après l'omelette, il mangeait un morceau de fromage, une pomme, puis il sortait, et sans un mot de plus à l'adresse de Louisa, il courait vers le sommet de la petite colline, où, sous les branches basses d'un vieux chêne, il avait construit une cabane dans laquelle il se réfugiait pour penser à sa mère. Il fermait les yeux, convoquait dans sa mémoire son portrait, revoyait le front haut, la peau mate, les yeux noirs et les cheveux bruns peignés en chignon, les lèvres dont il avait souvent espéré le contact mais qui ne s'étaient guère posées sur ses joues. Elle n'était pas démonstrative, ni en gestes ni en paroles, mais il savait qu'il n'avait qu'elle au monde et qu'elle lui reviendrait bientôt, puisqu'elle l'avait promis.

Autant que sa mère, son père, aussi, obsédait Germain. Une nuit, une idée terrible était venue l'alerter au fin fond du sommeil : si son père était mort, il devait se trouver au cimetière du village. Il suffisait donc d'y aller pour le retrouver, se recueillir sur sa tombe, comme le faisaient ces femmes qu'il croisait sur le chemin de l'école et qu'il suivait, parfois, en se cachant, les écoutant marmonner des prières confuses, se signant ou versant quelques larmes. Alors il repartait avec, au fond de lui, un malaise inquiétant : le sentiment d'une perte définitive, sans recours. Et cependant il ne lui était jamais venu à l'idée de chercher la tombe de son père ici. Ou plutôt il s'était toujours refusé à cette idée. Il imaginait plus volontiers un voyage lointain, une séparation très longue mais qui ne pouvait pas être définitive, c'eût été trop injuste.

Il s'était alors promis de ne plus franchir la porte du cimetière et s'était persuadé que si quelqu'un pouvait l'aider, c'étaient ces gens près desquels sa mère l'avait emmené un jour, là-haut, une famille, enfin, une vraie famille qui le reconnaîtrait comme l'un des siens. Ainsi, le causse était peu à peu devenu un lieu de recours, un refuge, le centre de sa vie, puisque là-bas vivait la famille de sa mère, et il voulait comprendre pourquoi cette famille ne l'avait pas recueilli comme elle aurait dû le faire.

Un matin, il n'y tint plus et partit de bonne heure, dans la direction opposée à l'école, en se cachant. C'était en décembre, il n'y avait presque plus de feuilles sur les arbres mais il ne faisait pas très froid, et il portait son manteau à capuche qui le protégeait de la pluie. Il marcha longtemps dans la direction qu'il avait gardée en mémoire, cherchant, au loin, ces collines qui, se souvenait-il, formaient comme un promontoire dans le ciel. Sur la route, les gens qui le croisaient s'étonnaient de cet enfant seul, un jour d'école, mais il ne levait pas la tête vers eux et, au contraire, il allait de son pas têtu et régulier, sans jamais se retourner.

Il traversa un village, puis un autre, il eut faim, s'approcha d'une maison isolée, près de laquelle il avait aperçu une vieille dans un jardin. Il lui demanda sa route mais n'osa pas mendier du pain : c'eût été éveiller ses soupçons. Pourtant elle ne lui parut pas curieuse et elle se remit à son travail après lui avoir répondu, sans plus lui accorder d'attention. Il repartit en regrettant de n'avoir pas pensé à emporter de quoi manger, et il marcha encore une heure ou deux, mais sans apercevoir ce promontoire dont il gardait le vague souvenir. Lors de son voyage avec sa mère, c'était l'été, il faisait beau, tous les arbres avaient leurs feuilles, tandis qu'aujourd'hui c'était l'hiver, le ciel était bas, le monde lui paraissait soudain hostile et, tout à coup, il pensa au froid qui, malgré sa marche rapide, pénétrait en lui, et à la nuit qui tombait tôt en cette saison.

Peu avant que l'obscurité ne le surprenne, il se réfugia dans une grange où sommeillaient cinq vaches. Il but du lait après avoir trait l'une d'elles – il savait traire car Louisa possédait une chèvre – puis il monta dans le fenil où il s'endormit sans entendre le fermier venu pour son travail du soir. Le lendemain, réveillé avant le jour, il repartit, se renseigna dans un moulin, demandant si on connaissait la famille Rivassou. La femme du meunier, qui donnait des grains à ses volailles, lui répondit qu'il fallait monter par un sentier qu'elle lui désigna là-bas, entre des buis, et, une fois en haut, demander le village de Paunac où vivait une famille Rivassou, peut-être celle qu'il cherchait.

Il repartit, monta, monta, d'abord entre des chênes puis entre des rochers, déboucha en plein vent, sous un ciel qui s'était avivé dans la nuit sous le premier gel de l'hiver. Il aperçut un clocher un peu plus haut, s'engagea dans le dernier lacet du chemin, arriva sur une place, se renseigna auprès

23

d'un homme qui tirait un âne par la bride et qui désigna une maison basse, à la sortie du village, dont la cheminée fumait. Germain courut vers elle, frappa à la porte qui tarda à s'ouvrir. Quand il aperçut la femme sur le seuil, il sut qu'il ne s'était pas trompé, que « c'était là ». Malgré son fichu qui dissimulait une partie de ses cheveux, elle ressemblait étrangement à sa fille, surtout la bouche, large mais effacée, en retrait du visage, formant comme une blessure, et, au-dessus d'un nez rond, deux grands yeux qui semblaient contenir toute la bonté du monde.

– Je suis le fils d'Eugénie, dit-il.

– Mon Dieu ! fit-elle en s'effaçant pour le laisser entrer.

La pièce était sombre, le sol en terre battue, deux bancs cernaient une petite table en bois brut où se trouvaient un pot à lait et une miche de pain.

– Assieds-toi, mon petit, fit la mère d'Eugénie.

Et aussitôt :

– Mais tu as faim, peut-être.

– Un peu.

Elle coupa une tranche de pain, y répandit du saindoux, versa du lait, poussa un bol vers l'enfant.

– Antoinette, qui c'est ? demanda une voix sortant d'une alcôve que l'enfant n'avait pas remarquée dans le fond de la pièce.

– Tu n'as pas entendu ? dit la femme. C'est le fils d'Eugénie.

– Qu'est-ce qu'il veut ? demanda la voix.

– Attends, fit la femme, je t'ouvre les rideaux, tu le verras.

24

Apparut un homme en bonnet de nuit, qu'elle redressa contre un oreiller pour l'asseoir.

– Il est tombé, dit-elle à l'enfant. Il ne marche plus.

Une grande pitié envahit soudain Germain. Il voulut s'approcher de l'homme mais il ne le put pas. Il se mit à manger, avec, au fond de lui, un élan de confiance qui le livrait à cet homme et à cette femme dont il percevait tout à coup le dénuement et la fragilité.

– Qu'est-ce que tu veux ? répéta l'homme, il n'y a rien pour toi, ici.

– Je voulais voir, c'est tout.

Et il ajouta aussitôt, comme pour se faire pardonner cette intrusion dont il avait rêvé, mais que maintenant il regrettait :

– Après, je repartirai.

La femme s'assit près de lui, et il eut l'impression que c'était un peu Eugénie. Il frissonna, se rapprocha d'elle, qui passa son bras autour de ses épaules.

– Il ne peut plus travailler, alors on vit de peu, tu comprends ? Nos deux fils sont placés chez les autres et nos filles aussi, comme ta mère.

Elle ajouta, le serrant un peu plus :

– On pouvait pas te garder, tu comprends ?

Oui, il comprenait maintenant, et une grande joie montait en lui, l'étouffait, faisait naître des larmes dans ses yeux : ils ne l'avaient pas renié, ils ne pouvaient pas le garder, tout simplement, et il découvrait pourquoi en apercevant les rares bûches dans la cheminée, le pain vieux de huit jours, le sol en terre battue, la rudesse de cette vie où tout devait

25

être soigneusement pesé, compté, mesuré, et ce regret que la mère de sa mère semblait en concevoir, cette blessure en elle, même si elle ne possédait pas les mots pour le dire.

– Approche ! dit brusquement l'homme assis dans son lit.

Germain se leva, fit quelques pas vers l'alcôve qui lui parut sentir mauvais.

– Comment t'appelles-tu ?

– Tu sais bien qu'elle l'a appelé Germain, fit Antoinette.

– Approche ! répéta l'homme.

Germain s'arrêta tout près du lit, l'homme tendit la main, lui prit le poignet droit, le serra, puis il dit, d'une voix dure :

– Il faut travailler, petit.

– Je travaille, bredouilla Germain.

– Va, maintenant.

Il revint s'asseoir, finit son pain, but le lait, tandis que la mère d'Eugénie demandait :

– Tu n'es pas malheureux, là-bas ?

– Non, dit-il très vite, non, tout va bien.

Puis il se leva, ayant hâte de repartir, à présent.

– Tu veux que je te fasse reconduire ?

– Non, fit-il, je trouverai.

Sur le seuil, il se retourna, hésita, mais elle l'embrassa très vite, comme si elle voulait se cacher de son mari, et il se retrouva sur le chemin, seul, mais empli d'une joie immense qui lui donnait envie de chanter. Il s'aperçut alors que le soleil avait percé le brouillard, que le ciel était bleu comme la première fois qu'il était venu ici, et il se mit à courir follement, heureux comme il ne l'avait jamais été, jusqu'à ce jour d'hiver étincelant dans la lumière du matin.

Malgré lui, il espérait encore des retrouvailles avec un père qu'il imaginait parti pour un lointain voyage, mais qui reviendrait un jour. C'était là sa manière de s'accommoder d'une absence douloureuse qui venait s'ajouter à celle de sa mère. Il cherchait dans les livres d'école les destinations possibles, en Afrique, en Amérique, en Indochine, où son père officiait en grand uniforme blanc de gouverneur, la poitrine couverte de décorations. C'étaient là des pensées acceptables, séduisantes, même, et qui, à force d'être ressassées, étaient devenues plus vraies que celle d'une mort à laquelle il s'était toujours refusé.

Il s'interrogea jusqu'à un jeudi de février, l'année de ses sept ans. L'hiver s'était refermé sur la vallée, vitrifiant l'air devenu cassant comme du verre. Il avait même apporté un peu de neige qui recouvrait les arbres et les chemins d'une fine pellicule que les sabots de l'enfant faisaient craquer comme du sucre d'orge. Louisa les avait tapissés de paille, mais Germain avait froid sur la route du village, cet après-midi-là, malgré les galets chauds qu'il serrait au fond de ses poches. Un froid sec, aiguisé par un vent du nord qui prenait la vallée en enfilade, mordait le visage et les oreilles de l'enfant, que protégeait à peine son cache-nez de laine.

Il se mit à courir pour échapper au vent, qui lui sembla faiblir dès qu'il trouva l'abri des maisons. Cent mètres plus loin, un peu avant l'église, il entra dans la boulangerie qui délivra une merveilleuse bouffée de chaleur et une odeur de pain chaud qui se confondirent dans une sensation de bonheur intense. Il avait toujours aimé cette boutique, la grosse boulangère qui pesait le pain, faisait l'appoint en ajoutant un chanteau, et dont le tablier était couvert de farine. Elle cocha sur une baguette de bois le pain qu'il avait pris, et lui dit de sa voix douce :

– Ne traîne pas par ce temps. Rentre vite chez toi.

Il lui sembla deviner dans la voix une sorte de crainte peu en rapport avec le temps, mais il n'y accorda pas d'importance. Il repartit en sentant contre lui la bonne chaleur du pain, se heurta au détour du chemin à un cortège qui se dirigeait vers l'église, précédé d'un corbillard tiré par un cheval gris. Il le laissa passer en se rencoignant contre un mur, frappé par les regards qui s'attardaient sur lui, avec, lui sembla-t-il, à la fois une lueur de pitié et de mépris. Soulagé sans bien savoir pourquoi, il se remit en route dès que le cortège l'eut dépassé, ne vit pas arriver une vieille femme noire, tout en os, qui courait pour rattraper le cortège mais qui, au lieu de le laisser passer, se planta devant lui et demanda :

– Et où cours-tu par là ? Tu ne vas pas enterrer ton père ?

Même s'il ne comprit pas tout à fait dans l'instant les mots prononcés par la vieille avec une terrible cruauté, ce fut comme si toute la neige de février lui entrait dans le corps. Puis, le regard qu'elle lui jeta lui fit deviner qu'elle ne plaisantait pas – et comment eût-elle pu plaisanter d'un tel sujet ? – mais que c'était la surprise de trouver Germain en train de marcher en sens opposé au cortège qui lui avait fait lancer ces mots dont elle mesurait la violence, maintenant, et la faisait s'écarter pour le laisser passer, tant elle avait aperçu de détresse dans ses yeux. Il sut qu'elle disait vrai, qu'elle n'avait pu mentir même si elle s'en voulait, à présent, et tentait de lui prendre le bras. Il se dégagea violemment et se mit à courir, à courir, à courir follement vers la maison de Louisa, tandis que les mots de la vieille tournaient dans sa tête, lui faisaient mal, lui arrachaient un cri qui fit se lever les corbeaux dans le pré qu'il longeait.

Au lieu d'aller se réfugier chez Louisa, il courut vers un bois où il s'affaissa au pied d'un chêne, transi de froid et de douleur, et se recroquevilla comme une bête souffrante décidée à se laisser mourir. Il y resta longtemps, repoussant la pensée d'un père définitivement perdu et non pas en voyage. L'espoir qu'il avait tenté de maintenir vivant au fond de lui venait de disparaître brutalement en cet après-midi de février et il savait intimement qu'il ne reviendrait jamais, que la vieille avait dit vrai, de même que les regards qui s'étaient posés sur lui quand il s'était tapi contre le mur.

Le froid le paralysait, maintenant, et il consentait à cet endormissement dont il sentait augmenter les effets en lui, tandis que la nuit tombait, faisant clignoter les premières étoiles qu'il n'apercevait pas car il gardait les yeux clos, tout entier enfoui dans cette douleur qui ne diminuait pas. Ce ne fut pas l'idée de la mort qui le fit se lever, mais plutôt celle d'une curiosité morbide, le besoin de savoir, de comprendre, avant de décider de vivre ou de mourir.

Il rentra lentement, parcouru de frissons, claquant des dents, remarquant à peine le regard de Louisa qui avait compris ce qui s'était passé et s'en voulait terriblement de l'avoir envoyé chercher du pain, cette après-midi-là. Elle le fit asseoir près du feu, lui servit du bouillon chaud, puis elle demanda, comme pour échapper aux questions qui allaient venir :

– Où étais-tu ?

Il ne répondit pas. Il sentait le liquide chaud le réchauffer lentement, réveiller la vie en lui et, en même temps, la souffrance que le froid avait un peu endormie. Il demeura un long moment silencieux, puis il demanda doucement :

– Qui c'était, l'homme qu'on enterrait ?

Louisa n'eut pas le cœur de feindre l'étonnement ou de ne pas comprendre.

– Étienne De Selves, le fils du château de la Bertonie.

– Il est mort comment ?

– D'un accident, à Paris. Il a été écrasé par une voiture.

Il se tut, finit de boire le bouillon chaud, parut puiser en lui la force nécessaire et demanda tout bas :

– Elle a travaillé à la Bertonie, ma mère ?

– Oui, dit Louisa.

– Alors, c'est lui ?

– Oui, souffla Louisa.

– Et ils l'ont chassée ?
– Oui. C'est pour ça qu'elle a été obligée de partir à Paris.

Il se tut définitivement. La douleur s'éteignait peu à peu, laissant place maintenant à la rage, à un besoin de vengeance.

– Je les tuerai, dit-il.
– Tu veux aller en prison alors que ta mère va revenir ? fit Louisa, affolée, en se précipitant vers lui.

Il ne répondit pas, tandis qu'elle s'asseyait sur le banc, à ses côtés, lui prenait le bras, tentait de calmer les tremblements que la chaleur n'atténuait pas.

Elle lui parla longtemps, Louisa, cette nuit-là, et comme elle avait compris qu'elle devait lui dire tout ce qu'elle savait, il accepta de l'écouter, soulagé, finalement, de connaître cette vérité qu'on avait pris soin, depuis toujours, de lui cacher.

Avec le printemps revenu, il vécut davantage au-dehors, ruminant ce secret qu'il portait en lui, à présent, poursuivi par un besoin de vengeance qui le poussait à s'approcher du château, à connaître ces gens qui avaient chassé sa mère, ces lieux où elle avait vécu, son père également. Il avait commencé par rôder dans les champs alentour, s'était rapproché des grilles de l'entrée qu'il avait franchies, un jeudi après-midi, alors que le parc était désert, les domestiques travaillant aux champs. Il avait poussé la porte de l'immense grange qui occupait l'espace sur la droite, avait monté l'échelle de meunier qui conduisait au fenil et s'était posté là, derrière la fenêtre pour observer la cour.

Le cœur battant, il aperçut des femmes de maison qui secouaient des draps dans le bâtiment principal, une jeune fille coiffée d'un fichu vert qui s'en fut chercher l'eau à un puits situé à l'extrémité du parc, côté cuisines. Un cocher entra dans l'écurie, ressortit en tenant par la bride un cheval bai qu'il attela à un coupé. Il l'approcha de la porte d'entrée, sous la tour principale, attendit la sortie d'un homme grand et maigre, vêtu d'un costume de velours brun, portant un grand chapeau noir, qui y monta et s'éloigna sans un mot pour le cocher. Celui-ci repartit et disparut dans les communs, à l'extrémité du parc.

Soudain, face à Germain, sur la terrasse qui bénéficiait de l'ombre d'un grand cèdre bleu, apparut une femme toute de noir vêtue, très pâle, dont les cheveux, peignés haut sur le front, retombaient en natte dans le dos. Elle vint s'accouder à la balustrade aux piliers de pierre torsadés, observa les champs, puis le parc, se tourna enfin vers la grange comme si elle avait aperçu quelque chose d'insolite. Germain retint son souffle, ne bougea pas, mais il put la détailler à sa guise, car il n'était séparé d'elle que d'une trentaine de mètres. Elle porta sa main vers la poche droite de sa longue robe noire, en sortit un mouchoir avec lequel elle s'essuya les yeux et il comprit qu'elle pleurait.

Pris d'une résolution subite, il descendit du fenil, sortit dans le parc, marcha vers la terrasse, s'arrêta sous la femme qui se tenait toujours appuyée contre la balustrade, et il leva la tête. Il lut alors sur son visage une stupéfaction douloureuse, et il crut qu'elle allait tomber ; mais non, les grands yeux mouillés demeuraient attachés à lui, qui ne bougeait pas, ne cillait pas, la dévisageait comme pour bien lui faire comprendre qu'il la regardait pleurer, qu'il en était heureux. Ce défi dura plus d'une minute, le temps d'être convaincu qu'elle l'avait reconnu et n'en souffrait que davantage.

– Attends ! Ne pars pas ! entendit-il à l'instant où il fit volte-face, se mettant à courir vers les grilles derrière lesquelles il disparut, satisfait mais en même temps mordu au cœur par un remords inexplicable.

Il ne parla pas de l'incident à Louisa, mais il ne revint pas au château avant un mois, le temps de se convaincre que Mme De Selves avait oublié. Au fil des jours, pourtant, le besoin de vengeance devint plus fort que le remords d'avoir infligé une souffrance supplémentaire à cette femme qui avait perdu son fils.

Une nuit du mois de mai, il sortit en prenant bien soin de ne pas réveiller Louisa, et il marcha vers le château. Il avait remarqué qu'il n'y avait pas de chiens dans le parc, ceux du maître étant probablement en pension chez un fermier. Les grilles étaient fermées à l'aide d'un cadenas, mais il put sans trop de peine escalader le mur d'enceinte dont les pierres formaient des appuis sûrs pour les pieds, les joints s'étant effrités. Il sauta dans le parc, se dirigea vers la grange, poussa la porte, réveillant les vaches dont certaines se levèrent en faisant grincer leurs chaînes, puis il trouva l'échelle et monta dans le fenil. Là, il attendit un moment, le cœur fou, le temps que les bêtes se calment, puis il sortit de sa poche la boîte d'allumettes qu'il avait emportée.

Il en battit une, la flamme jaillit, son bras fit le geste de la lancer dans la paille mais demeura suspendu, au point qu'il se brûla les doigts. L'allumette s'éteignit d'elle-même et il demeura un long moment immobile, cherchant ce qui, en lui, se refusait à allumer l'incendie dont il avait rêvé. Était-ce ce visage de femme baignée par les larmes, qui l'arrêtait, ou bien l'élégance hautaine de l'homme qui était monté dans le coupé ? Il ne savait pas. Ce qu'il ressentait seulement, c'était que quelque chose en lui se refusait à faire mal à ces gens-là, et il ne comprenait pas pourquoi. Il frotta une deuxième allumette, mais sans conviction. Elle s'éteignit au bout de quelques secondes sans que ses doigts ne la libèrent. Et de nouveau il se brûla.

Il se laissa aller en arrière, s'appuya de la tête contre une botte de paille, essayant de réfléchir, de comprendre enfin ce qui l'arrêtait, tremblant de colère contre lui-même, contre ce château et ceux qui l'habitaient. Pendant de longues minutes il s'efforça de récapituler toutes les raisons qu'il avait de mettre le feu à cette grange, le mal fait à sa mère, sa fuite à Paris alors qu'il restait là, lui, pour souffrir chaque jour de cette séparation, mais il n'ouvrit pas la boîte d'allumettes. À force de réfléchir, de chercher au plus profond de lui la raison de cette impuissance qui le saisissait au moment de mettre le feu, la pensée lui vint soudainement qu'il se trouvait dans la grange de son père. Alors il se leva, descendit l'échelle, sauta par-dessus le mur et s'enfuit en courant pour ne pas être tenté de revenir sur ses pas.

Le lendemain, après s'être assuré qu'il n'y avait personne à l'intérieur, il entra dans le cimetière et chercha la tombe des De Selves. Comme on était en mai, loin de la Toussaint, il n'eut pas de mal à la trouver car c'était la seule qui était fleurie. La coutume recommandait à l'époque, du moins pour les familles aisées, de placer un portrait du défunt, dans une sorte de médaillon en relief collé sur le marbre. Et ce que Germain aperçut à un mètre de lui le frappa de stupeur tant le portrait du jeune homme qui se tenait très droit, un air de gravité un peu hautaine sur le visage, lui ressemblait : les yeux surtout, des yeux de verre, d'une extrême clarté, un nez bien droit, des traits nets, maigres, une mâchoire anguleuse, des lèvres minces, et l'expression d'une force aussi, d'une violence à fleur de peau, que l'enfant, tétanisé, découvrait de la même manière qu'il les constatait en lui, dans le miroir de sa petite chambre.

Il tremblait, n'osait avancer ni reculer, puis la mémoire lui revint de l'infamie faite à sa mère et il se saisit d'une pierre entre deux tombes, leva la main pour fracasser le médaillon, mais, comme dans la grange la veille, sa main retomba, impuissante, vaincue par quelque chose de plus fort qu'elle. Il s'enfuit, le cœur fou, hanté par le visage du médaillon dont l'image trembla devant lui toute la nuit qui suivit cette découverte. Et cependant, au lieu de se refuser à elle, il revint presque chaque jour sur la tombe, comme pour apprivoiser, s'approprier un homme qu'il haïssait mais dont, à sa grande stupeur, à son chagrin dévorant, il ne pouvait pas se passer.

Seule la proximité du retour de sa mère parvint à l'apaiser quelque peu. Il comptait les jours qui le séparaient des retrouvailles mais il lui semblait qu'ils n'avaient jamais passé aussi lentement. Il récapitulait dans sa tête toutes les questions qu'il pourrait lui poser et il se promettait de lui montrer à quel point il l'aimait, de lui dire qu'il ne lui en voulait pas de l'avoir laissé vivre loin d'elle, qu'il la comprenait et qu'il serait là désormais pour l'aider, près d'elle, chaque jour.

2

CETTE mère qui allait revenir, il ne la connaissait pas vraiment. Il l'avait vue cinq ou six fois, durant deux ou trois jours, pendant les sept années qu'il avait passées à Saliac, près de Louisa. Moi, je l'ai bien connue – beaucoup plus tard, il est vrai – car elle est morte à plus de quatre-vingt-dix ans, redoutée de tous, régnant sur les siens d'une main de fer, dure comme les pierres, inflexible et grave comme une héroïne antique. Je sais à peu près tout de la vie d'Eugénie, et d'abord quel avait été son chemin, depuis sa naissance dans un hameau du causse jusqu'à son exil à Paris, où elle était servante dans la rue Montorgueil, loin de son fils à qui elle manquait tant.

Son enfance avait été pauvre mais heureuse malgré les corvées d'eau à la fontaine située à un kilomètre de la maison, une eau dont la fraîcheur la consolait délicieusement du poids qu'elle portait, à côté de sa mère, dans le feu des étés. Oui, je suis persuadé que les douze premières années de sa vie lui avaient apporté la part de bonheur auquel ont droit les enfants, même si ses parents peinaient beaucoup pour élever les leurs : sept, au total, dont cinq filles et deux garçons. On ne mangeait pas de la viande souvent, mais elle ne s'en souciait pas, Eugénie, qui était comblée par une papillote à Noël ou une gaufre rapportée par son père d'une foire : de là-haut, il lui semblait pouvoir toucher le ciel bleu, et ce bleu avait porté ses rêves mieux que ne l'eût fait le plus beau des présents, assurée qu'elle était de ne jamais le perdre de vue, aussi bien que la chaleur des siens en plein cœur de l'hiver, quand le chêne brûlait dans l'âtre et qu'elle se recroquevillait sous l'édredon de plumes entre ses frères et ses sœurs, observant la mère en train de pétrir le pain, certaine que le malheur, ici, ne pénétrerait jamais. Car le malheur n'existait pas, encore, pour elle, même si disparaissaient de temps en temps des oncles ou des tantes qu'elle avait peu connus, et dont les funérailles étaient surtout l'occasion de repas où les rires dominaient la tristesse.

Elle était allée à l'école des Sœurs pendant un peu plus d'un an, le temps d'apprendre à écrire et à compter, juste ce qu'il fallait. Mais elle avait regagné rapidement la maison quand sa mère avait accouché de son dernier fils et elle s'était occupée de la cuisine et du ménage, avec sa sœur aînée. Pendant ses moments de liberté, elle courait dans les garennes de chênes nains, les friches et les combes secrètes, rejoignant les fillettes de son âge qui gardaient les moutons.

Chez les Rivassou, on ne possédait pas de troupeau : le père était maçon. Il travaillait beaucoup, même le dimanche, parfois, et il rentrait le soir couvert de poussière, car il taillait les pierres avant de bâtir les murs. Il aurait aimé posséder des terres, des moutons, vivre chez lui, comme ceux du village, mais il était né de parents domestiques, et il s'était établi maçon, ou plutôt ouvrier maçon, chez un patron de Martel. Il partait au travail à pied avant le jour et ne rentrait qu'à la nuit. Parfois il restait une semaine absent, quand le chantier se trouvait trop éloigné de Paunac, mais il revenait alors avec une friandise pour ses filles, malgré les reproches de la mère qui découvrait la paye amputée de quelques sous, ceux nécessaires à l'achat des friandises mais aussi des bouteilles de vin qui, disait-il, lui étaient indispensables pour faire fondre dans sa gorge la poussière des pierres.

Oui, c'était le bonheur ces retours du père, autant que les jeux avec ses sœurs ou les retrouvailles avec les fillettes qui gardaient les troupeaux sur les grèzes, à l'ombre des genévriers, et qui, à quatre heures, partageaient une merveille dont Eugénie suçait le sucre sur ses doigts. Elle laissait délicieusement fondre dans sa bouche la pâte douce comme sa vie, alors, cette vie qui ne l'avait jamais blessée, jusqu'à ce jour sinistre où l'on avait ramené le père, les reins brisés, sur un brancard. Il était tombé de son échafaudage, et il en était resté paralysé.

Brutalement, tout avait changé pour Eugénie. L'argent ne rentrait plus dans la maison, on ne pouvait plus y vivre à neuf, il fallait placer les enfants. Sa mère le lui avait expliqué et elle n'avait pas protesté : c'était la loi. Les enfants qui partaient « chez les autres » ne songeaient pas à se plaindre : ils mangeaient au moins à leur faim et gagnaient quelques sous bien utiles à leurs parents.

Un matin de septembre, dans la douzième année d'Eugénie, donc, sa mère la prit par la main pour l'emmener dans la ferme où elle avait été engagée comme aide-cuisinière. Plus qu'une ferme, en fait : une vaste propriété au centre de laquelle trônait un petit château ombragé de grands arbres : le domaine de la Bertonie. Eugénie et sa mère étaient descendues du causse par un chemin couvert de poussière blanche, puis elles avaient traversé une vallée, deux villages, avaient marché encore pendant six kilomètres avant de trouver des collines d'un beau vert sombre, au creux desquelles était blotti le village de Saliac.

La Bertonie se situait un kilomètre plus loin, au sein d'un vallon où la terre était grasse et à l'abri du vent du nord. Le château était plutôt un manoir à tourelles où, à l'étage, une très belle terrasse s'ouvrait vers le midi, protégée du soleil par un haut cèdre bleu. De l'autre côté, une immense grange prolongée d'une étable délimitait le parc qui s'ouvrait sur le chemin par des grilles en fer forgé couleur bouteille.

Eugénie était restée un long moment devant la porte du château, sa main serrant toujours celle de sa mère, puis une femme était sortie, vêtue d'une longue robe noire et coiffée d'un très large chapeau couleur bleu nuit. Après les avoir saluées d'un signe de tête, elle les avait fait entrer dans un petit salon aux murs damassés de velours. Les deux femmes avaient parlé entre elles, et Mme De Selves, la châtelaine, avait donné trois pièces à la mère qui, aussitôt après, s'était levée pour partir. Eugénie l'avait suivie jusqu'au portail, persuadée que sa mère ne pouvait pas la laisser en ces lieux inconnus, mais celle-ci avait simplement dit :

– Voilà, ma fille. Tu es dans une bonne maison. Conduis-toi bien et fais-nous honneur.

– Mère, je ne pourrai pas rester là, avait murmuré Eugénie.

– Il le faut, petite.

Et elle avait répété :

– Il le faut. Ton père ne peut plus travailler depuis qu'il est tombé. Nous ne pouvons pas te garder, mais tu seras bien, tu verras.

Sa mère l'avait serrée un moment contre elle, puis elle s'était retournée et elle avait franchi les grilles et disparu derrière le mur de clôture. Eugénie s'était alors retrouvée seule, se demandant si elle n'allait pas se lancer à sa poursuite, quand une main s'était posée sur son épaule, celle d'une femme âgée d'une quarantaine d'années, en blouse bleue, coiffée d'un bonnet blanc, et qui avait dit simplement :

– Je m'appelle Ida. Viens avec moi.

Eugénie l'avait suivie vers les cuisines qui se trouvaient à l'extrémité du château, du côté opposé au portail.

Ainsi avait commencé sa nouvelle vie, une vie loin des siens, dans un lieu qui lui était étranger mais pas vraiment hostile. Elle travaillait beaucoup, certes, mais sans regretter sa peine. Elle faisait la cuisine, les chambres et, à la belle saison, quand les travaux des champs requéraient tous les bras, elle aidait aussi aux foins et aux moissons. Elle mangeait à satiété, ne manquait de rien, allait voir ses parents une fois par mois le dimanche, et s'habituait à vivre chez les autres, puisqu'il le fallait bien.

Six ans passèrent, qui la virent grandir, devenir femme, et sensible, comme toutes les femmes, au regard des hommes qu'elle croisait, même si elle s'en défendait. Pendant les grands travaux de l'été, elle s'en méfiait, prévenue qu'elle avait été par Ida, la cuisinière du château, avec qui elle passait la plupart de son temps, mais aussi par sa mère, lors de ses visites à Paunac, qui la mettait en garde contre les hommes et leurs vaines promesses.

Pourtant, un été, en faisant le ménage dans les chambres, elle se trouva en présence d'Étienne, le fils de ses maîtres, qui la complimenta sur sa beauté, sur son sourire. C'était un jeune homme très brun, aux cheveux longs, avec des yeux d'un bleu très pâle, des bras très fins, qui étudiait à Paris et ne regagnait la Bertonie qu'en juillet. Eugénie, qui ne recevait d'ordinaire que des reproches, en fut flattée, séduite, transportée dans un autre monde, celui des maîtres, de leur richesse, de leur puissance, dont elle avait toujours rêvé. Persuadée que celui-là ne pouvait être comme les autres hommes, elle s'habitua à le retrouver chaque matin, prit l'habitude de l'écouter, quand il lui parlait de ses études, de ses projets, à quoi il feignait de l'associer, elle, la petite servante sans avenir, qui accepta un baiser comme on accepte une faveur.

Éperdue de reconnaissance, elle accepta bien davantage avant la fin de l'été de ses dix-huit ans, car elle avait confiance dans ce jeune homme qui était si différent, croyait-elle, de ceux qu'elle côtoyait chaque jour. Étienne De Selves repartit en octobre et il se passa deux mois avant qu'Eugénie comprenne, à sa grande surprise, qu'elle attendait un enfant. À qui se confier, sinon à sa mère qui s'étrangla de stupeur en apprenant la nouvelle, là-haut, sur le causse où, heureusement, ce jour-là, elles se trouvaient dans l'étable, à l'écart du père. Les jours qui suivirent ne furent que honte, fureur et douleur. Eugénie n'avait pas l'impression d'avoir commis la moindre faute, et cependant elle fut chassée de ce toit où elle avait espéré obtenir du secours.

Au château, Mme De Selves, une fois au courant, refusa de croire ce qu'elle entendait, puis elle s'indigna, menaça, et décida que la coupable devrait partir avant huit jours. Mais où aller? Eugénie se réfugia chez Louisa, une cousine lointaine, qui accepta de l'accueillir jusqu'à la délivrance. Pendant six mois, elle se cacha, ne sortit plus, sans bien comprendre de quoi elle était coupable. Assistée seulement par Louisa, elle donna le jour à un garçon qu'elle appela Germain, et dont Louisa accepta de s'occuper à condition d'être rémunérée en conséquence. La mère d'Eugénie, venue voir l'enfant à l'insu de son mari, dit à sa fille : « Pars à Paris, quand tu reviendras, tout le monde aura oublié. »

Une relation de Mme De Selves – laquelle n'était

pas fâchée d'éloigner la coupable le plus loin possible de son domaine – lui avait trouvé une place
rue Montorgueil, chez les De Joncourt, et Eugénie
était partie, déchirée, malheureuse d'abandonner
son enfant, à l'occasion du premier voyage de sa
vie, vers une destination qui lui paraissait terriblement lointaine.

Après une longue journée pendant laquelle elle
avait serré les poings sur son chagrin et sur sa détermination, elle avait découvert l'immensité de la capitale, ses immeubles gris, la foule sur les quais, les
fiacres dans la cour de la gare. Elle avait eu envie de
s'asseoir contre un mur et de ne plus bouger, mais
elle s'était redressée à la pensée de son fils pour qui
elle allait gagner de l'argent, afin de pouvoir le
retrouver un jour, l'élever et l'aimer comme une
vraie mère. Elle était partie à pied, car sa bourse ne
lui permettait pas de prendre un fiacre, un omnibus
ou l'une de ces premières voitures automobiles qui
sillonnaient Paris. Elle avait marché droit devant
elle, fantôme noir dont la tenue faisait se retourner
les femmes en crinoline, la tête légèrement inclinée
vers l'avant, désespérée, ravalant ses larmes, cognant
du pied contre les pavés inégaux, tendue vers son
destin de femme seule, habitée par l'unique pensée
de ce fils qu'elle avait abandonné là-bas, de l'autre
côté du monde.

De temps en temps elle tendait à des inconnus la
feuille de papier sur laquelle était inscrite une
adresse, mais elle comprenait mal ce qu'on lui disait

car elle était habituée au patois du Quercy, alors elle
se perdait, redemandait sa route dans la cohue qui
l'affolait, lui donnait envie de s'enfuir loin de ces
lieux inconnus. Elle avait trouvé enfin la rue Montorgueil à la nuit tombante et, malgré la distinction
et l'élégance de ses maîtres – Mme De Joncourt
portait une longue robe de soie grège, très resserrée
à la taille, et un collier de perles –, Eugénie s'était
sentie rassurée d'avoir échappé à la foule, d'avoir
trouvé un toit, une chambre et un lit.

Elle s'était habituée aux tâches qu'on lui confiait
avec l'humilité de ces femmes qui n'avaient que leurs
bras pour richesse et que les reproches ou les admo-
nestations atteignaient à peine, tant elles se sentaient
étrangères, différentes de celles qui les infligeaient.
Elle n'avait fait que changer de maîtres, en somme.
Mais les maîtres étaient les maîtres : ils voulaient être
obéis, c'était tout, et les heures de travail étaient aussi
longues à Paris qu'elles l'étaient au château, chez les
De Joncourt autant que chez les De Selves, même si
elles paraissaient à Eugénie moins pénibles aujour-
d'hui, du fait qu'elle était devenue plus robuste.

Cuisine, ménage, service à toute heure ne l'avaient
jamais rebutée. Elle y avait été habituée dès son plus
jeune âge. Jamais une sortie, pas même le dimanche
ou alors une heure ou deux, car il fallait dormir pour
rattraper le manque de sommeil, peut-être une
courte promenade sur le boulevard voisin, un arrêt
devant une vitrine, mais pas d'achats, pas de menus
plaisirs, car il fallait économiser et le temps pressait :
là-bas attendait l'enfant qui lui manquait tant.

Au cours de ces nuits parisiennes qui la renvoyaient inexorablement vers son passé, elle demeurait éveillée alors qu'elle aurait bien voulu dormir avant quatre heures du matin, car les voitures et les charrettes qui approvisionnaient les halles commençaient à passer, huit étages plus bas, et à cinq heures et demie Eugénie devait se lever.

Elle détestait par-dessus tout les réceptions que donnaient ses maîtres le soir. À ces occasions-là, au lieu de se coucher à dix heures, elle se couchait à deux heures du matin et elle dormait très peu. Il lui fallait alors une semaine pour récupérer ce sommeil qui lui manquait, elle titubait sur ses jambes et se mettait à haïr ses maîtres, ne trouvait de consolation que dans les pensées où elle se réfugiait – toujours les mêmes, et qui, toujours, la conduisaient vers sa vie de là-bas, au temps où elle vivait sous le ciel bleu du causse. Ainsi avaient coulé ces sept années entrecoupées par de rares retours au pays, chez Louisa, en été, pour trois ou quatre jours.

Enfin, elle avait gagné assez d'argent pour revenir, reprendre l'enfant et se débrouiller seule en attendant de trouver un mari. Elle avait décidé de l'annoncer à ses maîtres sans tarder. Elle repartirait chez elle au mois d'août. Rien n'aurait pu la faire revenir sur sa décision. À force de souvenirs embellis par l'exil, au terme d'un raisonnement simple mais implacable, elle s'était persuadée qu'elle ne pourrait vivre heureuse que sur le causse de son enfance, puisqu'elle y avait connu le bonheur et qu'il ne lui paraissait accessible que là-bas. Que lui importait aujourd'hui le jugement des gens, ou celui de ses proches? Elle avait payé assez cher le droit de revenir chez elle. Au terme de tant d'heures de solitude et de travail pendant sept années, elle se sentait apte à affronter n'importe qui, n'importe quoi.

Sa détermination était sans faille le soir où elle annonça à Mme De Joncourt qu'elle la quitterait au mois d'août.

– Vous ne pouvez pas faire ça! s'écria sa maîtresse. Vous n'êtes pas bien chez nous?

– Je suis bien, madame, mais je dois repartir.

Ce bref échange entraîna un silence hostile qu'Eugénie ne comprit pas. Elle ne s'était jamais sentie indispensable. Il ne manquait pas, dans la capitale, de jeunes femmes désireuses de s'engager dans des maisons de maîtres, et qui sauraient aussi bien qu'elle faire le ménage, cuisiner et servir. Que cachait donc cette hostilité inquiète qui agitait Mme De Joncourt? Eugénie le comprit quelques jours plus tard, peu avant le dîner, quand elle fut convoquée dans le boudoir de Madame, laquelle lui demanda après beaucoup d'hésitation:

– Et que comptez-vous faire, chez vous, ma pauvre petite?

– Travailler, comme je l'ai toujours fait.

– Certes, mais où donc?

– Je ne sais pas encore.

Mme De Joncourt toussota, tergiversa, puis demanda:

– Est-ce que vous savez que le jeune homme – enfin, je veux dire, le père de votre enfant – est décédé?

47

– Oui, je le sais, Louisa me l'a écrit.

– Vous n'envisagez donc pas de revenir au château de la Bertonie ?

Eugénie pâlit, se figea. Elle venait de comprendre pourquoi sa maîtresse était tellement contrariée de la voir repartir : la famille De Selves, avec qui elle était en relation épistolaire, avait dû s'inquiéter d'un retour qui pouvait donner lieu à des complications. Peut-être Eugénie demanderait-elle de l'argent au nom de son fils ? Allez donc savoir, avec ces gens ! Qu'est-ce qui pouvait traverser la tête de ceux qui ne possédaient rien, sinon leurs bras pour vivre, et qui étaient probablement animés par une jalousie maladive à l'égard de leurs maîtres ?

Cela faisait deux fois qu'on la bafouait dans son honneur, qu'on la blessait cruellement. Elle saisit un bibelot de verre avec sa main droite, le serra jusqu'à ce qu'il éclate et la coupe profondément. Des gouttes de sang tombèrent sur le tapis de Perse. Eugénie n'avait pas sourcillé malgré la douleur. Elle emprisonna sa main droite dans celle de gauche, puis elle murmura d'une voix qui ne tremblait pas mais qui claqua comme une lanière de fouet :

– Soyez sans crainte, madame, je n'ai besoin de personne pour élever mon enfant, mais ce soir, je ne pourrai pas servir. Si vous le permettez, je vais me retirer dans ma chambre pour panser ma main. Je ne voudrais pas souiller davantage votre si beau tapis.

Et, sans un mot de plus, elle sortit, refermant si violemment la porte derrière elle que les vitres tremblèrent.

Une fois dans sa petite chambre sous les toits, elle s'aperçut qu'elle pleurait, alors qu'elle avait réussi à ne pas verser la moindre larme depuis qu'elle vivait à Paris, trouvant en elle des forces qui avaient grandi chaque jour. Elle se fit un pansement avec une serviette, puis elle sécha ses yeux et s'allongea sur son lit. Elle avait mal, très mal, mais elle ne savait où. Elle avait replié ses deux mains sur sa poitrine, à la manière d'une morte, et respirait doucement, pour endormir la douleur.

En mai, les rues de Paris se couvrirent de feuilles et retentirent de chants d'oiseaux qu'Eugénie ne voyait ni n'écoutait, tant elle était tendue dans sa résolution. Depuis Saliac, la pression pour qu'elle ne rentre pas au pays devait être importante, car non seulement elle n'avait subi aucune sanction à son refus de servir, mais elle fut invitée par sa patronne à l'accompagner à la Samaritaine. Ne voulant pas la contrarier, Eugénie accepta, et ce fut ce jour-là, alors qu'elle se trouvait à Paris depuis sept ans, qu'elle découvrit les berges de la Seine, la tour Eiffel, et la cathédrale Notre-Dame. À travers les vitres du fiacre, elle put observer tout un peuple de blanchisseuses sur les rives du fleuve où naviguaient des péniches noires, des chalands remplis de charbon, des débardeurs qui chargeaient du sable. Le pont franchi, apparurent de grands immeubles en pierre de taille dont les portes cochères laissaient passer des calèches ou des coupés, parfois une voiture automobile qui tressautait sur des roues hautes et minces en lâchant des panaches de fumée.

En entrant dans la Samaritaine, Eugénie fut frappée par l'air ambiant qui sentait à la fois le parfum des femmes et les étoffes rares, un parfum qui était celui du luxe et qui, aussitôt, l'enivra. Elle suivit Mme De Joncourt qui grimpa directement à l'étage des dentelles et des broderies, fit des achats qu'elle donna à porter à sa servante, puis redescendit pour essayer une robe à godets fleurie d'une guimpe qui montait jusqu'au menton. Eugénie se sentait flotter dans cette foule qui allait et venait dans une nonchalance insouciante, au milieu des soies, des coupons, des robes et des chapeaux d'une beauté inouïe pour elle qui n'en porterait jamais mais qui n'en concevait pas la moindre envie : elle savait d'où elle venait et où elle allait.

Au premier étage, enfin, Mme De Joncourt lui acheta six mouchoirs et un flacon de patchouli que, d'abord, Eugénie refusa, puis finit par emporter parmi les nombreux paquets dont, dehors, un cocher de fiacre s'empara prestement. Durant tout le trajet du retour, elle répondit du bout des lèvres à sa patronne qui l'interrogeait sur ce qu'elle avait découvert. Elle n'osait pas se l'avouer, Eugénie, mais elle était troublée par tant de richesse entrevue, une sorte d'ivresse provoquée par les parfums mais aussi par la beauté d'un monde qui, soudain, grâce à Mme De Joncourt, lui paraissait accessible.

– Si vous restez, lui dit-elle, je vous emmènerai avec moi chaque fois que j'irai faire des courses.

– Merci, madame, dit Eugénie qui rêva toute la nuit à ce qu'elle avait découvert des fastes de la grande ville.

Elle connut quinze jours difficiles durant lesquels sa résolution fléchit quelque peu, d'autant que sa maîtresse, renouvelant ses tentatives de séduction, l'emmena au Bon Marché puis dans des salons de thé où elles dégustèrent à plusieurs reprises des pâtisseries fines en buvant du thé anglais. Pourtant, l'existence de son fils, là-bas, loin de Paris, finit par s'imposer de nouveau, dans l'esprit d'Eugénie, à toute autre pensée.

– Alors, demanda un soir Mme De Joncourt, n'est-ce pas merveilleux de vivre à Paris ?

– Je dois repartir, madame, répondit fermement Eugénie.

À compter de ce jour, elle n'eut plus droit à la moindre sortie. Elle eut alors le loisir de réfléchir à ce qu'elle ferait là-bas, en arrivant. Et ce qui lui paraissait le plus évident, c'était qu'elle ne pourrait pas vivre dans la vallée, qu'elle avait besoin de ce causse où elle était née, le seul endroit qui lui paraissait habitable, en tout cas le seul lieu où elle ne serait pas flouée comme elle l'avait été au château. Ce ne pouvait être dans le village où vivaient ses parents, car son père n'avait rien oublié ni pardonné, mais il existait des hameaux, là-haut, où l'on avait d'autres préoccupations que de s'intéresser à la jeune femme qu'elle était, du fait de la difficulté à vivre de quelques moutons, de quelques terres sans cesse grignotées par les pierres, du manque d'eau, d'une âpreté de l'existence dont on n'avait à attendre aucun cadeau.

Mais qu'y faire? Eugénie avait son idée, pour l'essentiel : ne plus travailler chez les autres mais chez soi, fût-ce pauvrement, au prix de sacrifices qu'elle consentirait d'autant plus facilement qu'elle ne dépendrait plus de personne – la blessure, en elle, d'avoir été trompée, d'avoir été chassée, malgré le temps passé, ne s'était jamais refermée. Et donc acheter une petite maison – une masure s'il le fallait –, quelques brebis, des volailles, un jardin, vivre en économie fermée comme vivaient d'ailleurs la plupart des familles du causse, autonome, indépendante, délivrée de la contrainte des maîtres, heureuse, enfin – peut-être.

Forte de cette position qu'elle envisageait imprenable, elle comptait bien se marier. afin d'acquérir un statut social auquel elle n'avait pas eu droit : une revanche, en somme, pour elle mais aussi pour son fils, étant bien entendu que ce mari habiterait chez elle et ne lui imposerait donc pas la loi des hommes, mais subirait la sienne. Elle n'avait pas souffert, pendant sept ans d'exil, pour ne pas tirer aujourd'hui profit de tant d'efforts, de tant de projets bâtis dans sa chambre de bonne d'où elle ne sortait jamais pour économiser, de tant d'énergie tendue vers le seul but qui lui parût digne d'être atteint : revenir, reprendre son enfant, vivre libre dans une maison qui serait la sienne.

Délivrée des sorties avec Mme De Joncourt, elle se mit à compter les jours et l'argent dont elle disposait.

La froideur manifestée à présent par sa maîtresse ne la rebutait pas. Il y avait longtemps qu'elle n'espérait plus rien de personne mais seulement d'elle-même. En sept ans d'exil et d'humiliation, elle était devenue une femme de fer.

3

Voilà quelle était cette femme qui allait revenir vers son fils après sept ans de séparation. J'ai souvent imaginé ces retrouvailles entre l'enfant qui s'était senti si seul, avait tellement souffert de l'absence de sa mère, et cette Eugénie de vingt-six ans que la vie avait si cruellement blessée, qui s'était forgé un caractère d'acier et dont les forces avaient été décuplées par les humiliations. Germain l'avait tellement attendue, pendant les derniers jours, qu'il n'avait plus quitté la maison de Louisa, espérant une arrivée inopinée, se répétant les mots que sa mère avait prononcés et qu'il n'avait jamais oubliés : « Je reviendrai et nous ne nous quitterons plus. »

Elle finit par arriver comme elle l'avait annoncé, un soir du mois d'août, vers huit heures, dans la chaleur paisible de l'été, alors que les fermes étaient assoupies dans l'ombre des chênes, sous la ronde folle des hirondelles. Dès qu'il avait aperçu le char à bancs, Germain s'était mis à courir vers lui. Comme la gare était distante de six kilomètres, Eugénie se faisait transporter par le cafetier qui remplissait aussi cet office, moyennant quelques sous.

Germain accompagna l'attelage jusque dans la cour de Louisa, où il s'arrêta enfin, le conducteur serrant la manivelle du frein. Eugénie descendit du côté droit et il se précipita vers elle, enfouit sa tête dans la grande robe noire. Mais elle ne se manifesta pas comme il l'aurait souhaité.

– Attends, dit-elle.

Et elle se saisit de son bagage : une malle en osier qu'elle posa sur le sol avant de payer l'homme qui portait une chemise et une casquette mouillées par la sueur. Il empocha, salua, fit claquer les rênes sur le dos du cheval et s'éloigna. Germain, alors, s'approcha à nouveau d'Eugénie, mais si elle embrassa Louisa, elle ne se pencha pas vers lui. Une sensation de malaise l'envahit, si douloureuse qu'il demanda :

– Et moi ?

Elle eut comme une hésitation, posa un baiser rapide sur son front, se redressa, et, sans prononcer un mot, se saisit de la petite malle et marcha vers la maison. Un instant décontenancé, il emboîta le pas aux deux femmes, trouva avec plaisir l'ombre des murs, s'assit en face de sa mère, de l'autre côté de la table sur laquelle Louisa posa une bouteille de vin coupée d'eau : la boisson de chaque jour. Il chercha alors le regard de sa mère mais ne le trouva pas et il ressentit le même malaise que dans la cour.

– Tu dois être fatiguée, ma pauvre, dit Louisa.

Eugénie ne répondit pas. Elle but avidement deux verres, s'essuya le front, et ses yeux se posèrent enfin sur son fils, mais pas aussi longtemps qu'il l'espérait. Il sentit qu'elle le fuyait, que cette soirée ne serait pas celle dont il avait rêvée, et il eut si peur, soudain, qu'il demanda :

– On partira quand ?

Eugénie ne répondit pas. Elle regarda Louisa comme si elle l'interrogeait, et celle-ci, volant à son secours, déclara :

– Mangeons. Vous devez avoir faim.

Elle mit rapidement le couvert, apporta la soupière et servit Germain, puis Eugénie.

– On partira quand ? répéta Germain.

– Laisse au moins arriver ta mère, fit Louisa.

Celle-ci mangeait lentement, demeurait pensive, son regard courant de son fils à Louisa, de Louisa à son fils, comme si elle ne parvenait pas vraiment à prendre pied dans ce monde de la campagne si différent de celui de la grande ville qu'elle avait quittée au matin. Germain remarqua que la robe qu'elle portait était plus belle que celle des femmes du village, d'un noir brillant, lustré, très serré à la taille, avec un petit col de dentelle qui tranchait sur la blancheur du cou, et il en fut heureux, au point d'oublier l'absence de réponse à la question qu'il avait posée.

Après la soupe, tout en mangeant la salade et le fromage, Eugénie demanda des nouvelles de la parenté, et les deux femmes s'entretinrent un moment des deuils, des naissances, des maladies de celles ou ceux qu'elles connaissaient, alors que l'impatience de Germain grandissait, débordait.

– On habitera où ? demanda-t-il, saisissant la

manche de sa mère qui se levait pour aider Louisa à desservir.

Elle comprit qu'elle ne pouvait plus reculer, lui fit face, et dit, après un instant de réflexion :

– Il faut me laisser le temps de me retourner.

Il eut un mouvement de recul, comme si elle l'avait frappé.

– Tu m'avais promis, bredouilla-t-il.

– Je n'ai pas oublié. Mais il faut me laisser le temps de trouver une maison.

Il se détendit un peu, demanda encore :

– Ce sera long ?

– J'espère bien que non.

– Avant la fin des vacances ?

– Peut-être.

– Et où vas-tu habiter, toi, pendant ce temps ?

– Chez ma sœur aînée, à Brive.

– Pourquoi pas ici ?

– Je vais être obligée de faire des démarches. Ça ne servirait à rien, que j'habite ici, on ne se verrait pas beaucoup.

Il n'insista pas. Tous ses espoirs s'étaient écroulés en quelques minutes. Il était tellement blessé qu'il sortit pour cacher ses larmes et il se réfugia dans son arbre, comme chaque fois qu'il souffrait. Mais il ne put y rester longtemps à la pensée de celle qu'il avait tant attendue et qui se trouvait tout près de lui. Il revint alors vers la maison où les deux femmes discutaient à voix basse, s'assit sur le banc au côté de sa mère, se sentit mieux en l'écoutant. Il comprit qu'il devait profiter de cette présence qui ne durerait pas, qu'il serait temps, demain, de se préoccuper d'un nouveau départ, et il se serra contre elle. Cette fois, elle ne le repoussa pas : quand le sommeil le submergea, elle le laissa poser sa tête sur ses genoux et il s'endormit dans la sensation délicieuse d'une main qui, enfin, caressait ses cheveux.

Elle resta deux jours seulement, et il ne la quitta pas une seconde. Jamais, pourtant, elle ne se laissa aller à renouveler le geste tendre qu'elle avait eu le premier soir, au contraire ; elle semblait maintenant tendue vers une pensée qui l'accaparait tout entière : réaliser son projet, ne pas s'en laisser détourner par quoi que ce soit, pas même par son fils. C'était pour lui qu'elle avait survécu, qu'elle s'était battue, qu'elle était revenue. C'était pour lui qu'elle deviendrait propriétaire, maîtresse chez elle, qu'elle ne servirait plus jamais personne.

Elle repartit un matin, à pied, sans l'embrasser, silhouette noire qui marchait vers un destin qu'elle comptait se forger elle-même, poussée par une résolution mûrie pendant des années, dans sa petite chambre sous les toits. Il faillit s'élancer derrière elle, mais Louisa le comprit et le retint par le bras en disant :

– Elle reviendra dans quinze jours : elle te l'a promis.

Et, comme il cherchait à se dégager :

– Qu'est-ce que c'est que quinze jours quand on a attendu des années ? Laisse-lui le temps de trouver une maison.

Cette idée l'apaisa brusquement. Il s'imagina avec

Eugénie dans une demeure semblable à celle dans laquelle il était entré à Paunac, une demeure noire, petite, encore plus pauvre que celle de Louisa, mais il fut persuadé que la seule présence de sa mère suffirait à l'éclairer, à l'embellir, à abriter un bonheur que plus rien ne menacerait.

Il se retrouva seul, comme avant, mais réchauffé par un espoir qui l'aidait à traverser le désert des jours sans Eugénie. Le fait de participer aux moissons, puis aux battages en compagnie de Louisa, l'aida à patienter : il avait appris à aimer le vacarme de la batteuse, l'odeur de la poussière en suspension, celle des gerbes comme celle des grains qui coulaient dans les sacs que les hommes les plus vigoureux montaient dans les greniers, le long d'une échelle ployant sous leur poids. Germain et Louisa mangeaient dans les fermes à midi, mais non le soir : ils regagnaient alors la maison dans l'épaisse chaleur du jour, et invariablement il demandait :

– Tu crois qu'elle va trouver ?

– Bien sûr qu'elle va trouver. Ne t'inquiète pas.

– Avant le mois d'octobre ?

– On verra bien.

Cette réponse, qui ne révélait pas la moindre certitude, ne lui suffisait pas. Il harcelait Louisa qui, de guerre lasse, finissait par soupirer :

– Je vois bien que tu es pressé de me quitter.

Il ne lui était jamais venu à l'esprit qu'elle pût souffrir de son départ, alors qu'ils vivaient l'un près de l'autre depuis sept ans. Il se taisait, se résignait à attendre celle qui revint, effectivement, quinze jours plus tard, comme elle l'avait promis. Et comme à l'occasion de son arrivée de Paris, elle se montra tout de suite distante, hostile, presque, jusqu'au moment où elle avoua, le soir, tandis que le repas s'achevait :

– J'ai trouvé une place à Brive, chez M. et Mme Teyssier en attendant.

– En attendant quoi ? s'exclama Germain qui avait senti son cœur s'emballer.

– Tu le sais bien : en attendant de trouver une maison et un petit bien sur le causse.

– Tu m'avais promis qu'on ne se quitterait plus, gémit-il.

– C'est bon pour les riches de rester sans rien faire ; moi, je ne peux pas.

Et, comme il demeurait paralysé, incapable de prononcer le moindre mot :

– Tu vas rester chez Louisa le temps que je trouve.

– Combien de temps ? cria-t-il, tremblant à la fois de colère et de désespoir.

– Quelques mois. Au plus tard, jusqu'au printemps prochain.

– Le printemps prochain ! fit-il dans une plainte qui n'ébranla pas le moins du monde Eugénie.

– Tu m'avais promis ! insista-t-il.

– Je tiendrai ma promesse. Il me faut un peu de temps, c'est tout.

Comme lors du premier séjour de sa mère, il quitta brusquement la table et se réfugia dans sa cabane, à l'extrémité du jardin, et cette fois, convaincu d'une trahison insupportable, il y resta jusqu'à la nuit. Quand elle repartit, le lendemain matin, il refusa de lui dire au revoir, malgré l'insistance de Louisa qui tentait de le fléchir. Eugénie, elle, ne fit pas un pas vers lui : elle prit le chemin de la gare à pied, comme à son habitude, et, sans se retourner, marcha hâtivement vers l'objectif qu'elle s'était fixé, et dont rien n'aurait pu la détourner.

On imagine aisément la souffrance de Germain. Il se sentit trahi, abandonné une deuxième fois, et quelque chose se ferma en lui dans sa confiance envers les êtres, fussent-ils les plus proches. Il rendit la vie impossible à Louisa qui levait les bras au ciel et soupirait sans cesse, appelant à son secours Dieu et tous les saints.

En octobre, il refusa de reprendre l'école, et elle dut alerter l'instituteur qui vint à la maison, un matin, le chercher. Il obéit à cet homme dur, autoritaire, qu'il redoutait, et il reprit ses habitudes, d'abord dans l'automne qui allumait des foyers d'or dans les chênes du chemin, ensuite dans un hiver sans neige mais d'un froid terrible qui abandonnait des oiseaux morts sur les seuils des maisons.

Il avait changé, s'était durci, il se battait avec ceux qui, avant, à cause de sa situation d'enfant sans père, le tourmentaient sans qu'il se défendît. Maintenant il faisait face, frappait avec l'énergie du désespoir qui était en lui, au besoin avec ses sabots dont il cassa le droit, un jour, ce qui lui valut d'amers reproches de Louisa. Il fallut acheter une autre paire, mais ce genre de dépense n'était pas prévue, et il dut marcher avec un sabot maintenu par du fil de fer, le temps que sa mère revienne et donne son accord.

Eugénie manifesta à cette occasion autant de contrariété que Louisa, et lui dit d'un ton qui le meurtrit une nouvelle fois :
– Si tu recommences, tu marcheras pieds nus.
Un soir, le maître le garda après la classe et lui reprocha de travailler « en dépit du bon sens » alors qu'il était plutôt bon élève l'année précédente.
– Qu'est-ce qui se passe ? demanda-t-il. Je ne te reconnais plus.
Germain, buté, refusa de répondre et, au lieu de se faire un allié de cet homme bien disposé vis-à-vis de lui, il n'obtint qu'une sévérité supplémentaire à son égard.
À Noël, sa mère vint passer le lendemain de fête à Saliac, car la famille Teyssier, qui l'employait, recevait le 25 et ne pouvait pas la libérer. Quand Germain voulut savoir si elle avait trouvé ce qu'elle cherchait, elle répondit du bout des lèvres, et non sans dissimuler une pointe d'agacement :
– Pas encore.
Alors, après son départ, au fur et à mesure que les jours passèrent, comme s'il avait voulu se venger de sa mère qui, à ses yeux, avait trahi sa confiance, il se rapprocha du château de la Bertonie dont le grand portail était rarement fermé et, à cause du froid, la cour souvent déserte. Il pénétrait dans ce domaine en sentant chaque fois son cœur s'emballer. Un jeudi matin, il se trouva face à face avec la vieille femme qui officiait comme cuisinière et qui avait connu sa mère et son père. Elle le fit entrer dans la cuisine car il grelottait. Puis elle lui donna un bol de chocolat, et lui demanda ce qu'il cherchait.

– Rien, dit-il. J'avais envie de voir, c'est tout.

En réalité, il aurait voulu lui demander de lui parler de son père mais il n'osait pas. Elle se remit à sa cuisine, se tournant de temps en temps vers lui, mais elle non plus n'osait parler, car elle ne savait pas exactement ce qu'il avait appris du passé, même si sa présence en ces lieux prouvait qu'il en connaissait l'essentiel. Il repartit au bout d'un quart d'heure, mais il prit l'habitude de revenir régulièrement, car Ida l'y avait invité.

– Viens quand tu veux, mon petit, avait-elle dit à l'instant où il s'était levé pour partir. Ça me fait plaisir de te voir.

Il reprit également l'habitude de se rendre au cimetière sur la tombe de celui qui lui manquait autant que sa mère, du moins s'efforçait-il de le penser. En fait, il se vengeait, tout simplement, même s'il savait bien que la justification de sa conduite ne résistait pas à quelques minutes de réflexion, en se rappelant comment avaient agi cet homme et sa famille vis-à-vis d'Eugénie. Le remords le chassait alors du cimetière, et il se faisait des promesses que, pourtant, il ne pouvait pas tenir. Quelque chose l'attirait toujours vers le château, contre quoi, malgré ses efforts, il ne pouvait pas lutter.

Au mois de mars, il comprit ce que c'était en découvrant, dans la cuisine, près de la vieille Ida, une autre femme : celle qu'il avait aperçue un jour sur la terrasse et dont il s'était persuadé, depuis, qu'elle était sa grand-mère. Son premier réflexe fut de fuir, mais, comme la première fois, il devina de l'émotion dans les yeux de cette femme qu'il redoutait autant qu'elle le fascinait. Elle était vêtue d'une longue robe bleue, et portait sur ses épaules un châle beige qui mettait en valeur la pâleur de son visage, où deux grands yeux clairs soulignaient un front haut, sous des cheveux épais et noirs.

– N'aie pas peur, dit-elle, assieds-toi, Ida va te donner ton chocolat.

Il obéit et, sans lever les yeux, attendit le bol que la cuisinière lui servit rapidement, car elle l'attendait, comme tous les jeudis matin, et avait fini par en informer sa maîtresse.

– Merci, Ida, dit Mme De Selves, vous pouvez nous laisser maintenant.

La vieille femme sortit et il resta seul avec la châtelaine qui demeurait silencieuse. Tout en gardant les yeux baissés, il but en se brûlant délicieusement la langue, puis il reposa le bol et, le cœur battant, attendit, ne sachant que faire. À un froissement de soie, il comprit qu'elle s'approchait et il voulut se lever pour partir, mais il n'en eut pas le temps. Elle s'assit sur la chaise la plus proche de lui, puis elle lui prit le menton du bout des doigts pour lui faire lever la tête. Son regard rencontra deux yeux brillants, puis il sentit deux lèvres se poser sur son front et il se recula brusquement, dans une sorte de réflexe dont il ignorait le sens.

– N'aie pas peur, dit-elle, tu peux venir ici quand tu veux.

Il sentait qu'elle craignait de le voir s'enfuir, mais il n'en avait plus envie, car il était curieux de cette

65

femme si différente de celles qu'il avait toujours côtoyées et dont l'élégance, la façon de s'exprimer, l'attiraient.

– Tu lui ressembles tellement, fit-elle dans un soupir et en essuyant ses yeux.

Ce chagrin qu'il devinait immense, malgré lui, le bouleversait. Il avait envie de le partager car c'était aussi un peu le sien. Elle caressa ses joues du bout des doigts, lui prit la main et lui dit :

– Viens ! J'ai quelque chose pour toi.

Sans doute à cause de la douceur de cette main qui n'était ni rêche ni dure comme celles de Louisa et d'Eugénie, il se laissa conduire le long d'un escalier dont la rampe chantournée sentait la cire, puis il arriva sur un palier à parquet de chêne dont les murs étaient couverts de tableaux où dominaient des scènes de chasse. Mme De Selves ouvrit la porte d'une chambre dont le mobilier de noyer brut brillait dans l'éclat de deux lampes aux perles de jais, au-dessus d'un magnifique tapis rouge vermeil. Là, régnait une odeur semblable à celle de l'encens de l'église, qui lui fit tourner la tête. C'était si beau, si inattendu, si différent de ce qu'il connaissait, qu'il eut l'impression d'avoir pénétré dans un autre monde.

– Assieds-toi, lui dit-elle en lui désignant de la main un fauteuil de reps vert.

Il s'assit, posa ses avant-bras sur le velours très doux, vit la châtelaine ouvrir une armoire, revenir vers lui en portant un paquet recouvert d'un tissu bleu.

– Tiens ! dit-elle, c'est pour toi.

Elle défit la ficelle d'or qui fermait le paquet, le lui tendit en souriant.

– Ouvre, fit-elle d'une voix qui lui remua le cœur.

Il ouvrit fébrilement le cadeau, vit apparaître un chandail de laine d'un gris perle dont la douceur lui fut immédiatement aussi douloureuse qu'une brûlure. Car il revit sa mère lui donnant à Noël un tricot de laine brute, à grosses mailles, couleur de terre, dont il avait compris qu'elle l'avait tricoté la nuit, au détriment de son sommeil.

– C'est pour toi, dit Mme De Selves qui l'avait vu lâcher hâtivement le cadeau.

Et elle ajouta, comme il demeurait hostile, prêt à s'enfuir, devinait-elle :

– J'ai autre chose. Regarde !

Elle sortit d'une boîte en carton une paire de chaussures noires à tige longue, à semelle épaisse, au cuir lustré.

– Prends ! dit-elle, de cette voix légèrement traînante et nasillarde qui le fascinait.

Mais ce n'étaient pas ces magnifiques souliers qu'il avait devant les yeux, soudain, c'étaient les sabots qu'avait dû racheter Eugénie après bien des palabres et bien des reproches, Eugénie qui avait gagné ses sous loin d'ici par la faute de celle qui souriait devant lui, Eugénie qu'il était en train de trahir, alors qu'elle se débattait dans les difficultés pour leur trouver un toit à tous les deux, Eugénie qu'on avait chassée comme une misérable mais qui était restée digne malgré les épreuves.

Il balaya violemment de la main les chaussures qui tombèrent sur le tapis, son regard fusilla celui de

Mme De Selves décontenancée, puis il fit brusquement demi-tour, dévala l'escalier, poussa une porte qui s'ouvrit sur le parc et il se mit à courir, la honte au front, convaincu d'une trahison impardonnable, dont les stigmates demeureraient longtemps inscrits sur son visage.

Il arriva un peu avant midi, et c'est à peine s'il osa lever les yeux vers Louisa qui lui demanda où il avait passé la matinée, avant de lui tendre une enveloppe sur laquelle il reconnut l'écriture de sa mère. Il la déchira rapidement et lut d'un trait les deux lignes qui accrurent terriblement le malaise qu'il portait en lui :

Mon cher enfant,
J'ai trouvé la maison où nous pourrons habiter dès le mois de juin. Je viendrai dimanche pour t'en dire davantage.
Je t'embrasse,
Eugénie Rivassou.

Il ne put rien manger, au point que Louisa le crut malade, surtout lorsqu'elle aperçut des larmes dans ses yeux, lui qui ne pleurait jamais. Mais elle n'eut pas le cœur de le questionner. Au contraire : elle le laissa partir dans sa cabane au fond du jardin où il demeura longtemps tremblant de l'imposture qu'il avait failli commettre envers celle dont il avait douté, mais qui avait si bien su tenir ses promesses.

4

J'AI encore du mal à me persuader de ce qui s'était passé, ce à quoi Eugénie s'était résolue en ce début de XXe siècle, et qui paraît incroyable aujourd'hui : elle avait tout simplement acheté un mari. Je préfère formuler cette vérité différemment, tant quelque chose en moi s'y refuse, me blesse, dans l'évidence de la fragilité et de la dureté, de la faiblesse et du courage que révèle ce comportement d'une jeune femme de vingt-sept ans. C'était pourtant simple : sa mère lui avait présenté un homme d'une quarantaine d'années qui avait des dettes et qui cherchait à s'en acquitter pour ne pas perdre la petite propriété qu'il possédait. Il s'appelait Montal et habitait le hameau de Murat, à quelques lieues de Paunac. Eugénie n'avait pas hésité : elle avait payé les dettes contre mariage, reconnaissance de son fils et copropriété de la maison et des quelques terres dépendantes. Tout cela devant notaire, évidemment, de manière à s'établir définitivement et ne plus craindre l'avenir.

Désormais, elle serait mariée, vivrait chez elle, son

fils aurait un père, et elle aurait acquis le statut social qui lui avait toujours fait défaut. Je suis certain qu'elle aurait pu mieux se marier, car elle était belle avec ses grands yeux sombres où voletaient parfois des étincelles d'or, ses pommettes hautes, sa peau mate, ses cheveux d'un noir de jais, son corps robuste et assez souple pour demeurer gracieux – mais il lui aurait manqué l'essentiel : la terre et la maison. Voilà pourquoi elle s'était sacrifiée, vendue à un homme qu'elle n'aimait pas, mais qui représentait l'unique issue pour sortir d'une situation qui ne pouvait pas durer. Sans doute aussi cette solution correspondait-elle au montant de ses économies, un pécule dont elle s'était aperçue, en quelques mois, qu'il ne lui permettrait pas d'acquérir seule la propriété dont elle avait rêvé.

Quoi qu'il en soit, c'est une Eugénie souriante qui arriva à Saliac, le dimanche convenu, et qui confirma à Germain ce que contenait sa lettre, en apportant quelques précisions : ils habiteraient une maisonnette avec une cuisine et deux chambres, finalement très semblable à celle de Louisa. Elle était prolongée par une étable où l'on pouvait élever quelques chèvres et dont la chaleur s'ajouterait à celle de la cheminée, l'hiver, la séparation n'étant formée que par une cloison de planches. L'une et l'autre se trouvaient au bord d'un à-pic qui constituait l'extrême rebord du causse d'où l'on découvrait la vallée, et, tout au fond, à plus de cent kilomètres, les premiers monts d'Auvergne.

Au cours du repas qui suivit son arrivée, Eugénie expliqua qu'elle allait se marier au mois de mai, mais qu'il n'y aurait ni bénédiction à l'église ni repas de mariage, simplement une visite à M. le maire.

– C'est pour le samedi 18 mai dans l'après-midi, précisa-t-elle. Il n'y aura que lui, moi et deux témoins.

– Qui c'est, cet homme? demanda Germain, alerté par le ton tout à coup plus grave de sa mère.

– Il s'appelle Julien Montal, dit-elle, il est de là-haut.

– Il habitera avec nous? demanda Germain qui avait espéré vivre seul avec elle.

– Bien sûr qu'il habitera avec nous, puisque nous allons nous marier.

Ce fut tout. Un peu déçu, Germain n'osa aller plus loin, car il devinait, derrière cette nouvelle, une ombre qui allait ternir la joie des véritables retrouvailles, sur ce causse vers lequel, depuis toujours, convergeaient toutes ses pensées. Eugénie ajouta, tout en se levant pour aider Louisa à débarrasser la table:

– Tu vas finir l'année ici, mais à la rentrée prochaine, tu iras à l'école à Lasvaux. Tu verras, c'est tout près de Murat, par le chemin de crête.

Dès lors, il cessa de penser à celui qui allait devenir le mari de sa mère, pour ne plus rêver qu'à la nouvelle vie qui l'attendait là-haut. Et quand Eugénie repartit, très tôt dans l'après-midi, il l'accompagna sur la route pour lui poser les questions qui lui brûlaient les lèvres, et auxquelles elle répondit de bonne grâce, soulagée, sans doute, d'avoir annoncé son mariage à son fils.

– À partir du mois de mai, précisa-t-elle, tu ne t'appelleras plus Rivassou mais Montal.

71

Elle avait placé dans cette confidence toute la satisfaction qu'elle en éprouvait, et elle ne devina pas le
pincement de cœur qu'il en ressentit.

– Tu comprends ? dit-elle.

Tout en posant sa question elle s'arrêta, le prit
par les épaules, se pencha vers lui, espérant lire
dans ses yeux une lueur de gratitude que, pourtant,
il était incapable d'éprouver. Il savait où se trouvait
son père, et malgré le ressentiment qu'il éprouvait
pour la famille de cet homme-là, il ne pouvait pas
l'oublier. Aussi se contenta-t-il de hocher la tête,
mais sans pouvoir croiser le regard de sa mère qui
en fut contrariée : c'était avant tout pour son fils,
afin qu'il soit reconnu légalement, qu'elle se mariait
avec l'homme de Murat. Elle n'insista pas, toutefois,
car l'intuition la traversa qu'il ne pouvait pas encore
comprendre ce qu'elle avait accepté pour le bien de
son enfant.

Elle le pressa contre elle et lui dit simplement :

– Tu peux retourner maintenant. Louisa s'inquié-
terait.

Il aurait bien voulu la questionner encore, mais
elle ne lui en laissa pas le temps : comme il ne bougeait pas, ce fut elle qui s'éloigna après un dernier
signe de la main. Il attendit qu'elle disparaisse au
tournant de la route, puis il revint lentement sur ses
pas, sans pouvoir se défaire de la mauvaise impression laissée en lui par les propos de sa mère. Il s'en
ouvrit à Louisa qui l'attendait sur le seuil, et elle sut
trouver les mots, comme à son habitude, pour le rassurer :

– Il faut un homme dans une maison. Regarde

dans quelles difficultés je me débats depuis que le mien est mort. On n'est jamais trop de deux, tu sais, pour gagner le pain de chaque jour.

– C'est pas mon père.

– Il le deviendra.

Devant cette réponse catégorique, Germain demeura circonspect : comment pouvait-on devenir le père d'un enfant si on ne l'était pas ? Mais c'était trop de questions à la fois, et il préféra se réfugier dans le souvenir de son court voyage sur le causse, imaginer la maison, compter les jours qui le séparaient de son installation à Murat : seulement trois mois. Ce n'était vraiment pas grand-chose quand on avait attendu si longtemps. Avant que la nuit ne tombe, il avait retrouvé la sérénité que lui avait apportée la lettre de sa mère trois jours auparavant.

Elles passèrent vite ces dernières semaines avec Louisa, d'autant que le soleil était revenu, que Germain pouvait vivre au-dehors, cherchant les nids dans les arbres, les champignons de printemps dans les bois, aidant aux foins dès la mi-juin sans même sentir la fatigue, tant il avait d'espoir en l'avenir. Comme elle l'avait promis, Eugénie vint le chercher pour la Saint-Jean, à pied, un jour de grand soleil. Elle avait mis deux heures et demie pour franchir les douze kilomètres qui séparaient Murat de Saliac, mais elle ne paraissait pas fatiguée car elle avait l'habitude de se déplacer ainsi, sauf quand un lourd bagage nécessitait la location d'une charrette.

Ils partagèrent le repas de midi avec Louisa qui

s'efforçait de cacher sa tristesse, puis ils rassemblèrent les affaires de Germain dans un sac en toile et ils s'apprêtèrent à partir. Il était trop impatient, avait trop longtemps attendu ce moment pour manifester, au terme de huit années passées près de Louisa, le moindre chagrin. Il l'embrassa très vite, se dégagea de son étreinte alors qu'elle cherchait à le retenir, puis il s'éloigna tandis qu'Eugénie faisait ses adieux à celle qui avait si longtemps veillé sur son fils. Il eut honte, un instant, de sa froideur, faillit revenir sur ses pas, mais Eugénie l'avait rejoint, et ils partirent après un dernier signe de la main.

L'ombre était rare sur le chemin qui serpentait dans la vallée, mais Eugénie, silencieuse, avançait d'un pas têtu, régulier, sans se retourner. À quelques pas derrière elle, Germain levait de temps en temps la tête vers cette femme que rien ne semblait pouvoir arrêter, malgré la longue robe noire qui lui descendait jusqu'aux chevilles, dans la chaleur terrible de l'été. Il mesurait à chaque pas cette force qui vibrait en elle, l'air farouche de son visage quand il se portait à sa hauteur, et il n'osait pas prononcer les mots que lui soufflait sa reconnaissance, ce bonheur dont elle lui faisait présent, comme elle l'avait promis.

Au bout de six kilomètres, elle s'arrêta au bord d'un ruisseau, s'approcha de l'eau, se rafraîchit le visage et la nuque. Il fit de même, devina une ombre de lassitude, vite effacée, dans les yeux bruns, et il murmura :

– Merci.

Le regard d'Eugénie se posa sur lui, déjà délivré de

74

l'ombre de fatigue qui l'avait terni un instant, et il eut l'impression qu'elle le voyait vraiment pour la première fois. Mais elle n'était plus apte à laisser percer en elle la moindre émotion, et elle le fit seulement avancer vers elle en le prenant par la nuque, si bien qu'il enfouit sa tête dans le tissu noir de la robe et enserra sa taille. Pas longtemps. Trois secondes, puis elle se dégagea, et, sans aucun commentaire, elle se remit en route, ne cherchant même pas l'ombre, avançant de ce pas appliqué qui ne laissait jamais transparaître la moindre faiblesse.

Germain reconnaissait maintenant le chemin qu'il avait pris le jour où il était parti seul vers le causse, et, levant les yeux, il aperçut un promontoire qui fendait le bleu du ciel comme une étrave : celui-là même qui demeurait vivant dans son souvenir depuis ses premières années. Ils traversèrent un village assoupi le long d'une grande plaine, franchirent de nombreux ruisseaux, rencontrèrent peu de gens car c'était l'heure de la sieste, puis ils commencèrent à monter. Germain avait hâte d'arriver, mais en même temps il aurait voulu que ce court voyage en compagnie de sa mère ne se termine jamais.

Ils dépassèrent les derniers ruisseaux, les derniers prés, trouvèrent la rocaille de part et d'autre du chemin, les premiers genévriers, les chênes nains, les murs de lauzes, continuèrent de monter le long d'une route en lacets. Plus haut, Eugénie s'assit à l'ombre d'un mur, à l'abri des rayons impitoyables du soleil.

– Nous allons arriver, dit-elle.

Face à eux, en bas, la vallée recommençait à vivre,

dans une verdure que l'été n'avait pas encore fait pâlir et que la brume de chaleur faisait danser comme un mirage. Eugénie sortit un beau mouchoir bleu de sous sa manche droite – vestige d'une visite à la Samaritaine qui, chaque fois qu'elle s'en emparait, lui serrait le cœur – puis elle s'épongea le front et la nuque.

– Faudra pas avoir peur de lui, dit-elle, il n'est pas méchant.

Germain comprit qu'elle parlait de l'homme qui les attendait dans la maison, et quelque chose se noua en lui, mais cela ne dura pas. L'odeur de pierre chaude, si caractéristique du causse, la proximité de ce ciel d'un bleu de faïence, la présence de sa mère attentive à ses côtés, suffirent à le rendre confiant. Saliac et la plaine étaient loin, maintenant. Il touchait au but, son rêve le plus cher se réalisait.

Eugénie se leva, et ils repartirent entre deux grands pans de rocher couleur de paille. Trois cents mètres plus haut, le dernier lacet les hissa dans le hameau dont les rares maisons étaient couvertes de tuiles brunes et les pierres rejointoyées d'un mortier rouge orangé. Une croix, vestige d'une mission de 1895, semblait accueillir les visiteurs, au départ d'un chemin qui montait encore entre deux murs. Germain suivit Eugénie sur ce chemin jusqu'à un portail, qui, cent mètres plus loin, s'ouvrait sur une petite cour où affleuraient des plaques de roches calcaires. La maison était là, basse, sans étage, couverte des mêmes tuiles brunes, bâtie de pierres brutes, mal taillées et, dans les angles, fortifiée par des blocs de rocher sur lesquels elle était assise.

– C'est là, dit Eugénie.

Elle entra dans la cour, attendit qu'il vienne à sa hauteur et fit un geste dont elle n'était pas coutumière : elle passa son bras droit autour des épaules de son fils et le conduisit sous un tilleul qui se trouvait au bord d'un à-pic, face à l'immensité de la vallée.

– Regarde ! dit-elle d'une voix qui trahissait une émotion contenue.

Devant eux, tout en bas, la vallée verte sommeillait dans la brume de chaleur sur une vingtaine de kilomètres, sous le ciel bleu qui rejoignait des monts indistincts au fond de l'horizon.

– Au bout, c'est l'Auvergne, dit-elle, mais à plus de cent kilomètres.

Germain ne revenait pas de ce spectacle grandiose qu'il avait sous les yeux grâce à la situation de la petite maison plantée telle une sentinelle sur le bord extrême du causse.

– On peut voir Saliac ? demanda-t-il.

– Non. Le village se trouve derrière la petite colline qu'on aperçoit à gauche de ce grand champ de blé.

Il en fut heureux, comme si le fait de ne plus voir le village où il avait grandi le coupait définitivement de son passé. Ils restèrent ainsi au moins cinq minutes à contempler le vaste monde à leurs pieds, puis Eugénie l'attira vers la maison dont elle ouvrit la porte au moyen d'une grande clef qui était suspendue, sur le mur, à un clou de forgeron.

Ils entrèrent dans la pièce principale qui servait à la fois de cuisine et de salle à manger et qui était meublée d'une table, d'un buffet et d'un coffre. À droite au fond, dans un cantou noir de suie, une marmite chuchotait sur un maigre feu. À gauche, une clayette suspendue au plafond grâce à une poulie contenait des fromages qui séchaient : c'est du moins, à l'odeur, ce qu'en déduisit Germain. Deux tue-mouches pendaient, couverts de taches noires dont certaines frémissaient encore. Eugénie poussa successivement deux portes qui s'ouvrirent sur deux petites chambres.

– Celle-là est pour toi, dit-elle à son fils en lui montrant la seconde.

– Derrière, là, c'est l'étable des chèvres, ajouta-t-elle, et au-dessus il y a un petit grenier.

C'est à peine si Germain accordait d'attention à cette maisonnette finalement très semblable à celle de Louisa : il aurait vécu n'importe où, pourvu que ce fût près de sa mère.

– Tu dois avoir soif, dit-elle. Assieds-toi.

Elle versa du vin qu'elle coupa d'eau dans deux verres, et il but d'un coup, sans respirer. Quand il reposa son verre, elle le servit de nouveau, but elle aussi, puis elle dit d'une voix chargée d'émotion :

– Ici, petit, c'est chez nous.

Il devina ce qu'elle voulait exprimer par là grâce à l'éclat soudain farouche de ses yeux, mais il ne mesura pas vraiment ce que ces mots contenaient d'efforts, de volonté, de courage et d'espoir. D'ailleurs, elle se reprit très vite, et se leva en disant d'une voix redevenue ferme :

– Viens ! Je vais te montrer le reste.

Elle le conduisit de l'autre côté de la maison par

un passage étroit, large d'un mètre, entre le mur et l'à-pic. Il y avait là un enclos, avec un poulailler, un clapier dont l'odeur forte parut agréable à Germain, et un petit jardin qui s'étendait jusqu'à deux murs de lauzes le séparant à la fois du chemin et de la propriété du haut. De là aussi on apercevait la vallée et le lointain horizon. Le ciel paraissait si proche qu'on aurait cru pouvoir le toucher en levant le bras. Ils demeurèrent un moment immobiles à contempler de nouveau la plaine, puis Eugénie décida :

– Allons le rejoindre. Il doit être en bas, dans la vigne.

Germain comprit qu'elle parlait de l'homme avec lequel ils allaient vivre et qu'il avait oublié. Il la suivit par un étroit sentier qui descendait sur le versant, et, passé les taillis, débouchait sur une petite vigne. Un homme était assis à l'ombre, sur un banc de pierre, et il se leva en les apercevant. Il n'était pas très grand, portait casquette et moustaches, un bleu de travail, une chemise de toile et sa taille était entourée d'une ceinture de flanelle. Il avait des yeux gris, des épaules étroites et, sembla-t-il dès cet instant à Germain, une grande lassitude dans les gestes.

– C'est Germain, dit Eugénie.

L'homme tendit une main que Germain serra, et il dit simplement :

– Brave petit.

– Bonjour, fit Germain.

Ce fut tout, mais il devina qu'il n'avait rien à craindre de cet homme-là. Alors, tandis qu'Eugénie et son mari pénétraient dans la vigne pour soupeser les grappes et estimer les vendanges à venir,

79

Germain se tourna vers la vallée et embrassa d'un regard l'immensité verte et bleue qu'il allait pouvoir désormais contempler chaque jour de sa vie.

C'est dire s'il s'adapta vite à son nouvel univers. Après une longue soirée passée sous le tilleul en compagnie de sa mère à regarder s'éteindre les lumières de la vallée, il dormit comme un bienheureux dans sa petite chambre qui sentait la fumée de la cheminée et s'éveilla avec le jour en entendant du bruit dans la pièce d'à côté. Il se leva, s'habilla et poussa la porte, ne sachant, tout à coup, s'il devait embrasser sa mère et celui qu'il ne parvenait pas à considérer comme son père. Eugénie ne lui laissa pas le temps de s'interroger et lui dit :

— Assieds-toi là.

Il s'assit face à l'homme qui leva la tête et dit, comme la veille, d'une voix fatiguée :

— Brave petit.

Il mangeait un reste de soupe dans une assiette creuse, son regard était franc mais voilé par quelque chose d'indéfinissable qui le rendait fragile. Eugénie, déjà impeccablement vêtue et coiffée – elle avait gardé l'habitude de se lever très tôt –, versa du lait de chèvre dans un bol et tendit à son fils un morceau de pain recouvert d'une mince couche de ce qui devait être de la graisse de porc.

— Dépêche-toi, lui dit-elle, on doit aller chercher l'eau avant qu'il fasse trop chaud.

Il ne savait encore rien, ce matin-là, du grand malheur du causse où l'eau est si rare, de la nécessité de la ménager, de la mesurer, comme un bien aussi précieux, sinon davantage, que le pain. Il fallait aller la chercher à plus d'un kilomètre, de l'autre côté du hameau, dans un creux blotti au fond d'un bois. Et cette eau si précieuse était destinée aux habitants des lieux mais aussi aux bêtes, d'où l'obligation d'en ramener le matin et le soir, été comme hiver.

Après avoir déjeuné, comme il s'approchait du seau qui se trouvait dans l'évier taillé dans la pierre, Eugénie l'arrêta du bras et lui dit :

– Tu te débarbouilleras à la fontaine.

Rien, toutefois, ne le surprenait vraiment, car il se sentait trop heureux d'être là. La vallée qui s'éveillait dans les rayons obliques du soleil lui confirma, à l'instant où il sortit, qu'il était à sa place, ici, sur ce causse qui paraissait avoir été créé uniquement pour que l'on puisse, d'en bas, admirer cette sentinelle crayeuse qui soulignait le bleu magnifique du ciel.

Sous la remise, Eugénie s'était emparée de deux grandes barres en frêne, sur lesquelles elle fit glisser l'anse de quatre seaux, deux de chaque côté.

– Passe devant, dit-elle à Germain.

Il empoigna les extrémités des barres, sentit Eugénie les saisir derrière lui, et ils descendirent le chemin qui menait à la croix qu'il avait remarquée la veille. Là, au lieu d'aller droit vers les maisons qui se succédaient vers un terre-plein envahi de ronces, ils prirent une venelle qui serpentait entre deux murs de lauzes en s'inclinant doucement vers un vallon. Ils la suivirent pendant huit cents mètres, passèrent entre des bergeries et des maisons basses qui paraissaient désertes, trouvèrent l'ombre de quelques chênes, et, passé le tournant, un petit bois qui dévalait en pente abrupte vers une ravine ombreuse.

Ils empruntèrent la sente qui menait trente mètres plus bas vers un trou maçonné d'où sortait une eau, qui, dès que Germain la toucha, lui glaça le sang. La fontaine coulait entre deux buis qui sentaient bon, dans la fraîcheur du bois où les rayons du soleil ne pénétraient pas. Il leur fallut un quart d'heure pour remplir les seaux, après quoi le plus difficile commençait : remonter l'un devant, l'autre derrière, sans se trouver, donc, à la même hauteur. Ils firent une tentative mais n'y parvinrent pas. Il fallut porter les seaux par l'anse jusqu'au chemin sans le secours des barres. Ils s'y résolurent, après qu'Eugénie lui eut expliqué la manœuvre, tout en regrettant :

– Avec toi qui es plus petit devant, je pensais qu'on y arriverait, mais je glisse et je préfère garder une main libre.

Une fois sur le chemin, bien qu'il fût tôt, Germain sentit brusquement peser sur ses épaules l'épaisse chaleur, que la nuit de juin avait à peine dissipée. Ils rencontrèrent des femmes qui descendaient à la fontaine, aussi noires les unes que les autres, et qu'Eugénie salua d'un signe de tête, sans engager la conversation. Elles paraissaient toutes pressées par une nécessité impérieuse, qui reléguait les autres préoccupations à plus tard. Le hameau s'éveillait dans des bruits ménagers et de basse-cour, sous le soleil qui grimpait très vite dans le ciel sans le moindre nuage. Tout en marchant, Germain contemplait, sur sa droite, la vallée d'où montaient des flocons de bruit légers comme des soupirs. Près des bergeries, on entendait bêler des brebis et aboyer des chiens. Eugénie s'arrêta une fois pour se reposer à l'ombre d'un noyer. En se retournant, il rencontra son regard qui, pour la première fois, lui parut empreint d'une certaine tendresse, mais elle ne prononça pas un mot, sinon celui du départ:

– Allons!

Une fois dans la cour, il ne sembla pas à Germain avoir vécu une épreuve, même si des crampes menaçaient ses bras et ses épaules peu habitués à un tel effort. La seule présence d'Eugénie, dès ce matin-là, lui épargna la moindre pensée négative. Au contraire, ces descentes et ces montées en sa compagnie, matin et soir, devinrent vite pour lui des moments précieux, que venaient embellir les rares mots de sa mère et, parfois, ses regards dans lesquels il devinait cette once de tendresse d'autant plus émouvante qu'elle ne pouvait jamais l'exprimer.

Ils portèrent deux seaux dans l'étable, deux seaux dans la maison, après quoi elle lui montra comment nourrir les poules et les lapins, surveiller les busards qui tournaient tout le jour à la recherche des poussins, mettre la soupe à mijoter dans la marmite de fonte et, très vite, emmener les chèvres sur le versant abrupt où elles trouvaient encore un peu d'herbe verte, alors que celle du causse était déjà grillée. Il y en avait quatre, plus un bouc très rebelle au moindre commandement. Eugénie expliqua à Germain où les mener et comment s'en faire obéir en précisant que c'était lui qui les garderait, car elle devait aider Julien à travailler les deux terres qu'ils possédaient, ainsi que le jardin. Germain l'avait presque oublié, cet homme qui revint peu avant midi, la houe sur l'épaule, et s'attabla sans un mot pour manger la soupe de pain, une salade de tomates agrémentée d'oignons, et un fromage de chèvre. Tout en mangeant, il se servit cinq ou six verres de vin qu'il vida d'un trait, puis il s'essuya les moustaches d'un revers appliqué de la main droite.

Quand il entra dans la chambre pour la sieste, Eugénie ordonna à Germain de faire de même. Elle, elle ne dormait pas, ou très peu. Germain l'entendit dans la cuisine s'occuper du lait et des fromages qu'elle irait vendre à la foire, ce qui constituerait, avec la vente de quelques volailles, les seuls revenus de la maisonnée. Il s'allongea sur son lit mais il ne put trouver le sommeil. Comment dormir avec tant de nouveauté à portée de la main ? Il rêva pendant un quart d'heure à cette vie qui l'attendait, puis il se leva, espérant la partager avec sa mère dans les plus petits gestes quotidiens.

– Il faut dormir, dit-elle en l'apercevant.

Et, comme il cherchait les mots pour expliquer que rien, près d'elle, ne pouvait le fatiguer :

– Ici, le travail ne manque pas, tu sais.

– Je vais t'aider.

Il ne vit pas le sourire qui naquit sur les lèvres d'Eugénie, à l'instant où elle lui tendit une petite louche destinée à remplir des faisselles avec le caillé qu'elle séparait du lait. Ce qu'il fit avec des gestes prudents, heureux comme il ne l'avait jamais été en sentant le coude de sa mère contre le sien, dans la maison silencieuse, entre les murs qui avaient gardé un peu de fraîcheur, alors qu'au-dehors on devinait par l'étroite fenêtre le formidable éclat du ciel.

Ils travaillèrent ainsi pendant près d'une heure, puis il aida Eugénie à transporter les faisselles dans la remise où elles commenceraient à sécher avant un dernier affinage dans la barquette suspendue sous le plafond. Quand ils eurent fini, Julien se levait. Eugénie prépara une musette avec deux bouteilles de vin, du fromage et du pain, puis elle dit à Germain :

– Tu vas descendre avec nous, mais tu remonteras à cinq heures pour les chèvres. Nous allons sarcler le maïs.

Une fois dehors, la chaleur et la lumière saisirent Germain qui suivit sa mère et Julien en se demandant comment elle avait pu se marier avec un homme aussi fragile, qui paraissait constamment épuisé. Ils descendirent vers la vallée, s'arrêtèrent à mi-pente, sur la droite, où se trouvaient deux champs, un petit et un plus grand, de maïs et de blé : toute leur richesse.

– On appelle ce coin la Minie, dit Eugénie. Tout est là, à part la vigne, là-haut, mais tu la connais.

Elle lui indiqua une rangée de maïs à sarcler, puis elle s'éloigna avec une houe sur l'épaule, mais elle ne le laissa pas longtemps seul. Une demi-heure plus tard elle revint et lui demanda de remonter pour s'occuper des chèvres.

– Pendant que tu les gardes, n'oublie pas l'herbe pour les lapins. Tu sais ce qui leur faut : tu t'en occupais chez la Louisa.

Il remonta à regret, ouvrit la porte des chèvres et eut beaucoup de mal, au début, à s'en faire obéir, mais une fois sur le coteau, quand elles eurent trouvé l'herbe à l'ombre des talus, il put s'asseoir et savourer son bonheur de se tenir là, face à la vallée dont les bruits lui parvenaient étouffés par la chaleur. Il ne remonta que vers sept heures, comme le lui avait recommandé Eugénie, puis il donna de l'herbe aux lapins pendant que sa mère s'occupait des chèvres, et donc ils dînèrent très tard, comme chaque jour d'été.

Quand tout fut terminé, il alla s'asseoir sur le banc, afin de regarder tomber la nuit sur la plaine qui s'endormait doucement. Peu avant d'aller se coucher, Eugénie vint le rejoindre. Ils ne parlèrent pas, mais le clignotement des étoiles complices au-dessus du grand silence du causse adoucit encore cette première journée, au terme de laquelle, dès qu'il fut allongé dans ses draps, il s'endormit d'un sommeil apaisé. sans le moindre rêve.

5

GRÂCE au bonheur qu'il éprouva dès cette première journée, Germain, ébloui, ne mesura pas
à quel point cette vie qu'ils menaient là-haut était
d'une âpreté, d'une rudesse qui confinaient à la
survie. Faute d'argent, ils ne pouvaient rien acheter
et vivaient donc des légumes du jardin, des volailles,
du lait, de l'eau de la fontaine, d'un peu de blé dont
ils confiaient la farine au boulanger de Martel,
lequel leur rendait en échange une grosse tourte
hebdomadaire qu'il fallait économiser. Ils avaient
besoin de tous leurs bras, de toute leur énergie
pour maintenir cet équilibre fragile qui menaçait
constamment de se rompre par la faute d'un orage,
d'une épizootie, d'une maladie ou d'un accident.
Tant de gestes quotidiens, tant de soins à porter
aux bêtes et aux champs donnaient l'impression
que les journées n'étaient pas assez longues, que
l'on n'arriverait jamais à bout des tâches indispensables à cette vie patiente, farouche, besogneuse et
constamment mise en péril.

Non, je ne pense pas qu'il ait ressenti, à son

arrivée, la fragilité de ce monde-là, qu'il ait compris que, malgré la présence de sa mère et de l'homme avec qui ils vivaient, ce premier bonheur de sa vie était menacé. Et c'est heureux pour lui, car il ne devait pas durer longtemps, ce bonheur, juste le temps de se mesurer avec une existence qui n'obéissait qu'au travail quotidien, sans dimanches, sans récompense sinon celle d'un repas meilleur qu'à l'ordinaire, par exemple lors d'une fête comme celle des moissons et des vendanges, durant lesquelles il retrouvait la solidarité découverte dans la vallée.

Non qu'ils eussent beaucoup de blé à battre, mais ils payaient de leur aide l'usage de la batteuse installée sur la place de Murat, qui officiait pour l'ensemble des habitants du hameau. Huit jours auparavant, ils avaient coupé les épis à la faucille, mais le champ était si petit qu'il leur avait fallu à peine une journée pour en venir à bout. Ce fut au cours de cette journée-là qu'Eugénie confia à Germain en montrant son mari assis à l'ombre, qui paraissait épuisé par l'effort :

– C'est son angine de poitrine qui le fait souffrir.

Germain ne demanda même pas de quoi il s'agissait : il avait compris dès le premier jour que cet homme était très malade. Mais le fait de travailler près d'Eugénie malgré la canicule, de brasser ces épis de blé si précieux, lui faisait oublier la maladie de celui que, malgré ses efforts, il ne parvenait pas à considérer comme son père.

Les battages, à la mi-août, rassemblèrent une centaine de personnes, hommes, femmes et enfants, autour de la locomotive fumante, dans la poussière des grains et de la paille. Ils s'achevèrent par un grand repas sous les chênes, qui dura jusque tard dans la nuit. Germain n'avait jamais autant bu, car il faisait très chaud. Un début d'ivresse le fit flotter dans une sorte de ravissement qui l'aida à chanter avec les moissonneurs, lui qui n'avait jamais chanté de sa vie, pas même à l'église.

Cette nuit-là, il vit Eugénie rire aux éclats et il en fut très étonné, comme s'il découvrait tout à coup que sa mère était jeune et pleine de vie. Il remarqua qu'un homme lui parlait à l'oreille, mais il ne s'en offusqua pas : il fallait bien qu'elle s'amuse une fois dans l'année, elle dont le mari était allé se coucher dès onze heures.

Ils rentrèrent côte à côte sur le chemin en pente douce, poursuivis par les chants et les rires qui montaient vers les étoiles. Peu avant d'arriver, Eugénie passa son bras droit autour des épaules de son fils, mais, comme à son habitude, elle ne prononça pas le moindre mot. Il n'en avait pas besoin : il avait appris à la comprendre au moindre regard, au moindre geste, au moindre soupir. Ce langage lui suffisait pour savourer le temps passé près d'elle, combler le gouffre des sept années vécues dans une douloureuse séparation, mais dont le souvenir, au fil des jours, s'estompait.

Le lendemain, il fallut se lever à six heures, comme d'habitude, et il trouva Eugénie debout, apprêtée avec le même soin que la veille. En cette saison sans la moindre pluie, ce n'étaient plus deux voyages à la fontaine qui étaient nécessaires, mais

trois, car le jardin, dont ils dépendaient étroite-
ment, réclamait son dû. Eugénie interrogeait le ciel
soir et matin, mais rien n'annonçait les orages. Et
cela dura jusqu'à la fin du mois d'août, où un peu
de pluie vint enfin rafraîchir l'air ambiant mais ne
put donner aux plantes tout ce dont elles avaient
besoin. Dans le hameau, ceux qui possédaient des
citernes n'avaient plus d'eau : eux aussi descendaient à la fontaine. On entendait les brebis bêler
dans les bergeries ou à l'ombre rare des chênes
nains, et les hommes avaient pris l'habitude de se
raser avec du vin.

Ces trois voyages à la fontaine n'étaient pas davantage pénibles à Germain. Pourvu qu'il fût près de sa
mère, il eût accepté n'importe quelle épreuve. Et
cependant ils durèrent longtemps : jusqu'au début
de septembre, en fait, quand trois jours de pluie
consécutifs arrosèrent abondamment le jardin. Alors
deux voyages suffirent et la vie reprit son rythme du
début de l'été.

Octobre arriva dans des brumes qui tardaient à se
lever, noyant la vallée jusqu'à onze heures du matin.
L'école avait repris, Germain le constatait en voyant
passer les enfants pendant qu'il gardait les chèvres,
mais Eugénie ne semblait pas pressée de l'y envoyer.
Il hésita à en faire la demande, attendit une quinzaine de jours avant de poser la question à sa mère,
un matin, alors qu'il se trouvaient seuls dans la cuisine.

– Tu veux y aller ? fit-elle d'une voix qui le surprit par sa froideur.

Il bredouilla :

– Tu m'avais dit que je pourrais.

Le regard d'Eugénie le transperça. Il exprimait à la fois de la surprise et de la tendresse, mais il dissimulait à peine une sorte de contrariété. Il se sentit coupable, baissa la tête, voulut faire marche arrière mais elle ne lui en laissa pas le temps.

– Je t'y conduirai lundi, dit-elle. Avec l'hiver qui arrive, on aura moins besoin de toi.

Il sentit qu'il avait commis une faute, qu'il aurait été plus sage d'attendre que sa mère le décidât d'elle-même, le moment venu, c'est-à-dire après la Toussaint. Elle parut ne pas lui en tenir rigueur, car elle l'emmena à la foire à Beyssac, où elle alla vendre deux poules et les derniers fromages qui leur restaient, mais il sembla à Germain que son regard sur lui avait changé, et il en souffrit.

Cependant, le lundi suivant, comme elle l'avait promis, elle le conduisit à Lasvaux par le chemin de crête qui longeait le coteau pendant huit cents mètres, avant de descendre sur le versant, où le village était blotti, à mi-hauteur, comme un nid dans l'angle d'un mur. Il abritait de très belles maisons autour d'une vieille église, qui témoignaient d'une aisance semblable à celle des fermes de la vallée, bien qu'il en fût éloigné. L'école se trouvait en bas, près de la mairie, dans un bâtiment aux pierres lustrées par les ans, qui avait dû être un édifice officiel, d'octroi ou de perception.

Le maître était âgé, portait des lunettes rondes cerclées de métal, une belle chaîne de montre sur son gilet noir, une barbiche taillée en pointe et un col dur. Il ne s'émut pas du retard de l'inscription sollicitée par Eugénie, car il en avait l'habitude, la plupart des enfants aidant leurs parents jusqu'au début de novembre. Dès qu'Eugénie fut repartie, il donna à Germain un cahier et des livres, l'interrogea brièvement sur ce qu'il avait appris à Saliac, puis il lui désigna une place au fond, à droite, dans la rangée du milieu. Ensuite, il sortit pour faire mettre en rang les élèves qui, au signal, entrèrent sagement, et, en silence, attendirent l'autorisation de s'asseoir. Germain se retrouva à côté d'un grand garçon aux cheveux coupés très courts, qui voulut lier conversation, mais Germain avait peur de se faire remarquer par le maître et ne répondit pas.

La classe ressemblait à celle de Saliac : c'étaient les mêmes pupitres, le même tableau noir, le même poêle au fond, dont le tuyau formait un coude à angle droit avant de pénétrer dans le mur ; les mêmes encriers de porcelaine, et la même odeur de craie, d'eau de Javel, de vieux papier. Il ne se sentit donc pas en territoire étranger, mais tout de suite dans un univers familier. Ainsi, dès ce premier jour, ni les questions du maître, ni l'agitation violente de la cour de récréation, ni ses allers-retours matin, midi et soir ne lui posèrent problème, au contraire : il eut l'impression de vivre comme tous les enfants de son âge, et, s'il sursautait en entendant son nouveau nom de famille – Montal et non plus Rivassou –, il se rassurait en même temps, d'autant que ses nouveaux camarades ne s'en étonnaient pas.

Son voisin, qui s'appelait Roland, devint aussi son compagnon de route vers Murat, car il habitait au-delà, une ferme isolée, comme nombre d'enfants qui venaient des hameaux disséminés sur le causse. La seule difficulté que Germain rencontra alors, ce fut l'impossibilité de faire ses devoirs et d'apprendre ses leçons, le soir, car Eugénie économisait le calel, dont la mèche donnait une lumière à peine suffisante, et dont l'huile, comme tout ce qui se trouvait dans la maison, était soigneusement mesurée. Aidé par Roland, il prit donc l'habitude d'apprendre ses leçons en chemin, et de faire rapidement ses devoirs juste avant le repas du soir, quand Eugénie s'affairait dans la cuisine.

Mais la nuit tombait tôt, déjà le jardin ne donnait plus, ils n'avaient plus rien à vendre, et ils se contentaient de soupe de pain, de lait et d'œufs. Quand l'hiver fut installé, le vent du nord se mit à souffler sur le chemin de crête et Germain, pour se rendre à l'école, prit l'habitude de descendre dans le vallon par la vigne. En cette saison, cependant, le travail ne pressait pas, et le chemin de l'école permettait de poser des pièges pour les grives qu'il relevait le soir, apportant ainsi à Eugénie de quoi agrémenter le menu quotidien. Le mari d'Eugénie chassait aussi, et il lui arrivait de rapporter un lièvre, un lapin ou un perdreau rouge, que l'on gardait pour le dimanche. Les gros travaux ayant cessé, il paraissait moins fatigué que pendant l'été. Il parlait toujours aussi peu, mais il ne prononçait jamais le moindre reproche vis-à-vis de Germain. C'était un peu comme s'il ne le voyait pas, et le garçon s'en désolait, ne pouvant comprendre que l'énergie de cet homme était tout entière tournée vers lui-même, mobilisée face à une maladie de cœur dont il connaissait la gravité.

À l'école, Germain ne recevait du maître que des félicitations. Premier de sa classe, il excellait aussi bien en calcul qu'en orthographe, ce qui ne semblait pas du tout émouvoir Eugénie qui avait bien d'autres soucis en tête : elle attendait un enfant, ne l'avait encore annoncé à personne, mais elle n'allait pas pouvoir le cacher indéfiniment malgré ses lourds dessous et sa robe bouffante.

Février fut très froid. En partant à l'école, Germain plaçait des pierres chaudes dans ses poches, courait tout au long du chemin, se réfugiait dès son arrivée près du poêle qui ronflait, mais aussitôt que la classe commençait il oubliait le froid, les difficultés à faire ses devoirs, pour s'imprégner des paroles du maître, faire profit d'un enseignement dont il devinait sans doute qu'il ne durerait pas. Il aurait voulu apprendre deux fois plus vite, écoutait d'une oreille attentive le cours des plus grands tout en résolvant ses propres problèmes, se refusant à penser aux beaux jours qui allaient revenir et menacer sa liberté.

Ils revinrent plus tôt qu'à l'ordinaire, cette année-là, dès le début du mois de mars : en moins d'une semaine le vent tourna à l'ouest, le froid cassa, et l'on entendit de nouveau les oiseaux dans les haies. Il fallut reprendre matin et soir les corvées d'eau auxquelles Eugénie avait fait face avec Julien pendant l'hiver, et ce fut encore moins de temps disponible pour les devoirs et les leçons. Plus les jours passèrent et plus la présence de Germain fut requise pour aider Eugénie et son mari. En avril, elle le retint, un soir, peu avant d'aller se coucher, pour lui confier qu'elle attendait un enfant et qu'elle accoucherait en juillet.

– Ça tombe mal, mais c'est comme ça, fit-elle avec de la contrariété dans la voix.

Il ne sut s'il fallait s'en réjouir ou s'en désoler, mais ce qu'il ne comprit pas, c'est qu'on ne puisse choisir le moment pour faire naître un enfant.

Comme elle se fatiguait vite, ils mettaient plus de temps pour aller chercher l'eau, et Germain en voulut à Julien de ne pas prendre la place de sa femme pour cette corvée. Mais cette année-là, ce fut Julien et non pas elle qui s'en fut vendre les chevreaux à la foire, et il ne remonta qu'à la nuit tombée. Il sembla à Germain que Julien vacillait sur ses jambes, ce soir-là, et qu'Eugénie avait du mal à cacher sa colère. De sa chambre, il l'entendit élever la voix, proférer des menaces, puis le silence revint, et le lendemain elle parut avoir oublié.

– Il va falloir arrêter l'école, dit-elle, bientôt les foins vont commencer et tu iras aider à ma place.

Quand Germain l'annonça au maître, celui-ci ne se montra pas surpris. Il soupira, mais ne s'y opposa pas : il savait que sa classe, en juin, chaque année, fondait de moitié et que ses interventions auprès des parents ne servaient à rien.

– Garde les livres, dit-il à Germain, tu me les rendras en octobre.

Et, comme Germain le remerciait :
— Regarde-les chaque fois que tu le peux, je suis sûr que tu es capable de comprendre tout seul.

Cette preuve de confiance fit beaucoup de bien à l'enfant. Il emporta les livres comme le plus précieux des trésors, mais il les cacha sous son lit et ne les sortit qu'au moment de partir pour garder les chèvres. Alors, seul face à la vallée, jetant de brefs coups d'œil vers son petit troupeau, il se plongeait dans la lecture de l'histoire de France, des livres de grammaire et de français, les parcourait sans la moindre lassitude, avec, au contraire, une soif d'apprendre qui lui faisait tourner les pages avec émotion.

Dès que les beaux jours furent installés, les gens du hameau entreprirent les foins dans les rares prés dont ils étaient propriétaires sur le coteau et dans les combes du causse. Après la corvée d'eau, Germain partait avec Julien rejoindre les faneurs, alors qu'Eugénie restait à la maison. Ce n'était pas pour Germain un travail désagréable que de retourner les andains avec sa fourche, d'autant qu'il n'était pas le seul enfant à travailler ainsi et qu'il retrouvait certains de ses camarades d'école. À midi, ils mangeaient dans les prés, à l'ombre des haies, le soir dans les fermes où l'on ne mesurait pas la nourriture. C'était d'ailleurs la seule rétribution que l'on percevait, une manière de louer ses bras pour manger, c'est-à-dire, aussi, pour économiser sa propre subsistance. Et ce n'était pas inutile pour la famille Montal, en ce début d'été 1907, alors qu'ils allaient bientôt vivre à quatre, et non plus trois, dans la maisonnette plantée au bord du causse.

Le 20 juin, il fit encore plus chaud que les jours précédents. À six heures du soir, alors que les hommes finissaient de charger une charrette, Germain, qui se reposait à l'ombre avant de rentrer, entendit des cris de l'autre côté de l'attelage. Il se précipita et aperçut Julien allongé, qu'un homme soutenait en lui relevant la tête, tandis qu'un second tentait de le faire boire. Autour d'eux, les femmes se lamentaient, et l'une d'elles retint Germain par les épaules alors qu'il s'approchait. Il demeura immobile, plein de stupeur, le temps que les deux hommes penchés sur Julien tentent de le ranimer, mais il ne fut pas vraiment étonné quand celui qui s'était incliné sur la poitrine du gisant se redressa en disant :

– Il est mort, le pauvre homme.

Une femme cria, une autre entraîna Germain à l'écart, mais il resta malgré lui tourné vers le corps de ce père qui n'en était pas un et que, pourtant, il avait appris à aimer, à travers Eugénie. Pensant alors à elle, il accepta de suivre les deux femmes qui se dévouaient pour aller annoncer la nouvelle. Sur le chemin de Murat, il les entendit à peine discuter entre elles, ne se soucia que de sa mère, se demandant comment elle allait réagir. Il ne savait pas de quel métal était forgé le caractère d'Eugénie, qui, s'étant levée de sa chaise à l'entrée des visiteuses, resta de marbre en les écoutant. Puis elle s'assit et soupira :

– Je savais que ça devait arriver.

Seul son visage se ferma, ses traits durcirent, mais

nulle larme ne coula sur ses joues. Elle demanda simplement où se trouvait son mari et les deux femmes lui répondirent que les hommes étaient en train de le ramener. Germain, lui, était soulagé de découvrir Eugénie si forte en de pareilles circonstances.

Elle le demeura toute la soirée, accueillant aussi bien le curé de Lasvaux que les villageoises venues veiller devant le corps allongé sur le lit, dans la pénombre de la chambre, les mains croisées sur la poitrine, et qui murmuraient des prières confuses en buvant du café.

Le lendemain, quand Germain se leva, il trouva Eugénie debout. Apprêtée comme à son habitude, elle lui dit avec de l'impatience dans la voix :

– Allons vite chercher l'eau avant que les gens arrivent pour la visite.

C'était l'usage, alors : les gens de connaissance venaient se recueillir devant le défunt, parlaient un peu, encourageaient avec des mots simples mais pleins d'humanité, puis ils laissaient la place à d'autres, dont la présence témoignait d'une solidarité secourable.

Ce matin-là, sur le chemin de la fontaine, Eugénie trébucha à deux ou trois reprises, faillit tomber, mais elle se redressa d'un coup de reins et ses traits semblèrent se creuser davantage. Pendant la matinée qui suivit, Germain, inquiet pour elle, la surveilla dans la chambre mortuaire : de temps en temps elle n'écoutait plus les visiteurs, son regard s'envolait, devenait presque tendre, et puis, d'un coup, elle reprenait pied dans la réalité et elle amorçait un mouvement du buste, des épaules, qui la faisait redevenir elle-même, ou du moins celle dont elle voulait montrer l'apparence : une femme forte, invincible, que rien ne briserait.

Pendant toute cette journée et celle des obsèques dans le petit cimetière de Lasvaux, Germain s'attacha à ce visage en redoutant d'y découvrir une faille qui trahirait un péril pour elle et pour lui, mais rien ne vint fissurer le masque de buis qu'elle s'était composé. Il en fut réconforté, trouva dans son exemple les forces nécessaires pour suivre le cortège sans trembler, depuis l'église jusqu'au cimetière. Ils remontèrent ensuite à Murat, accompagnés par les proches du village soucieux de les soutenir, sa mère et lui, dans cette épreuve.

À huit heures du soir, pourtant, ils se retrouvèrent tous deux seuls, face à face dans la cuisine, pour le repas. Chavirée de chagrin, Eugénie faisait appel à toute son énergie pour ne rien montrer à son fils. Il le devina, mais il ne comprit pas les raisons exactes de son visage figé par la douleur. En fait, plus que le décès de son mari, c'étaient les conséquences qu'elle pesait déjà, et dont elle se souciait. Comment allait-elle pouvoir élever deux enfants seule, sans homme pour travailler le champ et la vigne du coteau ? Est-ce que ses forces y suffiraient ?

Dès ce premier soir de solitude à deux, bien qu'elle le tût farouchement, elle savait qu'elle ne pourrait pas garder Germain près d'elle, et le regard confiant de son fils l'ébranlait davantage, sans doute, que la disparition brutale de l'homme qu'elle n'avait jamais aimé, mais auquel elle s'était attachée malgré tout.

Aussi, pour échapper au regard de Germain qu'elle sentait posé sur elle depuis quarante-huit heures, elle lui dit d'une voix si douce qu'elle le surprit :

– Tu dois être fatigué. Allons nous coucher.

– Non, dit-il, veillons encore un peu.

Il n'avait pas envie de se retrouver seul dans sa chambre. Il s'était montré fort depuis deux jours, mais comme Eugénie, ce soir-là, le chagrin l'écrasait. Lui aussi s'était attaché à cet homme qui venait de disparaître, et il se sentait abandonné pour la deuxième fois. Il avait envie de se confier à sa mère, espérant vaguement qu'elle en serait réconfortée, mais les mots se refusaient à lui.

Au terme d'un long silence dans lequel ni l'un ni l'autre ne trouva du secours, Eugénie se leva pour aller recouvrir le foyer de cendres, mais elle ne revint pas s'asseoir. Comme s'il avait deviné une menace, Germain demanda :

– Qu'est-ce qu'on va faire ?

Elle n'eut pas le cœur de lui confier ce soir-là ses terribles pensées. Elle répondit avec de la brusquerie dans sa voix :

– Et que veux-tu qu'on fasse ? On va continuer, pardi !

Et, comme il ne bougeait pas, un peu rassuré cependant par ces mots :

– Va te coucher. Demain il fera jour.

Contrairement à l'ordinaire, elle l'embrassa légèrement sur le front, puis elle se réfugia très vite dans sa chambre, comme si elle avait besoin de se retrouver seule avec ses tourments.

Après une nuit au cours de laquelle Germain dormit d'un sommeil peuplé de cauchemars, il s'éveilla brusquement, prit conscience de la réalité et s'habilla rapidement afin de rejoindre Eugénie dans la cuisine, où elle s'activait déjà. Elle le pressa de déjeuner, comme d'habitude, puis ils partirent chercher l'eau, et la vie recommença comme avant la disparition de Julien. Sans beaucoup de mots, toutefois, ce qui inquiétait Germain, quand il voyait Eugénie préoccupée, tout entière absorbée par des pensées dont il ne soupçonnait pas la gravité. Elle l'était autant à cause des événements de juin qu'en raison de la délivrance qui approchait. Elle donna le jour à un garçon à la mi-juillet, assistée seulement par une voisine qui faisait fonction de sage-femme. Il n'était pas question de faire venir un médecin, alors, encore moins d'aller accoucher dans un hôpital. Germain, qui aidait aux moissons, fut étonné de découvrir un enfant dans les draps, près de sa mère, en rentrant, ce soir-là.

– Tu as un frère, lui dit-elle. Il s'appelle Julien, comme son père.

Il en fut très heureux : il eut l'impression qu'à trois, de nouveau, la famille serait plus forte. Mais il n'avait pas dix ans et il était loin d'être un homme. C'est d'ailleurs ce que semblaient indiquer les lamentations des femmes qui se succédaient auprès d'Eugénie.

– Ma pauvre ! lui disaient-elles, comment allez-vous faire avec deux enfants ?

Eugénie ne répondait pas. Elle se redressait dans son lit, car elle détestait être plainte, et jetait des regards de défi.

À l'époque, les femmes demeuraient longtemps alitées après un accouchement. Germain faisait face de son mieux, allait chercher l'eau, s'occupait de la cuisine, de tous les travaux indispensables au train de la maison, selon les indications d'Eugénie qui le dirigeait depuis sa chambre. Il se persuadait qu'il était capable de remplacer un homme, en était fier, ne s'inquiétait pas de l'avenir.

Eugénie se leva début août, reprit les rênes, mais demeura étrangement silencieuse, perdue dans ses pensées. Le nouveau-né exigeait beaucoup d'elle, la retenait à la maison, alors qu'il y avait tant à faire à l'extérieur. Au fil des jours, elle se fermait de plus en plus, mais Germain était loin d'imaginer ce qui l'attendait.

Elle se tut jusqu'à la fin août, puis elle se décida à parler un matin, alors qu'il déjeunait, après avoir mûri sa résolution pendant la nuit.

– On ne peut pas vivre comme ça, dit-elle brusquement. Je ne peux pas te garder.

Ce fut pour lui un tel choc, qu'il la dévisagea avec effarement, sans pouvoir prononcer un mot. C'était aussi une épreuve pour elle, qui faillait ainsi à ses résolutions, mais il ne pouvait pas mesurer à quel point.

– Il le faut, ajouta-t-elle, du même ton brutal.

– Tu m'avais promis, dit-il d'une voix tremblante, proche des larmes.

Pour la première fois depuis qu'il l'avait retrouvée, Eugénie baissa les yeux.

– Tu m'avais dit : je reviendrai et nous ne nous quitterons plus.

Eugénie gardait la tête baissée.

– Je ne peux pas, tu comprends, fit-elle d'une voix qu'il ne lui connaissait pas.

– Je travaillerai les champs, dit-il, je sais comment il faut faire.

Elle se redressa enfin, et il sentit que la terrible Eugénie luttait contre les larmes. Ses yeux bruns s'étaient éclaircis d'un coup, comme baignés par une rosée froide.

– Quand tu seras plus grand, fit-elle, ce sera possible, mais tu n'as pas dix ans.

– Tu ne pourras pas te débrouiller seule, se rebella-t-il, mais avec, déjà, du renoncement dans la voix.

– Je louerai les terres, je garderai les chèvres et le jardin, et je m'occuperai de lui, répondit-elle en désignant le berceau.

Elle se redressa d'un coup, retrouva le ton plus ferme du début en disant :

– Je ne veux pas que tu aies faim. Je ne me le pardonnerais pas.

– Je m'en moque d'avoir faim si je suis avec toi.

Elle parut fléchir un instant sous ces mots auxquels personne ne l'avait habituée, mais elle se reprit très vite et dit en se levant, comme si la cause était entendue :

– Je t'ai trouvé une place pour le début du mois d'octobre.

Suffoqué, Germain, d'abord, ne put répondre, puis il se dressa, tremblant de rage et de désespoir, sortit en claquant la porte derrière lui, prit le sentier qui dévalait vers la vigne et se mit à courir.

Il courait, il courait, et les mots d'Eugénie résonnaient à ses oreilles : « Je t'ai trouvé une place pour le début du mois d'octobre. » Il avait pris d'instinct le chemin de l'école, comme pour se prouver qu'elle lui était encore accessible, mais sans y réfléchir vraiment. Il devinait qu'il y avait peut-être là-bas un secours possible, et il courait vers lui avec toute l'énergie dont il était capable, malgré la blessure qui venait de s'ouvrir en lui. Ses yeux aveuglés l'empêchaient d'éviter les branches basses, les ronces des haies, qui semblaient vouloir l'arrêter dans sa course, mais il se dégageait en gémissant et, aussitôt, il se remettait à courir.

Dans la cour de l'école, le maître, qui lisait, assis à l'ombre d'un marronnier, se leva brusquement en voyant apparaître Germain, lequel eut du mal à s'expliquer à cause des sanglots qui le faisaient hoqueter. Le vieil homme comprit cependant très vite de quoi il s'agissait. Il le consola, le réconforta et lui promit de venir parler à Eugénie. Germain, un peu rassuré, repartit mais, une fois à Murat, il n'ouvrit pas la bouche de toute la matinée. Eugénie non plus, du reste, qui s'activait dans la cuisine avec un air buté, farouche, implacable. Elle souffrait autant que lui, mais elle avait fait son compte : elle savait qu'elle ne pouvait faire autrement que de placer son fils.

Ils rêvaient des dimanches

Quand le maître arriva, au début de l'après-midi, elle n'eut pas un regard pour Germain, ni le moindre mot de reproche. Elle fit asseoir le maître, lui servit un fond de verre de vin qu'il ne refusa pas. Ce fut lui qui demanda à Germain de sortir, et celui-ci obéit comme il obéissait à l'école, se réfugiant sous le tilleul de la cour, face à la vallée. Il n'entendit donc rien de la plaidoirie du vieux maître dont on imagine facilement le contenu : les facilités de l'enfant à apprendre, un avenir à assurer, la possibilité de lui éviter un destin joué d'avance, le certificat d'études, les bourses, peut-être l'École normale ! Que représentaient de tels arguments face à une nécessité vitale, à des coutumes établies depuis longtemps pour les enfants des familles sans terre, à une existence proche de la survie ? Eugénie n'eut pas à se défendre. Elle expliqua seulement de quoi il s'agissait, sans colère mais sans faiblesse : sans mari pour l'aider, elle ne pouvait assurer la subsistance de son fils, mais simplement la sienne et celle de l'enfant qui venait de naître, et encore elle n'en était pas sûre. Une fois placé, Germain mangerait au moins à sa faim.

Le vieux maître sentit qu'il n'était pas question de convaincre mais de comprendre. Il s'inclina, lui serra la main, sortit pour retrouver Germain, et, lui posant une main affectueuse sur l'épaule, lui dit :

– Il faut écouter ta mère, mon petit. Elle ne peut pas faire autrement.

Et il ajouta, en une pauvre consolation qui le fit se tasser un peu plus sur lui-même :

– Si tu le veux vraiment, tu retrouveras les livres un jour.

Puis il fit demi-tour et il s'en alla, d'une démarche lasse que Germain suivit des yeux un instant, avant de s'asseoir de nouveau sur le banc, écrasé par l'évidence d'un départ obligé, d'une nouvelle séparation avec Eugénie.

Un sursaut d'ultime révolte le poussa à revenir à Paunac, chez les parents d'Eugénie, comme s'il y avait là un recours. Il y découvrit sa grand-mère épuisée et son grand-père, toujours paralysé, qui ne lui fit pas meilleur accueil que la première fois. Il n'y avait rien à espérer de ce côté-là. Il ne dit rien de sa visite à Eugénie qui voyait parfois sa mère en dehors de la maison familiale, car son père refusait toujours de la recevoir, n'ayant rien pardonné.

À plusieurs reprises, rentrant à l'improviste dans la cuisine, Germain comprit à quel point, comme lui, Eugénie souffrait. Aucune larme ne coulait jamais sur ses joues, mais elle se parlait parfois à elle-même, se mortifiant avec les mots violents qui lui venaient à l'esprit :

– Pauvre femme ! Bonne à rien ! Agenouille-toi !

D'autres fois, elle martelait, se frappant la poitrine :

– Fais pénitence ! Va creuser ta tombe !

Alors Germain finit par se résigner. Il posa quelques questions sur la place qu'elle avait obtenue grâce à une voisine émue par leur situation. La ferme se trouvait dans la vallée, n'était pas très importante, mais les propriétaires avaient besoin d'un domestique. Ils étaient d'accord pour le prendre au début du mois d'octobre. Il tenta même de donner le change au moment des vendanges, quand les voisins se mobilisèrent pour aider Eugénie, feignant auprès d'eux d'être heureux d'aller travailler dans la vallée. Ensuite, les jours défilèrent avec une rapidité qui lui brisa le cœur, et il n'eut plus assez de forces pour se rebeller.

Il ne put échapper à quelques accès de jalousie vis-à-vis de son frère, surtout quand Eugénie lui donnait le sein ou lui accordait des soins, une attention dont le manque l'avait fait souffrir, lui dont les souvenirs n'évoquaient que la séparation, le lien brisé, la distance avec cette même mère. Mais comment en vouloir à un enfant ? C'était plutôt à elle qu'il en voulait, bien qu'il la sût dépassée par une sorte de fatalité contre laquelle elle n'avait pas les moyens de lutter. Ainsi, sa jalousie ne fit qu'accroître son désespoir et il se terra dans un silence d'où ne pouvait plus surgir la moindre révolte.

Le 1er octobre, Eugénie jugea qu'il était de son devoir de conduire son fils, de la même manière que sa mère l'avait conduite vers le château de la Bertonie quand elle avait douze ans. Ils partirent de très bonne heure, Eugénie portant son nouveau-né dans un panier, Germain son maigre bagage.

Je les ai souvent imaginés cheminant côte à côte, dévastés tous les deux par cette déchirure, accablés mais solides sur leurs jambes, silencieux, poussés par une invincible nécessité. Sans doute ne prononcèrent-ils pas le moindre mot. Qu'eussent-ils pu dire qu'ils ne savaient déjà ? De temps en temps il se laissait dépasser par elle pour mieux l'observer, et, peut-être, s'imprégner de son image, de cette longue robe noire qu'il avait envie d'empoigner, de respirer, de ne plus lâcher. Elle avançait sans se retourner, de ce pas obstiné qu'il connaissait si bien, légèrement penchée vers l'avant, ne se redressant qu'à l'envol d'un merle dans une haie, ou à l'approche d'un renoncement dont, sans doute, l'idée la taraudait. Mais une fois de plus elle ne faillit pas à sa résolution – ce qu'il espéra, sans doute, jusqu'au bout. Je suis certain que ce trajet de cinq kilomètres, ce matin-là, dans la lumière voilée de l'automne, creusa en eux un sillon de douleur que rien ne guérit jamais.

6

LA ferme où Germain allait vivre deux années, je la connais et je ne peux pas l'oublier, car elle se situe sur le coteau qui domine la route reliant Beyssac, mon village natal, à Brive, où j'habite, Je l'aperçois très souvent d'en bas, vestige délabré d'un passé qui me hante, et que je rêve de voir s'écrouler, pour que ne subsiste nulle trace de ce qu'a vécu là un enfant de dix ans, dans la solitude et la souffrance.

Chaque fois que je la longe, je mesure du regard l'importance des fissures dans le mur de façade et l'effondrement d'une partie du toit de la grange où dormit Germain dès le premier soir, dans la paille d'un fenil où d'énormes rats couraient sur les poutres maîtresses, l'empêchant de dormir. Je n'oublie pas non plus qu'il y arriva avec la conviction d'avoir été abandonné pour la deuxième fois par sa mère malgré ses promesses, et dans quelle détresse morale il devait se trouver en un temps où, dans les fermes, les valets étaient corvéables à merci.

Les propriétaires s'appelaient Bastide : Marie, la mère, faible et soumise, était veuve d'un époux mort d'épuisement et d'abus de vin. Leur fils, Léon, avait pris les rênes de l'exploitation, et rudoyait sa mère aussi bien que sa femme, Solange, qui n'était que la belle-fille et subissait donc le sort peu enviable de toutes les brus, à cette époque. J'imagine très bien le premier repas pris par Germain, ce jour-là, face à cette famille étrangère, alors qu'Eugénie était repartie sans que personne ne lui eût proposé de s'asseoir. Peut-être a-t-elle pensé au départ de sa propre mère la laissant au château de la Bertonie, vingt ans plus tôt, mais elle savait qu'il n'y avait aucune consolation possible à cette séparation, que tout avait été dit. Elle n'a pas embrassé Germain : elle l'a seulement serré un instant contre elle, puis elle s'est baissée pour saisir l'anse du panier où dormait son deuxième fils et elle s'est éloignée sans se retourner. Il a dû l'accompagner des yeux un long moment avant de se résigner à suivre ceux qui l'attendaient sur le seuil, impatients de se remettre au travail après avoir été dérangés dans leurs habitudes.

Ce qui étonna le plus Germain, ce midi-là, ce fut de constater que les femmes de la maison mangeaient debout et servaient Léon dont le regard s'attardait sur lui, le jaugeait, lui donnait déjà à comprendre que sa vie, ici, n'allait pas être de tout repos. Les deux femmes avaient manifestement peur de ce seul homme de la maison, réagissaient au moindre de ses gestes, baissaient les yeux, comme à l'instant où il s'écria d'une voix mauvaise :

– Qu'est-ce que vous avez à le regarder comme ça ? Vous voulez l'empailler ?

Et, comme aucune des deux ne répondait, feignant au contraire de s'absorber dans ses occupations :

– Vous n'aurez pas le temps, croyez-moi, avec le travail qui l'attend !

Après la soupe, un morceau de poulet froid et un bout de fromage furent servis à Germain par Solange, qu'il remercia d'un timide merci.

– C'est pas la peine de dire merci, grinça Léon. Ce que tu manges ici, tu vas le gagner, crois-moi !

Il but coup sur coup deux verres de vin puis il fit claquer son couteau en refermant la lame et dit à sa femme d'une voix habituée à se faire obéir dans l'instant :

– Laisse la mère débarrasser la table et suis-moi avec le gosse. On va rentrer le peu de regain qui reste en bas, dans le pré.

Ils descendirent vers la grand-route, le long d'un chemin bordé d'églantiers, Léon menant les bœufs qui tiraient le char, Germain près de Solange, derrière, dont la présence lui était agréable. Elle devait approcher la quarantaine, était ronde et forte, et il y avait dans son regard quelque chose de chaud, de bienveillant. Malgré sa robustesse et une santé apparemment éclatante, elle n'avait pu avoir d'enfant. Germain ne savait pas encore, ce jour-là, que c'était cette impossibilité à donner le jour à un héritier que lui faisait cruellement payer Léon et que, dès son arrivée, lui, Germain, deviendrait la preuve vivante d'une injustice, d'un malheur insupportable à tous les deux.

Ils traversèrent la grand-route, prirent un chemin

111

de terre qui s'enfonçait entre de grands prés limités par des haies vives qui carrelaient uniformément la vallée. Des andains d'un vert pâle achevaient de sécher sous le soleil encore chaud de ce début d'octobre. Léon ordonna à sa femme de monter sur le char, donna une fourche à Germain, lui montra comment charger le maximum de foin à chaque mouvement de bras et comment le projeter sur la plate-forme où Solange allait l'entasser. Lui-même se plaça devant les bœufs, l'aiguillon à la main, pour les faire avancer.

Dès le début, Léon s'en prit à Germain qui avait du mal à soulever la fourche, ses bras de dix ans ne possédant pas encore la force nécessaire. Germain faisait front, pourtant, bandait ses muscles, monopolisait son énergie, mais souvent la fourche butait contre le bord du char et un peu de foin tombait.

– Putain de gosse ! rugit Léon. Je vais t'apprendre à travailler, moi !

Il se précipita vers Germain, le frappa derrière la nuque d'un geste qui n'était pas vraiment violent mais qui meurtrit douloureusement l'enfant sur lequel aucun adulte, jamais, n'avait porté la main, pas même le maître d'école.

– Si tu chargeais, toi, et si tu le laissais mener les bœufs, ça irait peut-être mieux ! lança Solange, à la grande surprise de Germain qui, aussitôt, craignit pour elle des représailles.

De surprise, Léon resta un instant sans voix, puis il répondit d'une voix dont la violence effraya Germain :

– Occupe-toi de ce qui te regarde, toi ! Si tu avais

été capable de me donner un fils, je ne serais pas obligé de travailler avec ce bon à rien !

Germain, qui avait relevé la tête, la vit vaciller. Les yeux pleins de larmes, elle eut comme une grimace qui parut la faire vieillir de dix ans, puis elle se redressa et son regard croisa celui de Germain, où il lut à la fois un reproche muet et un aveu de tendresse. Il eut alors l'impression d'avoir trouvé une alliée, mais il n'en fut pas totalement certain. Il y avait de la souffrance aussi, dans ces yeux sombres où passaient par éclairs des ombres froides.

Constatant que, décidément, Germain ne parvenait pas à lever le foin correctement, Léon vint prendre la fourche et lui tendit l'aiguillon, mais le résultat de cette manœuvre ne fut pas davantage concluant, car les bœufs obéissaient mal à une main qui manquait de fermeté. Et de nouveau la colère de Léon fusa, envoyant Germain rouler au sol d'une poussée violente. Aussitôt Solange descendit du char et l'aida à se relever.

– Si tu lui apprenais, au lieu de t'énerver ! lança-t-elle.

– Demain je le ramène chez sa mère ! cria Léon. Ce gamin est idiot, il ne comprend rien à rien.

– C'est ça ! fit Solange, et tu n'en trouveras aucun autre avant l'été prochain.

Cette menace parut calmer Léon qui, malgré son exaspération, se résigna à expliquer à Germain comment diriger les bœufs, puis il se remit à charger le foin, non sans proférer des insultes à mi-voix.

Il leur fallut plus d'une heure pour arriver à l'extrémité du pré sans autre incident, à part une remarque acerbe de Léon vis-à-vis de Solange qui, selon lui, chargeait trop du côté droit. Elle haussa les épaules mais s'efforça d'en tenir compte, pour ne pas provoquer une nouvelle colère de son mari.

Quand ce fut terminé, Léon reprit l'aiguillon et conduisit l'attelage vers la ferme, tandis que Solange et Germain suivaient, ramassant le peu d'herbe qui tombait du char. Une fois arrivés, ils déchargèrent le foin, Léon sur la charrette, Solange et Germain dans le fenil. Tous deux côte à côte, ils le répartissaient contre les murs, de manière à laisser libre un passage pour y accéder. Germain sentait que Solange l'observait, et, parfois, son bras, qui touchait le sien, le rassurait.

Peu avant de redescendre, elle lui dit d'une voix qui lui rappela agréablement celle de Louisa :

– Faut pas avoir peur de lui. Si ça va trop mal, je serai là.

En bas, Léon lui montra rapidement comment nettoyer les litières des vaches, faire tomber le foin dans les stalles de bois, puis il reprocha :

– Tu sais pas traire, bien sûr. Ça aussi, il faudra te l'apprendre.

– Si, je sais, fit Germain.

– Ah oui ? Montre-moi !

Germain se saisit d'une cantine posée entre deux vaches, approcha le tabouret, et il se mit à tirer adroitement sur les trayons, faisant gicler le lait de façon régulière.

– Allons ! fit Léon, on va peut-être pouvoir le garder.

Puis, à l'adresse de sa femme qui soupirait :

114

– Fais-lui voir où il va dormir.

Solange se dirigea vers la droite où, à l'extrémité des stalles, une couverture avait été déposée sur du foin maintenu d'un côté par les pierres du mur et, de l'autre, par un petite cloison de bois.

– Je vais dormir là? fit Germain, atterré.

– Où tu te crois? rétorqua Léon. Les valets dorment dans les granges, c'est comme ça, et tu n'y changeras rien.

Germain appela au secours Solange du regard, mais elle lui refusa le sien, sachant qu'elle ne pouvait pas l'aider. Plus tard seulement, alors qu'ils finissaient de traire les huit vaches, quand Léon eut regagné la maison, elle lui dit doucement:

– Il faut pas avoir peur. Tu peux dormir tranquille. Tu risques rien, ici.

Dès qu'ils eurent terminé, ils allèrent dîner, car la nuit tombait tôt en cette saison. Dans la grande cuisine chichement éclairée d'une lampe à huile, Germain rencontra le regard apeuré de la mère qui n'avait cessé, toute sa vie, de subir les humeurs de son mari et aujourd'hui de son fils. On aurait dit une souris soucieuse de se réfugier dans un trou pour ne plus se trouver en présence de son tourmenteur. Seule Solange parvenait à s'opposer parfois à la volonté de Léon, mais on devinait qu'elle savait jusqu'où elle pouvait aller pour ne pas décupler sa fureur. Une fois qu'il eut avalé la soupe et un morceau de fromage, bu trois verres de vin, Léon dit à sa femme:

– Tu vas le conduire avec la bougie, et tu éteindras. Il manquerait plus qu'il foute le feu.

Germain suivit Solange dans la grange, où, dérangées, les vaches se mirent à meugler. Il ne parvenait pas à croire qu'il allait dormir là, seul, sans lumière, et il crut sincèrement que Solange allait lui laisser la bougie.

– Je ne peux pas, dit-elle, il deviendrait fou s'il s'en rendait compte.

Juste avant qu'il ne grimpe sur sa couche de paille, elle le retint contre elle un long moment, et il sentit la chaleur de ses mains autour de ses épaules. Il ne pouvait pas savoir que c'était la première fois de sa vie qu'elle serrait un enfant dans ses bras. Elle eut comme une plainte en s'écartant, puis elle murmura en lui caressant la tête :

– N'aie pas peur. Demain je te réveillerai en venant traire. Dors, maintenant !

Elle partit, et la porte se referma sur une obscurité presque totale, seulement tempérée par la pâle lueur de la lune qui filtrait à travers le *fenestrou*. D'abord Germain demeura tendu, à l'écoute de l'univers sombre qui l'enveloppait, puis il tenta de définir chaque bruit, celui de la rumination des vaches, celui des queues qui fouettaient les flancs, le grincement des chaînes, mais il y en eut un qui l'effraya : celui des pattes menues qui couraient sur les poutres, juste au-dessus de lui. Il comprit qu'il s'agissait de rats mais heureusement il ne put se rendre compte à quel point ils étaient gros. Il essaya de dormir mais il n'y parvint pas, malgré sa fatigue. Il y eut une galopade précipitée au-dessus de sa tête, puis le silence revint. Germain demeura aux aguets, le cœur battant, se demandant s'il ne devait pas

116

s'enfuir, quand deux billes rondes à un mètre de lui le firent hurler de terreur. Il se dressa sur sa couche, incapable d'esquisser le moindre geste de défense, mais un miaulement vint le rassurer doublement : ce n'était qu'un chat, qui, sans doute, dormait là, et qui le protégerait des rats. Il l'appela doucement, tendit la main, sentit l'animal s'approcher, puis se frotter contre lui.

Peu après, un ronronnement satisfait s'éleva, le rassurant tout à fait. Alors, dans la bonne chaleur animale délivrée par les vaches et la présence rassurante de celui qui l'avait si vite adopté, il s'endormit enfin, d'un sommeil plein de fièvre.

Au fil des jours, il s'habitua, puisqu'il le fallait bien. Ce qu'il regrettait le plus, c'était de n'avoir pas emporté avec lui un ou deux livres prêtés par le maître d'école. Mais comment aurait-il pu lire avec tant de travail la journée et aucune lumière la nuit ? Il était tellement épuisé, le soir, qu'il sombrait, aussitôt couché, dans un sommeil profond, le plus souvent peuplé de rêves douloureux, dans lesquels Léon le poursuivait d'une vindicte inexplicable. Seule Solange lui apportait un peu de douceur, mais elle faisait aussi souffler le chaud et le froid. Quelquefois, après l'avoir serré dans ses bras, elle le repoussait brutalement, le dévisageait avec une froideur, une violence qui finissaient le plus souvent dans des larmes dont il ne comprenait pas la signification et qui le laissaient désemparé. La mère, Marie, ne prononçait jamais le moindre mot, mais parfois Germain rencontrait son regard fixé sur lui, et il lui semblait y lire à la fois de la complicité et de la commisération.

Il avait été convenu qu'il reviendrait une fois par mois à Murat, voir sa mère, le dimanche après-midi. En coupant à travers les champs et les bois, il lui fallait une heure seulement pour y monter, mais il ne pouvait pas rester longtemps car il devait être rentré pour la traite, à six heures. Il retrouvait là-haut une Eugénie muette, froide, campée sur ses résolutions, et un frère à qui, parfois, il en voulait un peu d'accaparer sa mère. Eugénie ne lui demandait jamais comment il vivait là-bas, chez les Bastide, et s'il n'y était pas malheureux. À quoi cela eût-il servi ? Il n'y avait pas d'alternative, elle le savait pertinemment, pour l'avoir souvent vérifié depuis l'été dernier. Elle n'avait d'ailleurs pas le tempérament à s'attarder sur les décisions prises car elle mobilisait ses forces, serrait les dents pour survivre, tout simplement. Elle lâchait deux ou trois mots, feignait d'être absorbée dans des tâches urgentes, se refusait à s'émouvoir, dissimulait la plaie ouverte dans son cœur. Il repartait après l'avoir embrassée, meurtri qu'elle le repousse presque, espérant vaguement, parfois, que ce trop bref contact suffirait à la convaincre de le garder définitivement près d'elle.

Sur le chemin du retour, il courait pour ne pas se mettre en retard et provoquer la colère de Léon. Heureusement, le dimanche après-midi, celui-ci se rendait au village pour jouer aux cartes, et il rentrait tard, le plus souvent saoul, et allait s'écrouler dans la grange où il ronflait toute la nuit. Solange venait vérifier qu'il était bien rentré, dételait le cheval, lui donnait son avoine, parlait un peu avec Germain réveillé par le bruit, quelquefois l'embrassait puis partait se coucher.

Un soir de janvier, pourtant, Léon rentra plus tôt que de coutume, vers huit heures. Il avait bu, comme d'habitude, pas assez pour s'écrouler dans la paille, mais suffisamment pour attiser le feu de sa méchanceté. Il paraissait très en colère à cause d'une dispute au café qui s'était mal terminée. Germain, réveillé en sursaut, l'aperçut brandissant son fouet au-dessus de lui et criant :

– Debout ! Fainéant ! Occupe-toi du cheval !

Comme l'enfant, encore hébété de sommeil, ne réagissait pas assez vite, le fouet s'abattit sur lui, au niveau de l'épaule gauche. La morsure de la lanière le réveilla brutalement, il sauta hors de sa couche, se précipita dehors et commença à dénouer les brides du cheval, lequel était très excité par les coups que lui aussi avait reçus en chemin.

– Tu crois que tu es ici pour dormir ? Je vais t'apprendre, moi, à gagner le pain que tu manges !

Et, comme les doigts de Germain ne parvenaient pas à faire glisser la bride trop serrée, le fouet s'abattit cette fois sur ses reins, lui arrachant un gémissement. Le cheval recula brusquement, bousculant Léon, ce qui augmenta sa fureur. Germain passa de l'autre côté de la charrette pour lui échapper, entendit un cri, puis aperçut Solange à ses côtés. Comme Léon avançait, toujours aussi menaçant, elle se plaça entre l'enfant et lui et dit d'une voix ferme :

– Laisse-le ! Je vais dételer, moi.

– Pousse-toi, hurla Léon, ou c'est toi qui vas prendre !

– Laisse ce gosse tranquille ! fit Solange, étrangement calme, sans bouger d'un centimètre.

– Pousse-toi ! cria Léon.

– Laisse-le, répéta Solange tout bas.

Quand le fouet s'abattit, elle se protégea de son avant-bras, parvint à détourner le premier coup, mais pas le second. Elle recula alors vers la grange, poursuivi par Léon qui faisait claquer le fouet, tandis que Germain, paralysé, ne pouvait esquisser le moindre geste. Ils disparurent dans la grange où Germain entendit des cris, des bruits de lutte et il trouva enfin la force de bouger, poussé par le désir de venir en aide à Solange qui, elle, n'avait pas hésité à se porter à son secours. Léon l'avait renversée dans la paille et elle se battait contre lui en gémissant, mais l'enfant ne fut pas tout à fait sûr qu'il s'agissait là d'un combat dans lequel il devait intervenir : Léon avait lâché le fouet, ne frappait pas, c'était comme s'il se contentait de maintenir Solange sous lui, laquelle se défendait de moins en moins.

Le cœur au bord des lèvres, Germain sortit et s'efforça de dénouer les courroies du cheval en oubliant ce qui se passait à quelques mètres de lui. Il y parvint tant bien que mal puis aperçut Léon qui sortait de la grange, un sourire satisfait sur les lèvres, un Léon dont la colère semblait avoir fondu en quelques minutes.

– N'oublie pas de le bouchonner, dit-il à l'enfant qui, d'instinct, reculait.

Puis Léon se dirigea sans hâte vers la maison, comme si tout ce qui s'était passé n'avait plus aucune importance. Germain, tenant toujours le cheval par la bride, s'approcha de la porte, aperçut Solange allongée dans la paille, qui avait posé son avant-bras sur son visage. Il hésita, ne sachant s'il devait entrer ou partir, mais le cheval piaffait près de lui : il devait avoir froid. Alors Germain entra, et il vit sursauter Solange qui se dressa, hagarde, les cheveux défaits, le souffle court. Elle lui tourna le dos, fit glisser quelques brins de paille de ses vêtements, puis elle sortit sans lui accorder le moindre regard. Il en déduisit qu'elle lui reprochait de ne pas l'avoir défendue, et il se sentit coupable. Cette impression de culpabilité dura une grande partie de la nuit, mêlée à une sensation de malaise qu'il ne s'expliquait pas.

Le lendemain, quand elle le réveilla pour la traite, elle se montra froide avec lui, et il fut persuadé qu'elle lui en voulait beaucoup.

– La prochaine fois, je prendrai l'aiguillon, dit-il avant qu'elle ne reparte.

– Mon pauvre petit, soupira-t-elle, tu ne sais pas de quoi il est capable.

Mais, contrairement aux jours précédents, elle ne le serra pas contre lui, et il en souffrit longtemps, convaincu d'avoir manqué de courage.

Quelques jours plus tard, Léon et Solange partirent pour toute une journée à l'enterrement d'une cousine dans la vallée de la Dordogne, à huit kilomètres de la ferme. Pour la première fois depuis qu'il était arrivé, Germain se retrouva seul avec la vieille Marie à l'occasion du repas de midi.

Quand il entra dans la maison après avoir effectué le travail donné par Léon pour la matinée, son assiette l'attendait à sa place habituelle, près de la soupière. Marie se tenait debout entre la table et la cuisinière, avec ce regard apeuré dont elle ne se départait jamais, souris noire dont les gestes menus exprimaient une terreur muette. L'habitude de subir, d'obéir, l'avait voûtée, elle était maigre à faire peur, et l'on sentait en sa présence quelque chose d'irrémédiable, qui ne pouvait se traduire que par la peur. Germain en eut tellement pitié, ce midi-là, qu'il lui dit en lui désignant le banc, de l'autre côté de la table :

— Asseyez-vous, Marie, nous sommes seuls.

Et, comme elle le dévisageait sans répondre :

— Ils ne reviendront pas avant ce soir.

Il eut l'impression qu'elle ne l'entendait pas, et pourtant le regard de Marie demeurait attaché au sien, avec, au fond, une lueur qui n'était pas hostile. Il crut qu'elle allait parler, mais non : elle demeura immobile entre la table et la cuisinière, comme si une menace rôdait, malgré l'absence de Léon. Il se remit à manger, renonça à communiquer avec elle. Elle le servit comme elle servait son fils, prenant soin d'approcher les plats de son assiette, veillant à ce qu'il ne manque rien, ni de pain ni de sel, surveillant la porte d'où pouvait à tout moment, craignait-elle, eût-on dit, surgir un danger.

Ce fut à l'instant où, ayant terminé, Germain rassemblait les miettes de pain éparses sur la table qu'elle lui dit, d'une voix précipitée :
– Faut pas rester ici, petit.
Il se demanda presque d'où venait la voix, car il ne s'attendait plus à ce qu'elle lui parle.
– Il faut partir ! Il faut partir ! répéta-t-elle.
Puis elle se tourna vers l'évier et s'absorba dans son travail de fourmi, au point que Germain se demanda s'il n'avait pas rêvé. Il attendit alors quelques instants, espérant une explication, une confidence, mais il comprit que c'était inutile. Elle avait vaincu sa peur uniquement pour dire l'essentiel : il devait partir.
Il sortit, se dirigea vers le puits pour tirer l'eau nécessaire aux bêtes et au ménage du soir, ne cessa de se répéter les mots de Marie, qui ne faisaient que confirmer ce qu'il savait depuis le premier jour : il ne devait pas rester dans cette maison où régnaient la violence et la folie.

Il y resta, pourtant, des semaines, des mois, un hiver, un printemps, un été, et bientôt une année. Il cherchait constamment une issue, mesurant la grosseur de ses muscles qui lui permettraient bientôt d'aider Eugénie, mais il demeurait maigre, chétif, pas toujours capable de mener à bien les travaux que lui confiait Léon, dont il avait appris, maintenant, à éviter les coups. Il avait oublié les livres, n'y pensait plus qu'en apercevant Lasvaux depuis Murat, quand il allait rendre visite à Eugénie. Les gros travaux d'été l'épuisaient, même si les Bastide ne participaient pas aux foins ou aux moissons dans les autres fermes, contrairement aux coutumes du causse. Léon, en effet, tenait à son indépendance, se refusait à aider qui que ce soit, et ne souhaitait pas que quelqu'un mît les pieds sur des terres où il régnait en maître. Heureusement, Solange était devenue très proche de Germain, compensant de ses gestes tendres ceux dont Eugénie se montrait si avare.

Tant de travail chez les Bastide, jamais de dimanches et jamais de répit, fit peu à peu naître en Germain la conviction que la terre était une servitude, et que, peut-être, la seule issue pour lui était de la quitter. Mais cette conviction se heurtait à la certitude qu'Eugénie aurait bientôt besoin de lui, et il se détourna de l'idée d'une fuite possible vers un autre métier. D'autant que les choses évoluèrent d'un coup chez les Bastide un soir d'avril, dix-huit mois après l'arrivée de Germain : Léon fut victime d'une hémiplégie. Germain fut chargé d'aller chercher le médecin de Beyssac, qui ne vint que dans la nuit, car il était en tournée. Il soigna Léon de son mieux, recommanda de la patience et du repos, ne se montra pas optimiste : il fallait attendre.

À partir de ce jour, Germain ne se trouva plus en présence de Léon que lors des repas. Paralysé du côté droit, le maître des lieux ne pouvait pas se lever de sa chaise, parlait à peine, et on avait du mal à le comprendre. Seuls ses yeux lançaient ces éclairs de méchanceté qu'il exprimait auparavant par des coups, mais nul, à part Marie, n'avait plus peur de lui dans la maison. À l'extérieur, Germain

travaillait près de Solange qui, délivrée des menaces de son mari, devenait maternelle, murmurait :
– Dis-moi que tu ne me quitteras jamais, mon petit.

Il promettait, s'étonnait de susciter de sa part tant d'égards, tant de tendresse, parfois en voulait à Eugénie de n'avoir su lui en donner autant. Les foins et les moissons de cet été-là furent autant d'épreuves pour eux, car l'aide accordée par les voisins fut parcimonieuse : ils réglaient des comptes avec Léon. Solange et Germain ne finissaient qu'à la nuit, et il s'écroulait dans la paille, les reins rompus, les bras pris par les crampes, les jambes douloureuses. Le matin, à cinq heures, elle le réveillait doucement, commençait à traire en attendant qu'il trouve la force de se lever. À six heures, ils allaient déjeuner, entendaient crier Léon de la chambre, mais il était devenu dépendant de sa femme et d'autant plus hargneux.

Au fil des jours, pourtant, son état s'améliora. Il exigea alors qu'on l'assoie dans la cuisine, fit quelques pas en se tenant à la table, retrouva un certain équilibre et, à force de volonté, l'usage partiel de ses jambes. En octobre, il put marcher, en boitant, certes, mais cela lui permit de « reprendre les affaires en main », comme il le prétendait. Bien que sa bouche demeurât difforme, il avait réappris à parler, et bien assez, hélas, pour donner des ordres et proférer des menaces. Il noyait désormais dans le vin les handicaps dont il souffrait et devenait de plus en plus violent.

Dès qu'il fut sur pied, il lui arriva d'interdire sans

raison l'entrée de la maison à Germain au moment des repas. Celui-ci, ne souhaitant pas l'affrontement, regagnait la grange, buvait le lait des vaches en attendant que Solange lui apporte à manger.

— Vous croyez que je ne vois pas clair dans votre manège à tous les deux ! hurlait Léon.

Solange haussait les épaules, ne répondait pas. Un soir de novembre, pourtant, alors qu'elle accompagnait Germain dans la grange avec la bougie, Léon les suivit sans qu'ils s'en rendent compte. À l'instant où Solange embrassa Germain pour lui souhaiter bonne nuit, Léon surgit, brandissant son fouet dont il ne se séparait plus, et se précipita vers eux en criant :

— Je savais bien qu'il s'en passait de belles dans mon dos ! Je vais vous faire voir comment je traite les salopards de votre espèce !

Il se mit à frapper droit devant lui, atteignant Germain qui, de douleur, tomba en arrière, mais Solange, elle, s'écarta juste à temps. Léon avança vers Germain, frappa une nouvelle fois, puis s'arrêta net et se retourna. Solange, une fourche à la main, venait de le piquer légèrement dans le dos, ce qui le frappa de stupeur.

— Lâche cette fourche ou je vais te tuer ! glapit-il, la voix vibrante de rage.

— Essaye ! fit Solange dont la détermination ne faisait pas de doute.

Germain en avait profité pour se relever, se frottant l'épaule et le bras droits.

— Lâche cette fourche ! répéta Léon en avançant vers sa femme.

Solange le piqua une nouvelle fois au niveau de la poitrine, ce qui le fit s'arrêter et s'étrangler de fureur.

– Je vois bien pourquoi tu le protèges, ce foutu gamin ! Je te garantis que tu me le payeras !

Et il disparut soudainement, après un dernier regard de haine aussi bien pour sa femme que pour Germain. Solange resta un moment immobile mais ne lâcha pas sa fourche, tendant l'oreille pour vérifier qu'il s'était bien éloigné. Puis elle s'approcha de Germain et lui dit :

– Va dormir maintenant, et ne t'inquiète pas.

– Tu ne peux pas rentrer, dit-il, il est capable de te tuer.

– Non, plus maintenant, dit-elle. Depuis qu'il a été malade, je suis plus forte que lui. Ne t'en fais pas.

Et elle ajouta, tandis qu'il montait dans le bat-flanc qui lui servait de lit :

– D'ailleurs, j'emporte la fourche avec moi.

Elle éteignit la bougie, referma la porte derrière elle et s'en alla. Germain se releva, s'approcha de la maison pour guetter les bruits et voler à son secours s'il en était besoin, mais tout demeura calme. Il revint se coucher, mais ne parvint pas à dormir tant il avait peur pour Solange. Il se releva plusieurs fois pour écouter dans l'ombre froide de la nuit, ne cessant d'imaginer les représailles probables de Léon.

Elles ne tardèrent pas, mais furent dirigées contre lui, Solange ayant démontré qu'elle n'était plus vulnérable. Léon avait mûri pendant huit jours une revanche qu'il souhaitait implacable. Il attendit à cet effet le samedi matin, jour où Solange allait vendre des fromages à Beyssac. Il surgit dans la grange au moment où Germain changeait la litière des vaches, le dos tourné à l'entrée. Quand il se retourna, Léon lui faisait face, une fourche à la main.

– Alors, petit ! On fait moins le malin, à présent.

Il appuya les trois dents effilées sur la poitrine de Germain, le coinçant contre le mur.

– Tu crois que je ne vois pas à quel jeu tu joues ?

Et, comme Germain, tétanisé, ne trouvait rien à répondre :

– Je vais te tuer et personne ne s'en apercevra parce que tu n'es rien, une vermine seulement, qui abuse de la confiance qu'on lui fait.

Il recommença à appuyer avec sa fourche et Germain comprit qu'il était capable de mettre ses menaces à exécution. Un réflexe de survie le fit reculer de quelques centimètres, juste assez pour pouvoir écarter la fourche d'un mouvement violent du bras, et, aussitôt, envoyer un coup de pied qui faucha la jambe malade de Léon, lequel tomba lourdement avec un cri de douleur. Dans sa chute, il avait lâché la fourche dont Germain s'empara. C'était lui qui, maintenant, dominait l'homme gisant dans le fumier, et qui le menaçait des dents d'acier dardées sur la poitrine. Il y avait un tel dégoût en lui, une telle rage qu'il fut à deux doigts d'enfoncer le fer, d'autant que les yeux de Léon étaient encore chargés d'une haine folle. Mais quelque chose dans cet enfant de douze ans fut plus fort que le désir de vengeance. Quelque chose qu'Eugénie, sans le savoir, lui avait enseigné : la droiture et la froideur. Il hésita quelques secondes, défiant Léon du regard, puis il souleva du fumier, le jeta au visage de Léon, lança la fourche à l'autre extrémité de la grange, et s'en alla.

Il marcha jusqu'à la route, en bas, s'éloigna dans les prés, convaincu qu'un point de non-retour avait été franchi : il ne pouvait plus rester là. Il s'assit à l'ombre, attendant que les battements de son cœur se calment, écoutant les oiseaux dans les haies, observant les nuages dans le ciel d'un bleu apaisant. Une blessure en lui demeurait douloureuse et l'oppressait. Alors il se releva, marcha longtemps, longtemps, et, quand il fut certain que Solange était rentrée, il revint vers la ferme d'où elle le guettait en haut du chemin, s'inquiétant pour lui.

– Je m'en vais, dit-il, dès qu'il arriva à quelques pas d'elle.

– Non, fit-elle, ne pars pas, tu sais que j'ai besoin de toi.

– J'ai failli le tuer.

– Je sais, c'est ce qu'il est allé dire aux gendarmes, mais ils ne l'ont pas cru. Ils ne se sont même pas dérangés. Tu vois, il ne faut pas s'inquiéter.

Il marcha vers la grange et elle le suivit en le suppliant :

– Ne t'en va pas, je t'en prie, ne t'en va pas !

Une fois à l'intérieur, il se retourna, demanda :

– Je te dis que ça finira très mal ! Tu veux donc que j'aille en prison ?

– Non, mon petit, ce n'est pas ce que je veux.

– Alors laisse-moi partir.

Il rassembla ses quelques affaires dans le sac de toile cousu par Eugénie, se retourna, aperçut des larmes dans les yeux de Solange.

– Qu'est-ce que je vais devenir, moi? balbutia-t-elle.

Germain ne répondit pas. Elle s'approcha, le serra contre elle maternellement comme elle en avait l'habitude, mais il se dégagea très vite, craignant l'arivée de Léon. Il sortit et elle le suivit sur le chemin qui montait vers le coteau, le suppliant encore de rester. Il ne se retourna pas avant plusieurs minutes, seulement quand il fut certain de ne plus l'entendre. Alors il l'aperçut en bas, qui triturait son tablier de sa main droite, et le cri qu'elle poussa le fit trembler sur ses jambes.

– Germain!

Le cœur battant, il se mit à courir.

Quand il arriva à Murat, vers deux heures de l'après-midi, Eugénie s'affairait dans sa cuisine. Il n'eut pas à frapper à la porte qui était ouverte, il posa son sac à droite de l'entrée, et, comme elle l'interrogeait du regard, il murmura:

– Je ne retournerai plus là-bas.

Eugénie marqua un temps de réflexion, puis, souveraine, magnifique, répondit:

– Tu as mangé, au moins?

– Non.

– Assieds-toi là.

Le petit Julien surgit de la chambre et voulut monter sur les genoux de Germain. Celui-ci le hissa sur sa jambe droite, se poussa un peu afin qu'Eugénie puisse poser sur la table une assiette de soupe, puis il attendit des reproches qui ne vinrent pas.

Eugénie savait ce que vivait son fils, car elle avait été alertée par des voisins, mais elle savait aussi que s'il se trouvait là, c'était parce qu'il était allé au bout de ce qu'il pouvait supporter. Dès lors, que lui aurait-elle reproché ? Elle était déjà tournée vers l'avenir, comme à son habitude, persuadée que Germain n'avait pas failli. Elle le laissa manger sa soupe, boire un demi-verre de vin, observant cet enfant qui avait beaucoup changé malgré sa maigreur, et dont le bleu des yeux était devenu de l'acier. Ce fut seulement quand il eut terminé, repoussant sa chaise en arrière, qu'elle se planta devant lui et demanda :

– Et alors ?

– Alors je peux travailler les champs, maintenant.

– Avec l'hiver qui arrive ?

– J'irai me placer à la journée.

Elle feignit de le croire, bien qu'elle sût qu'en cette saison ce ne serait pas facile.

– On vit de peu, tu sais, ajouta-t-elle, mais il n'y avait pas le moindre reproche dans sa voix.

Il comprit, effectivement, qu'elle n'avait pour manger que de la soupe de pain, du lait et du fromage, mais cela ne le surprit pas. Et dès cette après-midi-là, il se rendit compte qu'elle manquait aussi de bois, car elle avait du mal à remonter celui qu'elle avait fait couper à mi-coteau, sous la maison. Il s'y employa aussitôt, comme pour lui démontrer qu'il lui était indispensable, et il y travailla pendant huit jours, tout en allant chercher l'eau matin et soir, lui épargnant ainsi les travaux les plus pénibles.

Eugénie n'en souffla mot mais parut soulagée car le froid fut précoce, apporté par un vent du nord qui se mit à souffler en rafales furieuses dès cette fin octobre. Ils réapprirent à vivre ensemble et Germain fit des découvertes qui l'inquiétèrent beaucoup : il s'aperçut qu'elle n'achetait plus de pain au boulanger mais qu'elle le cuisait elle-même au four communal, après avoir fait moudre son grain chez le meunier de Friat. Or, elle devait abandonner un quart de son blé à ceux qui moissonnaient son champ, et une partie de sa farine au meunier pour le payer de son travail. Il ne lui restait pas grand-chose, seulement de quoi passer l'année si elle cuisait le pain elle-même.

Germain l'aida, y prit plaisir : l'odeur du bois de genévrier et de chêne, celle du pain cuit, la chaleur que dégageait le foyer le réconfortaient, comme chaque fois qu'il s'en approchait. Puis il se mit à chercher du travail dans les fermes du causse, mais il n'y en avait pas en cette saison. On le trouvait trop jeune, pas assez costaud, pour couper du bois. Une idée, aussi, l'arrêtait, décourageait ses efforts : la terre, quand on n'en possédait pas, ou pas assez, permettait-elle de manger à sa faim ? Il se demandait s'il ne devait pas plutôt apprendre un autre métier, mais il ne savait comment y parvenir.

Toutefois, ses vaines recherches de travail dans les campagnes le poussèrent peu à peu à se rapprocher des villages et des bourgs. Une après-midi de la mi-décembre, alors qu'il se trouvait à Martel, le patron du café de la place, auprès duquel il se renseignait, lui dit :

– Je crois que le boulanger de la rue Droite cherche un commis. Tu devrais aller le voir.

Germain s'y rendit, expliqua qui il était à la boulangère : une forte femme aussi large que haute, aux cheveux couleur de paille, aux grands yeux humides.

– Attends, je vais chercher Louis, dit-elle. Il doit avoir fini sa sieste.

Le patron apparut : aussi gros qu'elle, vêtu d'un pantalon bleu recouvert d'un tablier et d'un maillot de corps au-dessus duquel les poils de sa poitrine émergeaient, blancs de farine.

– Mon pauvre petit, s'exclama-t-il, tu n'es pas assez fort pour faire un métier pareil ! Quel âge as-tu ?

Germain, qui allait en avoir treize, mentit :

– Bientôt quatorze ans.

– On le dirait pas, mon pauvre. Reviens me voir dans un ou deux ans, quand tu auras pris un peu de muscle !

Germain eut beau plaider, jurer que le travail ne lui faisait pas peur, le patron ne voulut pas céder, mais il dit à sa femme avant de regagner son fournil :

– Donne-lui un pain ! Il faut qu'il mange, ce petit !

Germain regagna Murat avec, pour la première fois depuis longtemps, un peu de joie dans le cœur : il avait rencontré des gens généreux, et l'espoir était né en lui d'apprendre un jour un métier qui consistait à faire du pain, c'est-à-dire, il n'en doutait pas, à manger chaque jour à sa faim. Dès lors il n'eut plus qu'une idée : devenir plus fort, se faire des muscles, et il coupa du bois tout l'hiver, le remonta, le scia, l'entreposa sous la remise d'Eugénie.

À partir du printemps, il travailla dans les fermes,

volontaire pour les travaux les plus durs, comme le hersage des champs ou la tonte des moutons, puis il aida aux foins, et suivit la batteuse, lors des moissons, jusque dans les fermes de la vallée. Cependant, au lieu de le muscler, ces travaux de force l'épuisaient et il demeurait maigre, presque chétif, alors qu'il grandissait. Eugénie, quant à elle, semblait s'habituer à sa présence, se rendait compte à quel point il lui était utile. Elle avait tant à faire avec les chèvres, le jardin et son fils Julien qu'elle ne paraissait pas regretter que Germain fût revenu. Il lui avait parlé d'une place possible chez le boulanger de Martel, à l'avenir, et elle avait seulement répondu :

– Tu feras ce que tu voudras.

Mais il devinait maintenant que plus le temps passait et plus elle envisageait de le garder près d'elle, car il serait bientôt capable de remplacer un homme. Quand il revint voir le boulanger de Martel à l'entrée de l'hiver, celui-ci lui dit :

– J'en ai un, d'apprenti, jusqu'en juin prochain. Reviens à ce moment-là et je te promets de te prendre.

Il repartit, parla du projet à Eugénie qui ne répondit pas. Juin, c'étaient les foins, ensuite il y avait les moissons, les vendanges, et Germain ne le savait que trop. Plus les jours passèrent, plus le doute envahit son esprit : ne devait-il pas rester près de sa mère pour l'aider ? Il se réfugia dans le travail, coupa du bois pour plusieurs hivers, bêcha le jardin en avril, avança le plus possible tout ce qui pouvait être profitable à Eugénie, car au fond de lui sa décision était prise : il allait partir.

Il se souvenait de la boulangerie de Saliac qui sentait si bon, de la bonne chaleur qui y régnait, de cette odeur de farine et de pain qui lui était si agréable, et qui, depuis ce temps-là, correspondait en lui à une certaine idée de sécurité, de bonheur. Dès le mois de mai il annonça à Eugénie, non sans scrupules, qu'il irait travailler à Martel en juin. Elle eut alors cette réponse étonnante, superbe, elle qui avait tant besoin de lui pour remplacer l'homme qu'elle avait perdu :

– Tu feras bien.

Avait-elle pressenti qu'il n'y aurait jamais assez de quoi subsister à plusieurs, pas d'avenir dans les pauvres conditions qui étaient les siennes, avec trop peu de terre, pas d'eau, pas de troupeau, simplement un toit sur la tête, des chèvres et un jardin ? Une fois de plus elle montra assez de discernement et de courage pour aider son fils à prendre la bonne décision.

Malgré la parole qu'il avait donnée, Germain hésita pourtant jusqu'au dernier jour. La veille de son départ, il faillit même renoncer en imaginant Eugénie seule pour des années avec son fils en bas âge à élever, et si peu pour vivre.

– Je peux essayer de faire attendre jusqu'en octobre, murmura-t-il, ce soir-là, alors qu'ils étaient en train de manger.

– Non, dit-elle. Demain.

Sans doute avait-elle compris qu'attendre eût été renoncer, pour lui comme pour elle. Ils ne parlèrent plus jusqu'au lendemain matin où, avant de se mettre en route avec son maigre bagage, il la trouva debout,

135

comme à son habitude. Ils déjeunèrent côte à côte sans un mot, puis il se leva et dit :

– Alors, je m'en vais.

– Eh oui ! tu t'en vas, fit-elle, mais c'est pas le bout du monde, tout de même !

Et comme il hésitait encore :

– Allez ! Va ! Ne te mets pas en retard.

Il voulut l'embrasser et elle eut comme un retrait du buste. Puis, prenant sur elle, elle l'embrassa aussi, mais très vite, et elle referma la porte derrière lui dès qu'il franchit le seuil.

7

JE ne crois pas qu'il ait vraiment compris à quel point ce pas était capital pour lui comme pour les enfants qu'il aurait un jour. Se détacher volontairement de la terre dans l'espoir de devenir son propre maître n'avait jamais été réalisé avant lui. Il avait puisé cette force dans son intelligence, aussi bien que dans la souffrance qui avait habité sa vie, jusqu'à l'âge de douze ans. La chaleur pour le corps, et le pain pour la vie étaient devenus peu à peu dans son esprit le luxe suprême, en tout cas la seule manière de vivre mieux, et, sans doute, un jour, de vivre bien. Eugénie, dans sa sagesse, l'y avait aidé, tout en sachant qu'elle en payerait le prix. L'homme que son fils allait devenir, elle le poussait à partir pour aller bâtir ailleurs que sur ces terres ingrates une vie meilleure.

Devinèrent-ils réellement, cette femme, ce garçon, quel pas de géant ils avaient effectué en quelques heures ? Pas ce jour-là, probablement, mais plus tard, peut-être, quand Eugénie, devenue vieille, descendait chez son fils, dans la vallée, les jours de foire, trouvant la table mise, et une aisance très relative mais pour elle luxueuse, qu'elle ne parvint jamais à conquérir, là-haut, malgré une lutte acharnée et quotidienne. Une aisance qu'il n'aurait même pas imaginée, ce garçon qui partait, ce matin-là, seul, cette fois, comme s'il était devenu un homme – Eugénie n'avait pas envisagé de le conduire elle-même, au contraire de la première fois.

Il fallait une heure et demie, à pied, pour rejoindre Martel depuis Murat, en passant par le pont sur la Doue. On dévalait vers une vallée étroite et l'on remontait aussitôt entre des bois de chênes nains. Une fois en haut, on trouvait la grand-route de Beyssac à Martel, un gros bourg datant du Moyen Âge, dont les sept tours dominaient la ville entourée de boulevards aménagés sur les anciens remparts. À cette époque-là, c'était une petite ville peuplée de commerçants, d'artisans, d'entreprises de matériel agricole, de marchands de moutons. Une véritable ruche, surtout les jours du marché qui se tenait sous la vieille halle et drainait la population du causse, plus pauvre, plus lente, méfiante envers ceux qui, dans les bourgs, vivaient mieux qu'elle, au fond de leur boutique, loin des pierres et des bergeries.

La boulangerie qui allait accueillir Germain se trouvait dans une rue étroite, moyenâgeuse, entre la belle église romane et la place de la Halle. Toutes les rues du centre-ville, au demeurant, se ressemblaient, car elles dataient du temps où la ville avait été créée par Charles Martel pour célébrer, prétendait-on, sa victoire contre les Arabes poursuivis jusqu'ici, un an après la bataille de Poitiers. Joséphine et Louis

Ganet tenaient cette boulangerie depuis trente ans, et vivaient à l'aise car ils vendaient le pain, contrairement à la plupart des boulangers des villages et des hameaux, qui, eux, pratiquaient surtout l'échange, rendant en pain la farine que leur confiaient les paysans.

Louis n'avait jamais voulu prendre de commis, uniquement des apprentis, parce qu'il n'était pas sûr de son autorité. C'était un homme affable, mais que le travail d'une vie avait beaucoup fatigué, autant que le vin bu la nuit, devant le four. Joséphine tenait les rênes de l'affaire, avec une sérénité joviale qui était justifiée à ses yeux par la réussite non seulement de son commerce, mais surtout celle d'un fils idolâtré qui avait étudié le droit et officiait comme premier clerc chez un notaire de Toulouse. Elle aussi était fatiguée par une vie de labeur et par un embonpoint qui la faisait suffoquer dans la chaleur de son commerce. Ils n'envisageaient pas de continuer longtemps – c'est bien trop pénible, disaient-ils –, mais en réalité ils auraient eu du mal à s'en passer, tant ils avaient le goût de la parole et du contact humain.

Ils accueillirent Germain avec bienveillance mais sans lui cacher la dureté du métier. Il fallait se lever à trois heures, alimenter le foyer en bois de chêne, aider à pétrir, à enfourner, cuire, défourner, porter le pain au magasin, nettoyer le pétrin et les panières où l'on mettait la pâte à lever. L'après-midi, après une courte sieste, était consacrée à l'approvisionnement en bois, en eau et en farine, dont les sacs de cent kilos étaient entreposés dans la remise qui se trouvait au fond de la cour.

La maison, d'un étage, était constituée, en bas, par le magasin et le fournil, en haut par l'appartement d'où l'on accédait à une mansarde qui donnait sur la rue par une minuscule lucarne. C'est là que dormit Germain dès la première nuit, et il s'y sentit tout de suite bien, en sécurité, sans se douter à quel point les nuits allaient lui paraître courtes. À la ferme des Bastide, il se levait tôt, entre cinq heures et six heures le plus souvent, mais se lever à trois heures représentait un effort bien plus important, auquel il eut du mal à s'adapter.

Pour le réveiller, son patron ne montait pas : il tapait d'en bas au plafond avec une canne, et Germain devait répondre avec son sabot. Alors il s'habillait, descendait, buvait du café auprès de Louis qui avait du mal à ouvrir les yeux. Ensuite ils gagnaient le fournil, Louis portant deux bouteilles de vin dans ses mains. Une fois en bas, Germain l'aidait à verser la farine de froment dans le pétrin, puis la levure, enfin l'eau, le tout dégageant une odeur suave, qui augmentait dès que le four était chaud.

Louis pétrissait à mains nues, pliant et repliant la pâte avec de grands soupirs – on n'avait pas encore inventé les pétrins mécaniques –, d'abord du pain léger, de froment, donc, puis une deuxième fois avec du froment mélangé à de la farine de seigle – qu'il appelait le mascle. En même temps, il expliquait comment lier les farines, doser la levure, couper les pâtons que Germain déposait dans des panières

140

d'osier, sur une toile écrue, afin qu'ils ne collent pas, le temps qu'ils lèvent. Ils forçaient alors le feu, et Louis commençait à boire ce vin qui le rongeait, comme beaucoup de boulangers assoiffés par la chaleur des fours et que rien, semblait-il, ne parvenait à désaltérer.

Quand la sole était chaude, sa chaleur bien répartie par le gueulard en fonte que Louis manœuvrait avec dextérité, il enfournait au moyen d'une pelle en noisetier, déposait les tourtes avec un retrait sec du bras, faisait glisser le long manche de la pelle vers l'arrière, et Germain rechargeait la pelle qui repartait alors vers la sole d'un mouvement souple, sans à-coups. Pendant que le pain cuisait, on préparait la deuxième fournée, et Louis, le visage baigné de sueur, buvait toujours.

– Il me faut cinq litres pour la nuit, dit-il à Germain dès le premier matin, mais ne commence pas, toi, sinon tu pourras jamais t'arrêter. Bois de l'eau, petit!

Il est heureux que, conscient de la dureté de son métier et de l'abus de vin qui allait le tuer, Louis Ganet ait eu la lucidité de recommander l'eau à son apprenti. Germain, dès le début, tint compte de ce conseil et heureusement. Il buvait seulement du vin au cours du déjeuner que Louis prenait entre la deuxième et la troisième fournée, à six heures du matin, quand il fallait reconstituer des forces pour compenser la fatigue de la nuit. Ce repas terminé, Louis continuait de boire et devenait agressif, lui qui, à jeun, était affable et chaleureux. Germain en fut surpris, se souvint de Léon et se demanda avec

141

amertume si c'était une fatalité, pour les hommes, d'exprimer ainsi leur autorité par la violence.

Celle de Louis ne se traduisait pas par des coups, mais par des mots blessants dont on le croyait de prime abord incapable, et qui se succédaient jusqu'à l'heure de la sieste, passé le repas de midi. Le plus souvent, d'ailleurs, il ne mangeait pas, le vin lui ayant coupé l'appétit. Joséphine haussait les épaules, aidait son mari à se coucher et disait à Germain :

– T'en fais pas. Quand il se réveillera, ce sera fini.

C'était vrai : quand Louis se levait, à trois heures et demie, et qu'il descendait dans la cour, il semblait avoir oublié, mais ce n'était qu'apparence. En réalité, le remords le rongeait, car il avait conscience de l'état dans lequel le vin le plongeait, même s'il n'avait jamais pu y renoncer.

Germain apprit très vite à ne pas provoquer ses colères, à ne pas s'approcher trop près de lui pendant la matinée, mais il se mit à redouter ces heures-là, ces mots lâchés d'une voix coupante, qui le meurtrissait :

– Prends garde ! Pousse-toi ! Tiens-moi ça !

Ou, parfois, avec un besoin d'humilier, sans que l'on sache si Louis faisait tomber volontairement ou non des ustensiles :

– Ramasse ! Plus vite que ça !

Louis prononçait également des insultes, mais toujours à mi-voix, comme pour lui-même, et Germain, malgré lui, s'en désolait, non sans se forger une carapace qui le préservait du renoncement. Il ne savait pas que cette rudesse faisait partie traditionnellement de la formation des apprentis, mais ce qu'il savait, c'était qu'il tenait dans ses mains le fil ténu qui le reliait à une vie meilleure, et que, quoi qu'il arrivât, il ne le lâcherait pas.

Il s'habitua, donc, aidé par Joséphine qui était de plus en plus inquiète pour son mari, de jour en jour plus accablé de fatigue et d'alcool. L'après-midi, entre cinq et six heures, Germain disposait d'un peu de temps libre et s'aventurait dans le bourg, s'attardant aux vitrines des magasins, croisant des gens qui le reconnaissaient maintenant, et dont le regard n'était pas méprisant, au contraire : il devinait alors la part de prestige que portaient en eux ceux qui faisaient le pain, la nourriture essentielle de l'époque. Il n'en aima que davantage ce métier dont les odeurs chaudes lui étaient aussi précieuses que lorsqu'il entrait dans la boulangerie de Saliac, il y avait, lui semblait-il, une éternité. Car tout était différent, ici, et les années passées, dans leurs difficultés accumulées, l'avaient fait grandir plus vite que les garçons de son âge.

Outre la conduite agressive de son patron, l'un de ses soucis était la fatigue physique, car il était bien frêle pour déplacer les sacs de farine – même avec l'aide du diable, ce petit chariot à deux roues basses sur lequel il avait du mal à faire basculer les quintaux – ou pour charrier le bois nécessaire au four. Ces tâches annexes l'épuisaient dès avant le travail de la nuit. Parfois, au petit matin, le manque de sommeil le faisait tituber.

– Oohhh ! criait Louis.

Germain s'ébrouait, se redressait, plongeait ses mains dans le seau, s'humectait le visage et repre-

143

nait son travail en se demandant s'il allait pouvoir tenir le coup.

Il faillit lâcher prise au cours du mois de septembre qui suivit son arrivée à Martel, quand Eugénie lui fit savoir qu'elle avait besoin de son aide, étant clouée au lit par une pleurésie après avoir pris froid. Elle avait été surprise par un orage en revenant des foins, la fièvre s'était emparée d'elle dans la nuit qui avait suivi, mais elle avait cru pouvoir guérir seule et n'avait pas fait venir le médecin. Deux jours plus tard, elle se trouvait entre la vie et la mort, avec plus de quarante degrés de fièvre, et elle s'était enfin résolue à le faire prévenir, ainsi que Germain.

Josephine et Louis acceptèrent de le libérer à six heures du soir, à condition qu'il soit rentré à trois heures du matin pour travailler. Ils lui confièrent la charrette et le cheval avec lesquels il se hâta de prendre la route de Murat, où il trouva Eugénie couverte de sueur, délirante de fièvre, tandis que Julien, âgé de cinq ans, tentait de lui apporter ce qu'elle lui demandait d'une voix faible, dans ses moments de lucidité.

Ce premier soir, quand Germain arriva, le médecin se trouvait là. C'était un vieil homme qui se coltinait chaque jour avec le refus de se soigner des paysans qui n'avaient pas une minute à perdre. Il entraîna Germain à l'écart pour lui faire part de son pessimisme. C'était une époque où les antibiotiques n'existaient pas. On ne disposait que de moyens dérisoires pour soigner : ventouses et tisanes sudatoires. Germain devinait le médecin très inquiet. Il lissait de la main droite ses fines moustaches blanches, pesait ses mots, confiait d'une voix douce que les chances de survie de la malade étaient faibles.

– Je reviendrai demain à la même heure, dit-il à Germain avant de partir en lui souhaitant bon courage.

– Je serai là, répondit Germain, qui repassa dans la chambre et découvrit sa mère assise dans son lit, une lueur farouche dans le regard, malgré ses yeux cernés de mauve, sa respiration sifflante, et l'immense fatigue qui l'accablait.

Elle lui demanda de confier Julien à Ghislaine, sa voisine d'en haut, mais Germain refusa : il ne voulait pas qu'Eugénie demeurât seule après son départ. Si elle allait trop mal, l'enfant pourrait au moins aller prévenir. Et puis on ne pouvait pas contraindre les voisins à veiller sur une malade alors que les foins étaient en cours : tout le monde savait que le travail primait, que l'on n'avait pas l'habitude de se coucher au cours des grands travaux. Il alla seulement demander à Ghislaine de passer le matin, avant de partir au champ, et d'appeler le médecin de Martel si Eugénie allait plus mal.

De fait, elle était au plus mal, bien qu'elle mobilisât les forces qui lui restaient, se redressant de temps en temps, faisant appel à une ultime énergie dans laquelle Germain retrouvait pour quelques brefs instants, fugacement, l'Eugénie capable de vaincre le sort le plus contraire. Parfois, à l'inverse, elle lui faisait peur, ne trouvant plus aucune ressource en elle et luttant désespérément. D'atroces quintes de toux l'assaillaient, la laissant à bout de souffle, livide, brûlante de fièvre.

145

Pendant ces heures périlleuses, cependant, jamais elle ne prononça le moindre mot de renoncement. Dès qu'elle avait un moment de répit, elle se composait ce masque dur qui, durant quelques minutes, rassurait Germain. Il en avait bien besoin, car il était lui aussi épuisé du fait qu'il ne dormait plus, quittant Eugénie pour arriver à Martel vers trois heures, où il gagnait aussitôt le fournil dans lequel Louis avait commencé à travailler. Il lui arriva de dormir sur la charrette, laissant le cheval aller à son pas.

Une nuit, pourtant, l'animal s'égara, et Germain se retrouva dans la direction oposée à Martel, au fond d'un bois. Il eut du mal à se repérer, perdit beaucoup de temps et il arriva à destination bien après le début du travail. Louis se fâcha, déclara « que ça ne pouvait pas durer comme ça ». Germain dut promettre que ce retard ne se renouvellerait pas, mais il savait de toute façon qu'il ne pouvait pas travailler plus longtemps en dormant si peu.

Heureusement, la santé d'Eugénie s'améliora alors que l'on ne l'espérait plus. Après une nuit terrible au cours de laquelle le destin hésita entre la vie et la mort, la fièvre céda un matin et, le surlendemain, le médecin assura qu'elle était tirée d'affaire. Sa santé de fer lui avait permis de triompher d'une épreuve qui aurait terrassé plus d'une femme. Huit jours plus tard, elle était debout et reprenait son travail comme s'il ne s'était rien passé, mais elle ne devait jamais oublier l'aide que lui avait apportée son fils. Sa reconnaissance s'exprima dans de petites attentions, dans quelques regards plus appuyés et comme étonnés, mais jamais en paroles. Germain constata seulement que les yeux d'Eugénie s'attardaient davantage sur lui lors de ses brèves visites du dimanche, et il regretta de ne pas disposer d'une journée entière – d'un vrai dimanche – pour profiter de ce qu'il ressentait maintenant en sa présence, une faille en elle d'où filtrait une tendresse indicible mais dont il percevait l'écho précieux.

En retrouvant une activité normale et un sommeil plus régulier, il reprit quelques forces pendant les mois qui suivirent. Avec la venue de l'hiver il se félicita de vivre au chaud, se souvenant à quel point il avait eu froid dans la grange des Bastide. Au contraire, ici, quel plaisir c'était, le matin, que d'allumer le feu sous la sole, alors qu'au-dehors le gel serrait dans sa poigne de fer les rues, les arbres et les maisons ! Il lui arrivait d'ouvrir la porte un instant pour sentir le froid sur sa peau et de refermer aussitôt, retrouvant la chaleur de ce qui lui semblait un refuge. Son besoin de sécurité s'en trouvait conforté, et, malgré les mots blessants de Louis qui finissait de boire son deuxième litre de vin, il se remettait au travail avec des frissons délicieux.

Au cours des mois qui suivirent, Louis lui enseigna les secrets du métier : le dosage des farines et du levain, l'art de pétrir, de peser les pâtons sur la grande balance romaine, de les couper et de les façonner après les avoir fleurés de farine. Sans doute le boulanger devinait-il le mal qui allait le tuer et se hâtait-il, inconsciemment, de transmettre son savoir à qui pourrait un jour, peut-être, le remplacer. De fait, une immense fatigue le contraignit à s'aliter pendant une semaine au cours de l'été. Germain fit face de son mieux, mais il fut soulagé quand son patron regagna le fournil, car il avait senti peser sur ses épaules une responsabilité trop lourde, qu'il avait eu du mal à assumer. Le premier matin, en effet, il avait failli faire brûler une fournée. Il l'avait sauvée de justesse, mais la croûte d'un côté était noire, et Joséphine en avait été mortifiée. Il y avait trop de choses à faire en même temps, dans un fournil, pour un homme seul, Germain s'en était rendu compte. Le plus grave, c'était de ne pas maîtriser le feu. Il redoutait d'être obligé, un matin, d'emporter des tourtes calcinées à la décharge publique, en se cachant comme un homme indigne de la confiance qu'on lui témoignait.

Quand Louis dut s'aliter de nouveau, un mois plus tard, Germain se trompa dans le dosage de la levure et « les pâtes se mirent à courir », c'est-à-dire à déborder des panières d'osier avant que le four soit suffisamment chaud pour les recevoir. Une odeur de gaz carbonique, très désagréable, monta dans le fournil, tandis que la pâte se piquait de tavelures bleues. La fournée était perdue, rien ne pouvait plus la sauver. Pendant la matinée, la boulangerie manqua de pain, ce qui n'était jamais arrivé. Louis se leva, cria, hurla, mais Joséphine vint au secours de Germain en disant :

– Comment veux-tu qu'il y arrive seul ? Tu sais bien qu'il faut être deux !

À partir de ce jour, elle se mit à aider Germain chaque fois que Louis ne pouvait se lever, car ni l'un ni l'autre ne se résignait à embaucher un ouvrier :

c'eût été reconnaître la gravité d'une maladie qui, pourtant, progressait inexorablement. Joséphine ne descendait pas au fournil avant quatre heures, au moment d'enfourner la première, quand il fallait agir vite, pour ne pas laisser s'échapper les pâtes qui travaillaient sous leur toile de jute. Alors, Germain, rassuré par la présence de sa patronne, se sentait heureux. Il s'imaginait capitaine d'un navire dont les voiles étaient les toiles de jute qui séchaient sur les manches effilés des pelles à enfourner, alors que le four grondait comme une mer démontée, et qu'il tanguait, ivre de fatigue, comme sur le pont d'un bateau.

À la manière de Louis, Germain avait pris l'habitude de dormir vingt minutes entre deux fournées, pendant que les pâtes levaient, car il savait que Joséphine le réveillerait à temps. Celle-ci semblait hébétée par le manque de sommeil, mais montrait une résistance qu'on ne soupçonnait pas chez une femme aussi corpulente, qui avait du mal à se mouvoir. Le matin, munie de sa brosse à nettoyer les tourtes, elle ouvrait le magasin à sept heures, montait s'occuper de Louis entre deux clients, cuisinait le repas de midi, et se couchait un peu l'après-midi, alors que Germain, lui, approvisionnait le fournil en bois, en farine, faisait sécher les toiles, rangeait, nettoyait, dormait une heure ou deux avant le repas du soir.

La situation se prolongea ainsi quelques mois, Louis se levant, puis se couchant, amaigri, sans la moindre force, mais refusant d'abdiquer jusqu'à ce que, un matin de décembre, le médecin le **fasse** hospitaliser. Joséphine, désespérée, lutta encore quelque temps auprès de Germain, mais quand il fut évident que Louis ne pourrait jamais retravailler – un cancer de l'estomac ne lui laissait que quelques mois à vivre –, elle s'écroula brutalement et s'en remit à la décision de son fils.

Après une brève réflexion, le clerc de notaire, venu sur place se rendre compte de la situation, décida de fermer boutique. On était en avril. Cela faisait à peine deux ans que Germain travaillait à Martel, mais il avait appris un métier et il en était reconnaissant à Louis qui gisait dans son lit, méconnaissable, rongé par la douleur.

– Tu feras un fier boulanger, lui dit-il le jour du départ, en essayant douloureusement de se redresser sur ses oreillers.

– Tu as été un petit merveilleux, souffla Joséphine. Sans toi, on n'aurait pas pu aller jusque-là.

Elle l'embrassa et elle lui donna cent francs, c'est-à-dire beaucoup plus qu'il n'en avait jamais possédé. Il ne leur montra pas sa déception de devoir les quitter, mais au fond de lui-même il n'était pas très inquiet : dans son combat souvent solitaire de la nuit, il avait appris le métier beaucoup plus vite que dans n'importe quelle boulangerie. À seize ans, il se sentait capable d'être le second d'un patron, et de se faire payer en conséquence. D'ailleurs, Louis lui avait promis de lui trouver une place parmi ses relations établies dans la région.

Il regagna donc Murat, persuadé qu'il ne lâcherait pas la bouée que le destin lui avait jetée. Eugénie, qu'il avait tenue au courant de la situation de ses patrons à Martel, lui fit bon accueil. Elle n'avait pas oublié l'aide que Germain lui avait apportée lors de sa maladie et elle savait qu'il travaillerait auprès d'elle comme il l'avait toujours fait avant de repartir. Il bêcha le jardin, alla chercher l'eau matin et soir, coupa du bois, sarcla les champs, s'occupa des chevreaux qu'elle alla vendre à la foire, rattrapa le travail en retard. Julien avait six ans, maintenant, mais il n'était pas d'un grand secours à sa mère, d'autant qu'il fréquentait l'école de Lasvaux. C'était un enfant taciturne, aussi ombrageux que sa mère, qui disparaissait dès qu'on le quittait des yeux. Eugénie luttait contre l'esprit rebelle de son fils mais elle n'était pas mécontente de deviner en lui une ressemblance qui secrètement la flattait.

Ce printemps-là, ils retrouvèrent une cohabitation, une complicité, qu'ils apprécièrent d'autant plus qu'elle n'était pas destinée à durer. Pour l'un comme pour l'autre, il était évident que Germain retrouverait très vite une place et qu'il repartirait.

Un jour du mois de mai, à midi, alors qu'ils mangeaient leur soupe de pain, la mère d'Eugénie arriva à l'improviste. Elle ne se fit pas prier pour s'asseoir, car ses jambes la portaient à peine – dit-elle en s'essuyant le front. Elle paraissait très émue mais également mal à l'aise. Eugénie ne parut pas s'en étonner. Elle apporta une assiette et dit simplement :

– Tu vas manger un peu, ça ira mieux après.

Antoinette ne refusa pas. Elle avala deux ou trois cuillerées, elle soupira à se fendre l'âme, puis elle

151

dit brusquement, comme pour se débarrasser d'un fardeau :

– Ton père va très mal. Le médecin pense qu'il n'en a pas pour huit jours.

Eugénie se redressa, pâlit, sa voix claqua comme une lanière de fouet.

– Et alors ? fit-elle.

Antoinette déglutit péniblement, puis elle murmura :

– Il a demandé à te voir.

Le visage d'Eugénie venait de prendre un masque dur, ses yeux lançaient des éclairs.

– Aujourd'hui, c'est moi qui n'ai plus envie de le voir. J'ai attendu trop longtemps.

Un grand silence se fit dans la cuisine. Antoinette baissait la tête, n'osant affronter le regard de sa fille.

– Allons ! fit Germain, c'est ton père tout de même.

– Il n'a jamais été là quand j'ai eu besoin de lui, répliqua Eugénie en s'adressant à sa mère – sans paraître avoir entendu Germain.

Elle attendit un instant puis reprit d'une voix blanche :

– Pour moi, il est mort depuis longtemps.

Antoinette releva la tête, observa sa fille, essuya deux larmes au bord de ses paupières.

– Tu pourrais pardonner, maintenant, balbutia-t-elle.

– Pardonner quoi ? s'écria Eugénie. De m'avoir considérée comme une criminelle pendant toute sa vie ?

– Tu sais bien que ce n'est pas de ça qu'il s'agit.

– Il s'agit de quoi, alors ?

– S'il n'était pas tombé, s'il ne s'était pas paralysé, il se serait conduit différemment.

Antoinette se tut, soupira, reprit :

– Il y avait trop de mal en lui, trop de douleur.

– Et moi, reprit Eugénie de la même voix implacable, qui s'en est préoccupé, de ma douleur ?

Antoinette, de nouveau, baissa la tête. Germain observait sa mère avec une sorte de stupeur. Il la savait forte, inflexible, mais il découvrait une telle rancune en elle qu'il se garda d'intervenir. Ils finirent de manger en silence, puis, de guerre lasse, Antoinette se leva pour partir. En embrassant sa fille, elle lui dit doucement :

– Réfléchis, petite. Bientôt il sera trop tard.

Eugénie ne répondit pas, mais à partir de ce moment-là, elle demeura préoccupée, comme si un combat incertain se livrait en elle. Germain, qui le comprit, laissa passer deux jours avant d'intervenir. Il gardait présent en lui l'image de son grand-père paralysé, et, malgré la rudesse qu'il avait devinée chez cet homme, un élan le portait vers lui, proche de la pitié. Le deuxième soir, alors qu'ils dînaient face à face, il dit à Eugénie :

– Si j'avais eu un père, moi, je l'aurais pas laissé mourir seul.

Eugénie, surprise, se cabra et répliqua d'un ton glacial :

– Quelquefois il vaut mieux ne pas en avoir. On souffre moins de ne pas connaître ceux qui vous rejettent.

– Qu'est-ce que tu en sais ?

153

C'était la première fois qu'ils s'opposaient ainsi frontalement.

– Je sais ce que je sais, grogna Eugénie, et ça me suffit pour faire ma vie.

Il n'insista pas, car il ne voulait pas provoquer entre eux une rupture. Il attendit d'avoir fini de manger pour ajouter d'une voix la plus calme possible :

– En tout cas, moi, j'irai le voir.

– Tu feras ce que tu voudras, dit-elle.

Il se rendit à Paunac le lendemain dans l'après-midi, et retrouva avec émotion l'humble maisonnette où gisait un homme qui était entré en agonie dans l'alcôve protégée par le même rideau rouge qui l'avait tant impressionné la première fois. Antoinette le veillait, épongeait son front, lui parlait comme à un enfant.

– Je suis là, disait-elle, n'aie pas peur.

Elle expliqua à Germain que le médecin pensait que la fin était proche.

– Il souffre, ajouta-t-elle, et il me tarde qu'il soit délivré.

Là, devant cet homme mourant et cette femme si courageuse, si soucieuse de le soulager, Germain se sentit vraiment de leur chair et de leur sang. Mais il n'en conçut pas réellement de chagrin, au contraire : il eut conscience de faire partie d'une famille, et il en voulut d'autant plus à Eugénie de l'abandon dans lequel elle laissait son père et sa mère. Ce secours apporté par Antoinette, cet amour immense pour son époux, lui tenaient chaud au cœur, alors qu'il aurait pu être glacé par le spectacle d'une agonie douloureuse. Il resta deux heures auprès d'elle, écoutant ces mots venus d'une grande sagesse, peut-être d'une vieille mémoire à l'heure de la vérité :

– Mon pauvre homme ! Je voudrais être à ta place et prendre ton mal. Mais je ne peux pas, regarde-moi, j'ai que ces pauvres mains pour te guérir, des mains qui ne te sont d'aucun soulagement. C'est la loi de la vie : il faut s'en aller pour laisser la place aux plus jeunes. Sois sans crainte, je ne te laisserai pas seul, je viendrai te rejoindre le plus vite possible. Je sais que tu m'entends. On a eu du malheur tous les deux, mais un peu de bonheur tout de même. Aujourd'hui, les enfants sont tous venus, sauf une. Il ne faut pas lui en vouloir : elle est amère parce qu'elle a souffert. Mais elle viendra, tu m'entends, je suis sûre qu'elle viendra.

De retour à Murat, Germain raconta ce qu'il avait vu à Eugénie, mais il tut l'essentiel : ces mots rares, très beaux, un dévouement qu'il n'oublierait jamais. Eugénie luttait contre elle-même, et il comprit qu'elle était sur le point de céder, un soir, quand elle lui demanda si son père souffrait, mais le lendemain elle s'était reprise et son visage de buis ne trahissait plus la moindre émotion.

Farouche, campée dans son orgueil, elle tint bon jusqu'au bout, c'est-à-dire trois jours encore, puis la nouvelle de la délivrance arriva, apportée par une de ses sœurs. C'était la cadette, elle avait la peau mate, comme Eugénie, mais des yeux clairs qui lui donnaient une apparence plus fragile, d'autant qu'elle était petite de taille.

– Tu vas venir le voir, maintenant ? demanda celle-ci, sans prendre la peine de s'asseoir.

– Pas plus mort que vivant, répondit Eugénie.

– Tu viendras à l'enterrement, au moins ?

– Il n'est jamais venu, lui, quand j'en avais besoin !

– Il était paralysé.

– Il ne l'a pas toujours été.

La messagère comprit qu'il ne lui servirait à rien d'insister. Elle embrassa Germain et Julien, mais non sa sœur, et elle s'en alla, effrayée par ce qu'elle avait entendu.

Germain, atterré, dévisageait sa mère dont les traits s'étaient creusés et dont les mains tremblaient légèrement. Il n'eut pas le temps de dire un mot, car Eugénie sortit et il l'entendit pousser la porte de l'étable des chèvres. Il demeura seul avec Julien qui devinait qu'il se passait quelque chose de grave mais n'osait pas poser de question. Germain en voulait à sa mère et mesurait en même temps à quel point, pour se conduire ainsi aujourd'hui, elle avait dû souffrir.

Quand il lui indiqua qu'il irait à l'enterrement, elle ne s'y opposa pas, mais lorsqu'il souhaita emmener Julien avec lui, Eugénie se redressa et lança :

– Ce n'est pas la peine. Il s'appelle Montal et non pas Rivassou.

Et, comme Germain tentait de parlementer :

– Il reste avec moi. C'est tout.

Pendant les quarante-huit heures qui séparèrent le décès des obsèques, il la vit souffrir vraiment et il comprit à quel point elle avait été marquée par ce qui s'était passé dans sa jeunesse. Mais pourquoi, lui, qui avait finalement été rejeté de la même manière que sa mère, ne parvenait-il pas à en vouloir à son grand-père ? Parce qu'il l'avait connu paralysé dès le premier jour ? Parce que, malgré la rudesse et la froideur de cet homme, il s'était toujours senti proche de lui ? Parce qu'il avait conscience de lui ressembler intimement ? Parce que le causse où vivait son grand-père avait toujours été un refuge pour lui ? il ne savait pas exactement, mais ce dont il était persuadé, c'était que cet homme, il l'aimait à cause de sa fragilité, dans la dureté d'une vie contre laquelle lui aussi s'était battu. Il s'agissait d'une identité semblable, d'une nécessaire solidarité avec ceux qui luttaient pour vivre, comme lui, comme eux, comme Eugénie qui leur en voulait de n'avoir pas bénéficié de cette solidarité au moment où elle en avait eu besoin.

Il accompagna l'homme dont il ne portait pas le nom jusqu'à sa dernière demeure, sous le soleil magnifique d'un mois de mai tout fleuri de lilas. Le petit cimetière de Paunac fut bien assez grand pour accueillir les parents et les amis du défunt qui, ne travaillant plus depuis longtemps, n'avait plus aucune relation. Quatre voisins portèrent le cercueil qui fut enfoui à même la terre, contre le mur du fond. Quand le curé eut béni la fosse, Germain ne s'attarda pas. Il embrassa sa grand-mère, les frères et sœurs d'Eugénie et remonta à Murat, où il trouva Julien en train de jouer dans la cuisine.

– Où est la mère ? lui demanda-t-il.

– Je sais pas.

Il ressortit, la chercha, crut l'apercevoir, en bas, sur le chemin des chèvres. Il descendit, s'arrêta en entendant du bruit. Là-bas, assise sur une souche de chêne, la tête entre ses mains, Eugénie pleurait comme une enfant.

Il se retira sur la pointe des pieds, ne lui parla jamais de ce qu'il avait surpris cette après-midi-là, mais il avait compris que sous sa dureté, sous sa carapace, battait un cœur qui ressemblait au sien. Seule la blessure qui était en elle depuis l'âge de dix-huit ans l'avait empêchée de se montrer telle qu'elle était avant, au temps où elle courait le causse dans une enfance insouciante, confiante envers les gens et le monde. Il se sentit plus proche d'elle, ne lui fit jamais le moindre reproche mais au contraire chercha à la protéger et décida de passer l'été avec elle.

Il aida aux foins, aux moissons, rentra le bois pour l'hiver, et, avec l'argent qu'il avait gagné à Martel, il lui acheta deux brebis afin qu'elle puisse vendre leurs agneaux, de la même manière qu'elle vendait les chevreaux au printemps.

À la fin du mois d'août, il s'inquiéta de n'avoir reçu aucune nouvelle de Louis Ganet et il se rendit à Martel, où le boulanger était au plus mal.

– Il n'a pas pu s'occuper de toi, mon pauvre ! lui dit Joséphine. Mais ne t'inquiète pas, tu trouveras sûrement une place.

Il s'attarda un peu en compagnie de Louis, mais celui-ci avait du mal à parler. Le cancer lui rongeait maintenant l'œsophage et les cordes vocales. Germain repartit avec, en lui, la désagréable impression d'avoir vu Louis pour la dernière fois, mais aussi de sentir glisser entre les mains la bouée salvatrice qu'il avait eu tant de mal à saisir. Quinze jours plus tard, on enterrait Louis dans le cimetière de Martel, et Germain marchait derrière Joséphine que son fils soutenait par le bras. Deux années de sa vie s'en allaient ainsi avec l'homme qui lui avait appris un métier, mais qui le laissait aujourd'hui sur un quai désert, avec la sensation, parfois, fugace mais désagréable, d'avoir tout perdu.

Il ne se résigna pas pour autant : ce n'était ni dans son caractère ni dans ses habitudes. Il se mit à visiter les boulangers de la région, partant tôt le matin et rentrant tard le soir, sans que jamais Eugénie ne lui reproche de ne pas l'aider. Quand il arrivait, il trouvait la soupe prête, elle le servait sans lui poser de question, partageant la même détermination. S'il eut des doutes, il ne lui en fit jamais part ; elle non plus. On était en octobre déjà, et le causse, cuit et recuit par le feu de l'été, craquait de toutes parts. Germain redoutait l'arrivée de l'hiver qui mettait toutes les activités en sommeil, et donc, aussi, celle des boulangers. Les hommes travaillant moins, ils mangeaient moins. Il faudrait attendre le printemps avant de se remettre à chercher une place. Cette idée lui paraissant insupportable, il employa les derniers beaux jours à visiter les hameaux, les villages où il n'y avait pas de boulangerie mais où les gens, peut-être, avaient des parents ou des amis dans le métier. Alors qu'il allait de plus en plus loin, le destin lui fit un signe tout près de Murat : à Strenquels exactement, un petit village dont on apercevait le clocher depuis la demeure d'Eugénie. Trois kilomètres les séparaient, que Germain franchit avec hâte un matin, pour répondre à un message envoyé par un nommé Gustave Delteil, dont la sœur était mariée à Paunac.

L'homme habitait à l'écart du village, dans une grande maison en pierres de taille qui révélait une certaine aisance. Il était propriétaire d'une trentaine d'hectares, et, en prévision de ses vieux jours, avant de transmettre la propriété à son fils, il avait racheté le four banal afin d'ouvrir une boulangerie. En compensation de ce rachat, il s'était engagé auprès de la mairie à laisser cuire le pain des villageois qui le souhaiteraient.

– Tu es bien jeune et bien frêle, lui dit l'homme qui était rond, jovial et chauve.

– J'ai remplacé Louis Ganet pendant qu'il était malade, répondit Germain, et je faisais seul trois fournées.

– Oui, je sais, je me suis renseigné.

L'homme parut hésiter, et, comprenant qu'il avait face à lui un garçon prêt à accepter n'importe quelles conditions de travail, il précisa qu'il ne pourrait pas le payer : il serait seulement nourri et logé.

– Après, si ça marche, nous verrons, dit-il. Mais au début, une petite fournée suffira.

Germain accepta sans hésitation. Il aurait d'ailleurs accepté n'importe quoi qui pût le rapprocher du métier de boulanger car il avait confiance en lui, ayant appris à travailler dans les conditions les plus difficiles.

160

– Viens dans trois jours, lui dit l'homme. Tout sera prêt.

– Je serai là, répondit Germain.

Quand il annonça la nouvelle à Eugénie, elle parut soulagée mais s'efforça de ne pas le montrer. Les mots demeuraient toujours aussi rares entre eux, comme s'ils s'étaient promis de ne jamais prononcer celui qui les laisserait transparaître un sentiment, un instant de faiblesse qui pût les placer en état de fragilité dans le combat qu'ils menaient. Un combat toujours aussi rude, sous un ciel de feu, un combat pour le pain de la vie, jamais gagné d'avance.

Je ne crois pas qu'il ait avoué à Eugénie qu'il ne serait pas payé. Les cent francs qu'il avait rapportés de Martel lui semblaient une somme extraordinaire, alors qu'elle venait simplement récompenser deux ans de travail. Ils avaient l'habitude de vivre sans argent, de pratiquer le troc, de manger ce qu'ils produisaient, de se suffire à eux-mêmes.

Ils n'étaient pas les seuls à vivre de cette manière à cette époque, sur le causse plus que dans la vallée. La vie était ainsi. Il fallait s'en accommoder sous peine de se mettre en péril. Cette frugalité en toute chose, ce soin apporté au peu que l'on possédait, ce besoin d'assurer l'essentiel, je l'ai retrouvé plus tard chez les enfants de Germain, aussi bien chez ma mère que chez mes oncles et ma tante, et chaque fois j'en ai été bouleversé. Car je savais d'où ils provenaient : du combat d'Eugénie, de Germain, dans lequel le pain se mesurait. Je me suis alors souvenu qu'Eugénie, au

161

début de son installation à Murat, demandait au boulanger des tourtes rassies, parce que l'on a moins envie d'en manger que du bon pain, et qu'on l'économise donc plus facilement. D'où, peut-être aussi, cette facilité à laisser partir une nouvelle fois son fils qui, un jour, ferait du pain. Le plus beau métier du monde à ses yeux – à leurs yeux – et qui les délivrerait définitivement de leur hantise d'en manquer.

Voilà pourquoi il partit sans qu'ils échangent un mot, cet automne-là, puisque tous deux savaient ce qu'il fallait savoir et qu'un pacte secret avait déjà été scellé, deux ans auparavant.

8

À l'heure où j'écris ces lignes, c'est-à-dire quatre-vingt-dix ans plus tard, depuis la maison d'Eugénie que je possède depuis quelques années pour l'avoir rachetée à Julien, j'aperçois le village de Strenquels vers lequel partit Germain à la fin de l'année 1913. C'est peu avant sa mort que Julien, fidèle à sa mère et à cette maison toute sa vie, m'a dit un jour – ce devait être au cours de l'été 1988 – alors que nous nous trouvions face à face, dans la cuisine aux murs noirs de suie où j'allais le voir régulièrement :

– Tu sais, cette maison, faut pas qu'elle parte.

Il voulait dire que cette maison ne devait pas quitter la famille une fois qu'il serait mort. Comme chaque fois qu'il était ému, à la fin d'une existence solitaire, les larmes lui venaient facilement aux yeux. Il n'avait pas de ressources, ou pas grand-chose. Je lui ai acheté la maison en rente viagère non seulement pour l'aider, mais aussi parce que je savais ce que ces quelques murs rassemblaient de courage, de travail, et, pour lui, de désespoir à l'idée de perdre un bien précieux, si chèrement acquis par Eugénie.

Sur ce bord extrême du causse, chaque fois que je me rends à Murat, depuis le banc sous le tilleul j'aperçois donc Strenquels et je pense à Germain qui quitta Eugénie définitivement pour gagner ailleurs une vie meilleure. Je le vois s'en aller ce matin-là, un baluchon sur l'épaule, et il ne se retourne pas. Il descend lentement le chemin qui serpente vers la vallée, il trouve la grand-route, la traverse et remonte de l'autre côté vers un épaulement du causse semblable à celui de Murat. Loin, là-bas, il grimpe vers le village de Strenquels assoupi dans le ciel bleu, sur le chemin qui fut le lieu d'un drame dont je parlerai plus tard. Il a seize ans. On est à l'automne de 1913. Dans moins d'un an, l'Europe va s'embraser et broyer des milliers de jeunes gens comme lui, mais nul, parmi les gens du causse, ne peut le savoir. Ils sont trop éloignés des préoccupations de leurs gouvernants. Ils ploient sous leurs propres soucis, et ceux-ci leur suffisent.

Germain, comme eux, ne songeait, ce matin-là, qu'à l'avenir immédiat, ce four de boulanger qui l'attendait, dans une maisonnette qui servait de remise et, en même temps, de pièce à vivre. Un châlit, dans le fond, était séparé de la table et de deux chaises par un vieux coffre en noyer. Une porte branlante faisait communiquer la pièce avec le fournil bien plus petit que celui de Martel. Dehors, sous un auvent, était entreposé du bois de chêne. Ce fut là que l'accueillit son patron, lequel expliqua à Germain qu'il devrait cuire une petite fournée le lendemain avec la farine qu'il trouverait dans la remise.

Tout était à construire, ici, mais Germain le savait. Il n'était pas découragé, au contraire : il ne devrait le succès de l'entreprise qu'à lui-même, et il ne doutait pas d'y parvenir.

Il s'installa de son mieux dans la grande pièce attenante au four, dans laquelle couraient les grillons attirés par la farine. Ensuite il s'occupa du bois, choisissant le plus sec pour garnir le foyer, puis il rassembla les sacs, qui portaient le nom de leur propriétaire sur une étiquette fixée au noeud. Contrairement à ce qui se passait à Martel, le nouveau boulanger allait pratiquer l'échange, c'est-à-dire cuire le pain des paysans en échange de leur farine – cent vingt kilos de pain à l'année pour un quintal de farine. En la mélangeant avec celle de la Beauce, plus blanche, il cuirait aussi un pain qu'il vendrait à ceux qui ne cultivaient pas de blé, mais ils étaient peu nombreux à Strenquels, seulement quelques artisans ou commerçants : un sabotier, un maréchal-ferrant, le propriétaire d'un café-restaurant, un bourrelier, quelques autres qui avaient jusqu'à ce jour pour habitude d'acheter leur pain à Beyssac ou à Martel. Il s'agissait de ne pas les décevoir, ceux-là, car l'échange ne rapportait pas d'argent. Seuls payaient en espèces sonnantes et trébuchantes ceux qui ne disposaient pas de farine.

À midi, Gustave Delteil invita Germain pour le déjeuner. C'était une ferme plutôt cossue pour le causse, dans laquelle vivaient six personnes, dont le fils de Gustave, sa femme et leurs deux enfants. Julia, la femme de Gustave, était paralysée, et se lamentait dans son fauteuil près de l'âtre. C'était

Rose, la belle-fille, qui s'occupait d'elle et tenait aussi la maison : cuisine, ménage et lessive. Autant Martin, le fils de Gustave, était rond, lourd et peu énergique, autant Rose était sèche, noire et vive. Elle fit bon accueil à Germain et le servit copieusement, ce qui l'emplit de gêne, car il avait l'habitude de manger peu. Il comprit cependant qu'il n'avait rien à craindre d'elle, au contraire : cette fille de journalier était entrée comme bru dans la maison de Gustave et rien ne lui avait été donné. Considérée presque comme une servante au début – mais c'était la condition ordinaire de toutes les jeunes filles qui entraient dans une nouvelle maison par le mariage – elle était devenue « patronne » grâce à son courage et à son énergie. La paralysie de Julia avait achevé de lui concéder le pouvoir ménager sur toute la maison, et nul ne le lui contestait, pas même Gustave qui lui savait gré de s'occuper si bien de son épouse. L'atmosphère qui régnait dans la ferme des Delteil sembla donc à Germain très différente de celle qu'il avait connue chez les Bastide et il s'en sentit comme fortifié dans sa résolution de réussir rapidement.

Avant qu'il ne reparte, Gustave lui parla des meuniers de la vallée avec lesquels il était en affaires, mais aussi des paysans qui lui avaient confié leur farine. Il l'assura une nouvelle fois de toute sa confiance, puis il lui recommanda d'aller faire la sieste afin de pouvoir se lever à l'heure la nuit prochaine.

– Est-ce que tu as un réveil, au moins ? demanda-t-il.

– Non, répondit Germain, j'ai l'habitude de me réveiller tous les matins à trois heures.

– Tu es sûr ?

– Ne vous inquiétez pas. Je me réveillerai.

Germain repartit et visita le village qui n'abritait qu'une vingtaine de maisons échelonnées le long d'une route qui menait à l'église située au point le plus haut. À l'autre extrémité, l'école lui parut immense pour si peu d'habitants, mais il fallait compter avec les enfants des fermes des alentours, celles qui se trouvaient sur le causse, comme celles des hameaux dissimulés sur le versant de la vallée, dans des bouquets de chênes. Il ne rencontra personne, car il faisait chaud, et c'était l'heure de la sieste, à part le patron du café-restaurant, qui se reposait sous sa treille et qui lui demanda qui il était.

– Le boulanger, répondit Germain.

– Le boulanger ? s'écria le bistrotier dont le visage cramoisi trahissait un abus de bonne chère et de vin bouché. Tu es bien jeune, pour tenir un four !

– J'ai cuit tout seul trois fournées à Martel pendant un an, dit Germain.

– Bon ! fit l'homme, nous verrons ça demain.

La boulangerie se trouvait en face de l'église, mais en retrait de la route, séparée d'elle par une grande maison aux volets verts. Avant d'emprunter le passage étroit qui menait au four, Germain aperçut une femme par la fenêtre ouverte. Elle leva la tête de son ouvrage et lui dit bonjour.

– Je suis ta voisine, ajouta-t-elle : madame Delvert. Je suis couturière. Si tu as besoin de quelque chose, n'hésite pas à venir me trouver.

Il la remercia mais ne s'attarda pas. Il rentra chez lui, rangea dans le coffre la cantine qui contenait la soupe que lui avait donnée Rose pour son repas du soir – il avait été convenu avec Gustave qu'il serait nourri –, puis il s'allongea sur son châlit pour dormir. Malgré ses efforts, Il n'y parvint pas : même si les gens du village lui faisaient bon accueil, une idée fixe, depuis le matin, l'obsédait : allait-il réussir une bonne fournée ? N'allait-il pas les décevoir ? Il devinait confusément que de cette première fournée dépendrait la confiance qu'on lui accorderait, sans doute aussi le succès de l'entreprise de Gustave – et donc son propre avenir.

Il se leva et décida d'allumer le feu sous le four, afin de mesurer sa vitesse de chauffe. Il pétrit deux tourtes avec soin, dosant la levure au moyen de la cuillère en étain qu'il avait emportée de Martel à cet effet, puis, quand la sole lui parut chaude, il les enfourna avec la pelle en noisetier et s'assit pour les surveiller. Il comprit qu'il avait affaire à un ancien four banal construit artisanalement, non à un vrai four de boulanger car il mettait plus de temps à chauffer. Il devrait en tenir compte, c'est-à-dire ne pas enfourner trop tôt, pour ne pas que les pâtes retombent avant d'être saisies.

Le feu de genévrier et de chêne sentait bon, emplissant d'une odeur chaude, rassurante, la maisonnette dont il avait laissé la porte ouverte. Il ne quitta pas les deux tourtes des yeux le temps qu'elles mirent à cuire, puis il les aspergea au moyen d'un peu d'eau lancée à la volée pour les faire dorer. Il attendit encore un peu avant de les sortir, mais il n'était plus inquiet, à présent, et, de fait, le résultat fut à la mesure de ce qu'il espérait : brunes, cuites à point, les deux tourtes craquèrent entre ses doigts en délivrant un parfum qui ne trompait pas. Ce pain-là ne décevrait personne, au contraire : Germain fut persuadé qu'on viendrait bientôt le chercher de loin.

Toutefois, pour se rassurer davantage, il en porta une à la couturière qui s'extasia devant un si beau pain, le goûta et voulut le payer, mais il refusa.

– Demain, dit-il, s'il vous plaît autant que ce soir.

– Est-ce que tu veux dîner avec moi ? lui demanda-t-elle. Je suis seule, comme toi. Mon mari est mort il y a seize ans.

– Vous n'avez pas d'enfant ? demanda-t-il.

– Si. J'ai eu six enfants, mais ils ne sont plus là, aujourd'hui. Ils vivent loin, certains à Paris, sauf ma dernière fille qui est placée à Beyssac.

– Elle ne revient jamais ?

– De temps en temps le dimanche après-midi. Elle s'appelle Germaine.

– Moi c'est Germain, dit-il.

– Eh bien, Germain, fit-elle, il y a longtemps que je n'ai pas mangé un pain aussi bon.

Il la remercia, rentra chez lui, mangea sa soupe et un morceau de fromage, puis il se coucha et parvint à s'endormir.

À deux heures, il était réveillé, hanté par l'idée que réussir une vraie fournée était bien plus difficile que faire cuire deux tourtes. Le doute, de nouveau, l'assaillait, persuadé qu'il était que le jour qui allait naître serait décisif pour la confiance qu'on lui témoignerait ou non. Ce n'était pas mauvais orgueil de sa part, mais bien une véritable conviction que son destin se déciderait à l'aube. Et il n'avait pas tort, car il se joua là, à partir de huit heures, d'abord quand Gustave Delteil siffla d'admiration devant les tourtes alignées dans le ratelier, puis quand les paysans commencèrent à arriver et qu'ils les découvrirent à leur tour, croustillantes, brunes mais non pas noires, fleuries d'un peu de farine, dégageant un parfum que l'on sentait depuis la route. À dix heures, il n'y avait plus rien, les paysans avaient pris leur dû, et tout le reste avait été vendu aux gens du village. Gustave était aux anges, Germain définitivement rassuré.

Ils prirent côte à côte, sur la charrette, le chemin de la ferme, Germain tenant deux tourtes sur ses genoux pour la maisonnée. Les compliments de Julia et de Rose ne lui firent pas défaut. À la fin du repas de midi, Gustave s'exclama :

– Je crois, petit, qu'on va pouvoir faire de grandes choses ensemble !

Effectivement, dès les jours suivants, il dut charger le four au maximum, car le bouche à oreille avait fonctionné : il y avait à Strenquels un nouveau boulanger qui cuisait un pain savoureux. Ce fut alors pour Germain la première vraie joie de sa vie. Il se sentit reconnu, apprécié, enfin considéré. Tout le monde l'appelait par son prénom, y compris le maire, Albéric Laverdet, qui habitait un peu plus bas que l'église, dans une immense maison attenante au café-restaurant.

Germain prit l'habitude de se rendre chaque dimanche à Murat pour porter à Eugénie la tourte de pain qui durerait toute la semaine. Il fallait un peu plus d'une demi-heure, à pied, mais c'était un plaisir que de remonter vers le hameau après avoir traversé la grand-route, par le chemin dont Germain avait fait la découverte seul, en hiver, il y avait bien longtemps. Il y restait jusqu'au soir, retrouvait Eugénie fidèle à elle-même, toujours rebelle mais forte comme un roc, fière de ce fils dont on lui faisait compliment, et sur lequel elle pouvait compter. Ce pain du dimanche après-midi représentait pour elle une victoire sur les difficultés de la vie.

Ces absences du dimanche après-midi empêchèrent Germain de faire rapidement connaissance avec la fille de la couturière qui montait voir sa mère également le dimanche, depuis Beyssac où elle était placée. Il fallut un voyage de ses maîtres de trois jours en novembre pour que, enfin libre, elle monte un vendredi à Strenquels, cette fille prénommé Germaine, qui avait le même âge que lui. À onze heures, ce matin-là, il était seul et nettoyait le pétrin quand il sentit une présence derrière lui. Il se retourna, découvrit une jeune fille de petite taille, ronde, les yeux couleur noisette, qui lui dit doucement, si bas qu'il entendit à peine :

– Je suis Germaine, la fille d'Élisa.

Et, comme il demeurait muet, ému par la présence de celle dont il avait entendu parler si souvent :

– Je voudrais une moitié de tourte, s'il vous plaît.

Il reprit ses esprits, coupa le pain, le tendit à la jeune fille qui lui donna l'appoint, baissa les yeux,

171

parut attendre quelque chose, un mot, peut-être, puis, comme il était incapable d'en prononcer un seul, fit demi-tour et s'en alla sans se retourner. Il fallut un long moment à Germain avant de se remettre au travail, car il s'était rarement trouvé seul en présence d'une jeune fille, et quelque chose en lui – quelque chose d'inconnu – s'était éveillé, le faisait s'interroger sur ce qui se passait, lui apportait comme un espoir nouveau, très différent de ce qu'il avait connu pendant les premières années de sa vie. Il aurait été bien incapable de le nommer, mais décidément Strenquels lui apportait beaucoup : non seulement la reconnaissance et l'estime de tous mais aussi le sentiment d'exister enfin, aux yeux des adultes comme aux yeux des jeunes filles auxquelles il n'avait guère eu le temps de prêter attention jusqu'alors.

Ce jour-là, au cours du repas chez Gustave, il parut lointain, répondit à peine aux questions, et il ne s'attarda pas, prétextant la fatigue, ayant seulement hâte de se rapprocher des lieux où se trouvait celle qui, déjà, ne quittait plus ses pensées. Il se coucha, tenta de dormir mais n'y parvint pas. Vers cinq heures, alors qu'il préparait son bois pour le lendemain, la couturière survint et lui dit :

– Vous viendrez souper avec nous, ce soir, Germain ? Ça me ferait plaisir.

– Si vous voulez, dit-il.

– Vers sept heures ?

– Entendu.

De nouveau seul, il se hâta de préparer les farines, puis il fit un peu de toilette et se mit à attendre le soir avec appréhension. Malgré sa réussite dans le métier, il n'avait pas confiance en lui, ayant été souvent blessé, depuis son jeune âge, par des remarques sur sa maigreur, son corps qui n'avait pas toujours été nourri comme il le fallait, et qui flottait dans les vêtements trop amples de boulanger que Joséphine lui avait donnés avant son départ. Il les quitta pour passer les seuls pantalons qu'il possédait et qui montaient trop haut au-dessus des chevilles. Il enfila ensuite une chemise qui avait appartenu à son beau-père, mais qui était devenue trop courte elle aussi. Il n'avait jamais pensé à acheter des vêtements, même avec les cents francs qu'il avait rapportés de Martel. On avait alors l'habitude de raccourcir, allonger, rapiécer ceux que l'on possédait. Ce fut la première fois de sa vie que, ce soir-là, il se sentit mal dans ses vêtements usagés. Il se promit de demander à Eugénie s'il n'en restait pas à Murat, et de les faire mettre à sa taille, peut-être par la couturière qui l'avait invité si aimablement ce soir-là.

Il ne pouvait pas savoir que celle-ci l'avait jugé et le tenait déjà en grande estime. Il travaillait, ne buvait pas, était courageux, et sans doute, à ses yeux, représentait-il un bon parti pour sa fille. Ou plus simplement elle se désolait de le savoir seul, le soir, mangeant sa soupe et son fromage donnés par Rose à midi, à la lueur d'une bougie. En tout cas, elle dut faire toute la conversation ce soir-là, car les jeunes gens étaient beaucoup trop intimidés l'un par l'autre pour parler. C'est à peine s'ils osèrent lever les yeux de leur assiette, et contrairement à ce qu'avait espéré Élisa, Germain ne s'attarda pas après avoir mangé : il devait dormir pour être certain de se réveiller à l'heure. Il remercia, serra la main des deux femmes, prit rapidement congé et se réfugia chez lui, mécontent de sa maladresse, de son incapacité à se conduire normalement en présence de personnes étrangères.

Il revit la jeune fille deux fois avant qu'elle ne redescende chez ses maîtres à Beyssac. Ils parlèrent toujours aussi peu, mais ils se sentirent moins gênés qu'en compagnie de la mère. Le dernier soir, il demanda, alors qu'elle rangeait les pièces de monnaie dans la poche de son tablier :

— Vous reviendrez quand ?

— Pas avant Noël, répondit-elle. Sans doute le 25 après-midi.

Il eut le désir de faire un geste, de lui dire à quel point il se sentait bien près d'elle, mais il ne le put pas : rien ne l'avait préparé à livrer le moindre de ses sentiments à qui que ce soit, et sans doute n'avait-il jamais pensé que cela pouvait se faire.

— Alors à bientôt, Germain, dit-elle dans un sourire avant de disparaître.

L'hiver arriva, et il fut simplement heureux de n'avoir pas froid, contrairement au temps où il dormait dans la grange des Bastide et travaillait dehors. Le four chauffait sans peine la maisonnette par la porte qu'il laissait ouverte, et à travers le mur mitoyen. Il fallait maintenant cuire deux fournées, car les gens venaient de loin pour acheter leur pain et Gustave lui donnait parfois quelques francs, en fin de semaine, tenant en cela sa promesse de le payer si les affaires marchaient bien. Germain avait définitivement conquis l'estime de tout le monde, et il se sentait comme apaisé, réconcilié avec la vie.

Depuis quelque temps, Eugénie semblait bizarre à Germain, et comme préoccupée. Un après-midi du début mai, alors qu'il lui portait son pain hebdomadaire, elle lui dit d'un ton brusque qui dissimulait toujours chez elle un peu d'embarras :

– Viens avec moi !

Il la suivit jusqu'en bas de Murat, près de ce que l'on appelait le fort : quelques maisons agencées en cercle au-dessus d'une petite muraille dans laquelle certains voulaient voir des vestiges de remparts anciens, mais qui n'était qu'un mur de soutènement. Là, sur la gauche, Eugénie ouvrit un étroit portail et pénétra dans une courette qui prenait le soleil devant une petite maison dont la façade était ombragée par une treille. Eugénie désigna de la main une bâtisse basse attenante et dit :

– Il y a la maison et une cave.

Et elle ajouta, tandis que Germain se demandait pourquoi elle l'avait emmené là :

– Également une vigne sur le coteau et un petit champ.

Puis elle fit demi-tour, et, sans un mot de plus, elle remonta sur le chemin, ne se retournant même pas pour voir s'il la suivait. Une fois en haut, chez elle, elle le fit asseoir face à lui, et demanda brusquement :

– Alors ?

– Alors quoi, fit-il, tu veux l'acheter ?

Elle haussa les épaules, répondit :

– Avec quoi?

Elle laissa passer quelques instants, ajouta:

– Je peux pas l'acheter mais je peux l'avoir.

– Et comment?

– En me remariant.

Germain, stupéfait, ne répondit pas. Il pensa que cela faisait sept ans qu'elle était veuve d'un mari qu'elle n'avait connu que très peu de temps – en fait, un peu plus d'un an. Elle avait aujourd'hui trente-six ans, avait vécu seule, sans homme, elle était belle, encore, avec sa peau mate, ses yeux noirs, la lueur ardente et fière qui en émanait, et cette impression qu'elle donnait toujours de se battre, cette fragilité et cette force qui l'incitaient à envisager le mariage sous l'angle d'une sécurité à fortifier.

– Tu veux te remarier? demanda-t-il.

– Je réfléchis.

– Je le connais?

– Il s'appelle Bonal. Tu as dû le voir quelquefois en allant chercher l'eau, ou pendant les foins.

Elle le défiait du regard, en même temps il ressentait la conviction qu'elle attendait – qu'elle espérait – une approbation. Cette faille en elle, ce besoin d'être approuvée, le touchaient, et si, au début de leur conversation, il avait été désagréablement surpris, maintenant il ne se sentait pas le droit de porter le moindre jugement sur son projet.

– Ça se ferait quand? demanda-t-il simplement.

– J'ai pas encore dit oui, fit-elle en se redressant, retrouvant brusquement son quant-à-soi, cette part de fierté qui la rendait irréductible.

Il ne put deviner si elle ne lui avait parlé du projet que pour lui montrer qu'elle était courtisée, ou s'il y avait bien là une voie qu'elle avait déjà choisi de suivre, quel que soit l'avis de son fils. Il reconnut sa manière de souffler le chaud et le froid, de se raidir dès qu'elle avait montré une once de sa fragilité, d'ordinaire si soigneusement dissimulée.

– Il n'y a rien qui presse, ajouta-t-elle brusquement, comme si elle désirait se défendre d'une faiblesse coupable.

– Bien sûr que non. Tu as le temps, fit-il d'une voix neutre.

À cet instant, Julien qui avait maintenant sept ans, surgit pour demander du pain à sa mère et brisa le silence qui s'était installé. Plus il grandissait, plus il ressemblait à Eugénie. Elle lui donna une mince tranche de pain et un morceau de fromage de chèvre, et il repartit aussitôt en courant, les laissant seuls de nouveau, vaguement gênés de leur conversation interrompue.

– Ça va toujours, là-haut ? demanda-t-elle.

– Ça va.

Il sortit quelques pièces de sa poche et les posa sur la table. D'instinct il avait su qu'il ne devait pas lui faire tendre la main. Jamais.

– Non, dit-elle en repoussant les pièces vers lui, le pain c'est déjà beaucoup.

– J'en ai pas besoin, moi, dit-il. J'ai tout ce qu'il me faut.

– Garde-les, répéta-t-elle en se levant, tu en auras besoin un jour.

Il n'insista pas.

177

– Comme tu veux, dit-il.

Puis il se leva pour partir, et ajouta, ne sachant s'il lui faisait plaisir ou pas :

– Il faut venir me voir à Strenquels.

– Je viendrai, répondit-elle.

Mais il ne fut pas persuadé qu'il s'agissait là d'une promesse ferme et il repartit en l'oubliant déjà. Si bien que trois jours plus tard, quand elle arriva en milieu d'après-midi, tenant Julien par la main, il en fut étonné. Elle portait un paquet qu'elle posa sur la table en disant :

– Tiens ! J'ai retrouvé un pantalon et une chemise.

Puis elle jeta sur la pièce où vivait Germain un regard qui ne trahissait pas la moindre émotion. La pauvreté des lieux, les sacs de farine à proximité de la table et du lit ne pouvaient pas la surprendre, elle qui avait été élevée sur un sol de terre battue, dans une cuisine à peine séparée de l'étable par une barrière de bois aux planches mal jointes. Il l'emmena aussitôt voir le four, puis le pétrin, le bois entreposé sous un auvent. Elle hochait la tête sans un mot, comme si rien ne l'étonnait, pas même la porte branlante entre le four et la pièce à vivre dans laquelle ils retournèrent s'asseoir.

– Au moins, t'as pas dû avoir froid cet hiver, dit-elle simplement.

– Ni froid ni faim, dit-il. À midi, je mange chez Gustave.

Elle hocha la tête, son regard parcourut la pièce au plancher blanc de farine, puis elle se leva, se saisit du balai et commença par décrocher les toiles d'araignées du plafond. Alors Germain sortit pour montrer à Julien le village, tout en se demandant pourquoi elle était venue le voir ce jour-là, alors qu'il vivait ici depuis huit mois.

Quand il revint, elle achevait le ménage, souriante, heureuse, sans doute, de pouvoir aider à son tour ce fils qui lui donnait du pain sans le lui faire payer. Germain versa dans deux verres un peu de vin coupé d'eau, en donna un à Eugénie et un à Julien, auquel elle lança dès qu'il eut fini de boire :

– Va jouer dehors.

Le garçon disparut et Germain comprit que si elle était venue si vite, c'est qu'elle avait quelque chose à lui dire. Elle hésita cependant, parla du temps, des gens du village dont elle connaissait la plupart, puis, à la fin, après un long silence :

– Je vais lui dire oui.

Il devina qu'elle parlait de l'homme qui lui avait proposé le mariage. Il s'étonna du fait qu'elle était venue pour la deuxième fois chercher une approbation à un projet qui, sans doute, lui posait problème. Mais pourquoi ?

– Une maison sans homme, ajouta-t-elle.

Puis, aussitôt, elle s'arrêta.

– Oui, dit Germain, tu as raison.

Il la vit tout à coup se détendre, comme si elle était soulagée.

– Et puis tu sais, reprit-elle, une femme, si elle n'est pas mariée…

Il comprit enfin ce que tout cela signifiait : la blessure de ses dix-huit ans ne s'était jamais refermée. Elle avait eu un enfant hors mariage, elle avait été abandonnée comme une misérable, et ces deux événements avaient creusé en elle un sillon de douleur qui la poussait à effacer une infamie dont elle gardait encore la flétrissure. Elle avait besoin non pas d'une vengeance, mais d'une reconnaissance, et Germain s'étonnait de la voir souffrir encore, dix-huit ans plus tard. Ce n'était pas la maison du fort qui l'intéressait, contrairement à ce qu'elle avait voulu lui faire croire, mais un époux capable de lui redonner le statut social qui lui manquait

— Tu as raison, répéta-t-il.

Il y eut dans le regard d'Eugénie une telle lueur de gratitude qu'il en fut touché. Puis elle se redressa brusquement, comme à son habitude, reprit son masque dur, et aussitôt elle se leva pour partir, comme si rien ne s'était passé.

— Je te donnerai deux draps la prochaine fois, dit-elle sur le seuil. Tu ne peux pas continuer à dormir comme ça, tout habillé.

— C'est pas la peine.

— Mais si, mais si.

Elle prit Julien par la main, et elle se mit en route. Germain la regarda s'éloigner à petits pas pressés, silhouette noire mais têtue, en marche vers un destin que, à sa manière insolite, et de toutes ses pauvres forces, elle tentait toujours de maîtriser.

L'été s'annonçait chaud, en cette année 1914. À la Saint-Jean, on avait fait un feu sur la place, entre l'église et la mairie, un feu que le curé avait béni, et que les jeunes avaient sauté, se tenant par la main, après avoir chanté jusqu'à minuit. Ceux des fermes des alentours étaient venus, et il y avait bien deux cents personnes autour du foyer qui projetait vers les étoiles des étincelles d'or. Germain avait espéré la venue de la fille d'Élisa, mais ses maîtres ne l'avaient pas libérée et il l'avait attendue en vain jusqu'à la fin de la fête, inquiet, en se couchant si tard, de ne pas se réveiller à l'heure pour pétrir la première fournée.

Le surlendemain, alors qu'il prenait son repas de midi chez Gustave, celui-ci, qui s'intéressait beaucoup à la politique et s'était abonné à *La Dépêche du Midi*, s'inquiéta de l'assassinat d'un archiduc à Sarajevo, allant même jusqu'à évoquer une guerre possible. C'est à peine si Germain y accorda de l'attention, tant l'événement lui parut trop lointain pour concerner un petit coin de France, où tout évoquait la paix, et, pour lui, maintenant, pour la première fois de sa vie, un certain bonheur. Tout le monde le connaissait et l'avait adopté. Pour tous, il était Germain, et il cuisait le meilleur pain de la région, rendait service en enfournant les tourtes de ceux qui pétrissaient eux-mêmes – de moins en moins nombreux, en raison de la qualité du pain qu'il vendait.

Il ne fut plus question de Sarajevo et de son archiduc pendant trois semaines, puis, un matin, Gustave et le maire se trouvèrent ensemble à la boulangerie et Germain, en les écoutant, comprit qu'ils étaient de plus en plus soucieux. La perspective d'une guerre, cependant, ne le tourmentait pas : il ne s'était jamais éloigné de Murat de plus de dix kilomètres, et pour lui le monde se résumait à la vallée et à ce causse sur lequel vivaient Eugénie, Julien, et tous ceux qui lui achetaient du pain. L'idée qu'il avait de la France était celle que lui avaient enseignée les livres d'histoire et de géographie, et s'il savait qu'elle était amputée de l'Alsace et de la Lorraine, ce n'était pas à ses yeux un motif de conflit susceptible de bouleverser sa vie.

Chaque jour, Gustave, cependant, se montrait de plus en plus préoccupé.

– Ce n'est pas pour toi que je m'inquiète, disait-il à Germain, car tu es jeune et si la guerre éclate, elle sera finie avant que tu aies l'âge de partir. Mais Martin sera mobilisé, lui. Comment va-t-on faire sans lui ? Je me fais vieux, moi.

– Je vous aiderai, répondait Germain, mais il ne croyait toujours pas à un événement qu'il était incapable d'imaginer.

Le samedi 1er août, il faisait très chaud, et Germain s'éveillait de sa sieste, à quatre heures de l'après-midi, quand les cloches se mirent à sonner. Ce n'était pas un appel pour des vêpres ou pour un mariage, ce n'était pas le glas, c'était comme des coups précipités sur le bronze, à folle cadence, quelque chose qui alertait, qui incitait les hommes à se lever et à courir. Il doit y avoir une grange qui brûle, se dit Germain.

Il se leva, se débarbouilla le visage à l'eau de la bassine, prit le petit chemin qui séparait le four de la grand-route et aperçut une trentaine d'hommes et de femmes devant le mur de la mairie, dont Élisa,

182

qui lui dit, avant même qu'il n'ait posé la moindre question :

– C'est la guerre.

– Mais non ! intervint le maire, la mobilisation n'est pas la guerre, voyons !

Germain parvint à lire l'affichette que le maire avait placardée sur le mur et qui annonçait la mobilisation à partir du dimanche 2 août. Les cloches sonnaient toujours, ou plutôt le tocsin, que Germain ne savait pas nommer mais dont il percevait l'impérieuse gravité. Les gens arrivaient de partout, des fermes les plus éloignées, à pied ou à cheval, l'air un peu égaré, se rassemblaient devant l'affiche puis reculaient pour laisser place à d'autres et commenter l'événement, interpellant le maire qui tentait de rassurer sa population.

– Ne vous affolez pas ! clamait-il. Restez calmes !

Germain aperçut Gustave, et Martin, son fils, qui faisaient grise mine, d'autant que le maire venait de leur donner l'ordre de réquisition pour leur cheval. Il s'approcha d'eux, en une sorte de solidarité dont Gustave lui sut gré en lui entourant les épaules du bras.

Les gens continuaient d'arriver, s'apostrophant, s'informant de ceux qui devaient partir, les uns avec des airs farouches, d'autres avec des mines défaites, à ce moment-là accablés beaucoup plus par les ordres de réquisition que par le départ des fils.

– Quel âge as-tu toi ? demanda le patron du café-restaurant à Germain.

– Dix-sept ans.

— Ne t'en fais pas ! Tu ne verras jamais un Prussien, lui dit-il avec un sourire complice.

Tout à coup le tocsin se tut. Cela faisait une heure qu'il retentissait. Philémon, le garde champêtre, sortit de l'église, suivi par le curé, vers lesquelles les femmes se précipitèrent. Il les invita à entrer dans la nef afin de prier pour la victoire, mais quatre ou cinq, seulement, le suivirent. Le silence retombé brusquement semblait étrange, lourd de menaces. On ne parlait plus qu'à voix basse, comme lors d'un enterrement, ou comme si un ennemi invisible rôdait. L'église sonna six heures et nul ne songeait à regagner sa maison. Appuyé contre le mur de la mairie, Germain, tout à coup, vit surgir Eugénie, qui tenait Julien par la main, comme à son habitude.

Il n'y avait pas d'église à Murat. Elle avait fait quelques pas dans le hameau en entendant le tocsin des clochers alentour, avait entendu le mot « mobilisation » qui ne lui avait rien dit, puis le mot « guerre », qui, lui, l'avait alertée. Elle avait donc pris la direction du village où habitait son fils, voulant sans doute s'assurer qu'on n'allait pas le lui prendre. Dès qu'elle l'aperçut, les traits de son visage se détendirent. Il comprit qu'elle avait eu peur et il marcha vers elle. Au lieu de se diriger vers la place, elle traversa la route pour aller vers le four et il la rejoignit devant sa maisonnette. Une fois assis, il lui versa à boire, puis il lui dit :

— Ne t'inquiète pas, je ne vais pas partir.

— Il manquerait plus que ça ! s'exclama-t-elle. Avec mes deux frères qui vont s'en aller, ça suffit.

Germain n'y avait pas pensé. Il n'avait vu que deux fois Jean et Adolphe, qui travaillaient comme journaliers dans des fermes de la vallée. Au reste, elle en parlait rarement, ayant gardé peu de liens avec sa famille, qui, à ses yeux, lui avait été trop peu secourable quand elle en avait eu besoin.

– Et la moisson qui est sur pied ! s'indigna-t-elle. À quoi pensent-ils donc, ces Parisiens ?

– Ça ne va pas durer, dit Germain, le maire en est sûr.

– Comme si on n'avait pas autre chose à faire, déplora-t-elle, que de se peigner avec des Prussiens qu'on n'a jamais vus !

À considérer son fils assis en face d'elle, elle s'apaisa un peu. Par la porte demeurée ouverte, on entendait le brouhaha de la place, où les villageois continuaient d'aller et venir et de commenter les nouvelles. Eugénie vociféra encore contre « ces bons à rien » qui déclaraient la guerre au moment des moissons, menaçant ainsi le pain d'une année.

– Il faut bien se défendre, dit Germain.

– Contre qui ? explosa Eugénie. Où sont-ils, les ennemis ? Tu les as vus, toi ?

Ce qu'il savait, effectivement, c'était que cette guerre annoncée paraissait irréelle. On n'y croyait pas, même avec les affiches sur le mur de la mairie, même avec le garde champêtre parti faire la tournée des fermes, apportant les fascicules de mobilisation.

– Enfin ! dit Eugénie en se levant, espérons qu'à la Noël ils seront de retour !

– C'est ce que dit le maire.

Elle partit, après avoir morigéné Julien qui s'amusait sur la place, entre les charrettes. Personne n'avait envie de rentrer chez soi, ce soir-là. Quelque chose retenait les paysans entre l'église et la mairie, un besoin de se rassurer, peut-être, ou simplement de vivre un moment extraordinaire, dont on ne mesurait pourtant pas encore toute la gravité.

Germain y demeura lui aussi en compagnie d'Élisa jusqu'à la tombée de la nuit, qui tarda à se poser sur les collines, comme si elle était en attente ou voulait témoigner d'un bouleversement dans l'ordre du monde. Il partit se coucher quand les derniers paysans eurent disparu, sans parvenir à imaginer un danger immédiat. Le brûlant été obligeait à dormir toutes fenêtres ouvertes sur une campagne paisible, assoupie dans le chant des grillons, sur laquelle aucun péril ne pesait réellement. Il s'endormit en pensant aux frères d'Eugénie, mais il ne les imaginait pas vraiment menacés. Quant à lui, il se sentait complètement à l'abri de tout ça : il devait surtout songer à se réveiller à l'heure pour pétrir la première fournée.

9

DEPUIS Murat, chaque fois que mon regard rencontre le clocher gris de Strenquels, je pense à cette après-midi où le tocsin a résonné, là-bas, jetant les hommes et les femmes sur les routes. Aujourd'hui, c'est le même, exactement, qui pointe dans le bleu du ciel et, pour moi, perpétue une mémoire qu'érode à peine le temps qui passe. Ce clocher ne sonne plus que les heures, mais je l'écoute avec émotion dans le soir tombant, de la même manière que Germain l'entendait, afin de se réveiller à l'heure, toutes les nuits comme cette nuit-là, incapable d'imaginer l'apocalypse qui guettait les jeunes hommes – lui compris –, ce massacre dans lequel il serait précipité, loin du causse où il était né, incrédule, horrifié, mais déterminé à se conduire dignement, comme il l'avait toujours fait.

Rien de tel, ce dimanche 2 août, quand il se leva, ayant mal dormi à cause de l'agitation et de l'inquiétude de la veille. Dès l'aube, ce matin-là, il entendit le pas des chevaux et le grincement des essieux sur la route, comme si quelque chose s'était mis en marche, un grand remuement d'hommes et de bêtes appelés pour des tâches obscures, vaguement inquiétantes.

Dès six heures, ceux qui partaient vinrent acheter du pain, les uns farauds, pronostiquant une avancée rapide vers Berlin, les autres soucieux de laisser la moisson sur pied ou entassée sur les aires de battage, tous animés d'une sorte de fièvre qui faisait briller leurs yeux pourtant lourds de mauvais sommeil. Gustave et son fils arrivèrent eux aussi, qui descendaient à Beyssac, car Martin devait prendre le train de huit heures, afin de rejoindre Toulouse.

— Heureusement que tu ne pars pas, toi, dit Gustave à Germain, lequel crut cependant déceler dans sa voix une ombre de reproche.

Ils s'en allèrent, Gustave portant déjà sur son visage la résignation de ceux qui ne reviendraient pas. D'autres arrivèrent, accompagnés par des femmes en pleurs, qui ne se décidaient pas à les laisser s'éloigner. À dix heures, plus personne ne vint, mais il ne restait presque plus de pain. À midi, le repas chez Gustave fut bien triste. Rose s'affairait en houspillant ses enfants qui riaient, inconscients du drame qui se jouait. Julia se lamentait encore plus qu'à l'ordinaire dans son fauteuil, demandant sans cesse où était parti son fils.

— Tu vas conduire le cheval à la réquisition à Martel, ordonna Gustave à Germain. Moi, je ne peux pas. J'aurais pas la force d'abandonner cette pauvre bête.

Rose aida Germain à détacher le cheval dans l'étable. Elle qui lui avait toujours paru si courageuse, voilà qu'elle pleurait, cet après-midi-là, et il chercha des mots pour la consoler, mais vainement. Il partit, donc, en tenant l'animal par le licol, descendant vers la grand-route où il y avait du monde. On eût dit que tous ceux qui peuplaient les hameaux ou les fermes isolées s'étaient mis en marche et se retrouvaient là, hagards, pas du tout certains de cette nécessité, mais poussés par une force qui les dépassait et les faisait obéir comme des enfants à des parents dont il est impossible de contester l'autorité.

Il fallut à Germain près de deux heures pour atteindre le grand foirail de Martel, où se trouvaient déjà des dizaines de chevaux dans un enclos délimité par des cordes. Il donna sa feuille de réquisition à un gendarme, laissa partir le cheval qui tourna un instant la tête vers lui avant de rejoindre ses congénères, puis il demeura là un moment à observer la foule, des femmes pour la plupart, ou alors des vieux, comme si, subitement, tous les hommes jeunes avaient disparu de la surface de la terre. Il se sentit vaguement coupable et il remonta vers la ville haute, puis il prit sans même y penser la ruelle de la boulangerie où il avait travaillé pendant deux ans. Elle était déserte. Tous se trouvaient sur la place ou sur le foirail, comme la veille.

Devant les volets clos de la boulangerie, il éprouva une sorte de malaise, et il comprit qu'il n'y avait plus rien, ici, qui pût l'aider. Il remonta vers la grand-place, la traversa sans s'arrêter, reprit la route de la vallée, puis, un peu plus bas, un chemin qui coupait à travers le causse. Là, il se sentit mieux et marcha d'un bon pas vers Strenquels où il arriva peu avant sept heures et où il eut l'heureuse surprise de voir Germaine, la fille d'Élisa, qui était montée aux

189

nouvelles. Bien qu'elle fût en retard, elle avait voulu l'attendre avant de redescendre.

— Je voulais être sûre que vous ne partiriez pas, lui dit-elle en baissant les yeux.

— C'est donc que vous tenez un peu à moi ? demanda-t-il.

— Vous le savez bien, Germain, répondit-elle.

Puis elle s'enfuit, prétextant son retard, le laissant empli d'une joie qui lui faisait subitement tout oublier de ce qui s'était passé depuis le matin. Il n'y avait plus personne sur la place, à présent. Il eut l'impression que tous les villageois s'étaient réfugiés au plus profond des maisons, dans l'attente et la peur. Un lourd silence pesait sur la campagne, au contraire de la veille, et tous les animaux semblaient avoir disparu, comme escamotés par une main hostile.

Le lendemain, Gustave apparut à Germain complètement abattu.

— Les blés sur pied commencent à verser, déplora-t-il. Ceux qui sont coupés sont déjà attaqués par la rouille. Avec quoi va-t-on faire le pain l'année prochaine ?

Il demanda à Germain de rester avec eux pendant l'après-midi, afin de les aider à battre ce qu'il avait récolté avant le départ de Martin. Ils travaillèrent ainsi jusqu'à sept heures du soir, Gustave, Rose et lui, les enfants restant à la maison pour surveiller Julia. Ensuite, ils le gardèrent pour dîner, dans un silence qu'augmentait la fatigue d'une très longue journée.

À la fin du repas, Gustave murmura :

– Pas d'hommes, pas de moissons, pas de farine.

– On n'en est pas encore là, fit Germain.

– Et comment tu vas battre et moissonner, toi ? reprit Gustave. Avec les femmes et les vieux ?

– Il le faudra bien.

– Ça presse ! J'ai vu la rouille dans un champ.

Pour la première fois depuis trois jours Germain se sentit incertain : qu'allait-il devenir si la farine venait à manquer, s'il ne pouvait plus travailler ? En rentrant, ce soir-là, il lui sembla qu'une menace plus grave que la guerre pesait sur lui et il se demanda si tous les efforts qu'il avait consentis depuis trois ans n'allaient pas se révéler vains. Il se coucha avec la désagréable sensation que, pour la deuxième fois depuis la mort de Louis Ganet, son ancien patron, la bouée salvatrice qu'il avait si fermement saisie lui glissait entre les mains.

Au cours des jours qui suivirent, il accompagna Gustave et Rose dans les fermes environnantes, chaque après-midi, pour aider à moissonner et à battre. Ils rentraient très tard, le soir, à près de minuit, et Germain ne dormait plus que quatre heures par nuit. Pendant ces durs travaux, les paysans commentaient les nouvelles de la guerre soigneusement distillées par la propagande officielle : l'armée française avançait en Lorraine et en Alsace, et tout laissait à penser que, conformément aux prévisions, la victoire serait rapide. Une lettre de Martin entretint cet optimisme, et l'espoir de le revoir très vite, de nouveau, régna dans la maison de Gustave.

Le mois d'août fut très chaud, le travail éreintant. Germain ne ménageait pas sa peine et pourtant une grande partie de la récolte fut perdue. On en était encore à l'euphorie de l'avancée française en Alsace, en Lorraine et dans les Ardennes, quand, subitement, au début du mois de septembre, on apprit que le gouvernement avait quitté Paris pour Bordeaux et que les troupes allemandes déferlaient dans le nord du pays. La stupeur fut générale et un début de panique jeta des réfugiés sur les routes. Gustave, anéanti, ne parlait plus, ou à peine. Seule Rose faisait face, bien aidée par Germain qui était épuisé et avait maigri de deux kilos, alors qu'il était déjà très frêle de nature. On faisait appel à lui dans les fermes où il se rendait en compagnie de Rose pour aider les femmes seules accablées de travail et de doute : la victoire rapide n'aurait pas lieu et il fallait apprendre à se débrouiller malgré le manque de bras, de chevaux et de bœufs, les réquisitions ayant vidé les étables.

Germain était fier de cette aide qu'il apportait ici et là et il se sentait estimé. Même s'il s'écroulait le soir, sur son châlit, ivre de fatigue, il trouvait encore la force de se lever le matin pour pétrir et cuire un pain devenu rare, la plupart des boulangers étant à présent partis, malgré les protestations des maires qui avaient réussi à les garder un peu plus d'un mois après la mobilisation. La nouvelle d'une victoire de Joffre sur la Marne vint enfin apporter le réconfort dont on avait besoin. Après la stupeur, l'espoir revint, même si on avait annoncé le premier mort du canton à Martel.

Le 12 septembre, ils étaient en train de déjeuner, à midi, chez Gustave, quand les chiens se mirent à aboyer. Le silence se fit dans la grande cuisine, puis on frappa à la porte.

— Entrez! cria Gustave qui croyait à la visite d'un meunier.

Le maire apparut, très pâle, tenant une enveloppe bleue à la main. Il demeura un long moment immobile sur le seuil, jusqu'à ce que Gustave lance, étonné:

— Eh bien, entre! Tu veux prendre racine?

Germain et Rose n'avaient d'yeux que pour cette enveloppe que Gustave, lui, semblait ne pas voir. Germain regarda Rose qui avait pâli et porté la main sur son cœur, puis de nouveau le maire, qui, enfin, s'était décidé à avancer d'un pas, murmurant:

— C'est que j'apporte pas une bonne nouvelle, mon pauvre Gustave.

— C'est l'époque qui veut ça, fit Gustave qui ne comprenait toujours pas.

— C'est au sujet de Martin qu'on m'a écrit.

— Il est malade? demanda Gustave.

— Il ne va pas bien, à ce qu'on me dit.

— Il est blessé? fit Gustave en se redressant brusquement de sa chaise où le repas l'avait laissé alangui.

— Il ne va pas bien du tout, tu sais, reprit le maire, qui, de ses mains tremblantes, montrait maintenant la lettre à Gustave.

193

– Il est solide, dit Gustave, je le connais, mon fils, il se remettra.

Il y eut alors un long silence, dans lequel Gustave devina enfin ce que son ami ne parvenait pas à lui dire. Il se leva, empoigna le maire au col et lança d'une voix qui fléchissait :

– Dis, Albéric, tu voudrais pas me dire, toi, qu'il est mort, mon petit ?

– Si, mon pauvre, fit le maire en baissant la tête. C'est une lettre du ministère de la Guerre.

Un cri déchirant s'éleva dans la cuisine, celui de Rose qui laissa tomber les assiettes qu'elle tenait et qui, d'un élan fou, se mit à courir vers la porte et disparut. Germain s'était levé pour empêcher les enfants de la suivre, mais c'était maintenant Julia qui criait, et ce fut vers elle qu'il se dirigea, tandis que Gustave murmurait, tenant toujours le maire à bout de bras :

– Et il serait mort où, mon fils ?

– Dans les marais de Saint-Gond, il y a dix jours.

– Et il serait mort de quoi, à ce qu'on dit ?

– D'un obus qui lui a éclaté dans les jambes.

Gustave parut enfin découvrir la lettre que montrait le maire depuis le début. Il la prit, revint s'asseoir, sortit le papier de l'enveloppe bleue, parcourut rapidement les quelques lignes qui venaient de briser la vie de son fils mais aussi la sienne. Le maire s'approcha de Julia, qui ne criait plus mais dont le regard le couvrait de reproches, comme si elle le jugeait coupable de ce qui était arrivé à son fils.

– Prenez courage, Julia, dit le maire. C'est un

bien grand malheur, mais tout le monde vous aidera.

Son regard croisa celui de Germain et il fit un signe de tête vers la porte.

– Va voir où elle est, lui dit-il doucement, il ne manquerait plus qu'il nous arrive un nouveau malheur.

Germain sortit rapidement, hésita un peu dans la cour, puis il entendit du bruit dans la grange et s'y dirigea. Rose était assise sur une botte de paille, tenant ses enfants serrés contre elle, pleurant nerveusement. D'abord il ne sut que faire, car il n'avait jamais connu un tel chagrin de femme, puis il s'approcha et les deux enfants se précipitèrent vers lui, comme pour chercher du secours. L'aîné, Antoine, avait dix ans et sa sœur, Laure, trois ans de moins. Depuis le temps que Germain fréquentait la maison, c'était un peu comme s'il faisait partie de la famille. Les deux enfants l'aimaient beaucoup, car il jouait parfois avec eux, en attendant le repas de midi.

La petite, accrochée à ses jambes répétait :

– Germain, Germain...

Antoine, lui, le tirait vers sa mère dont le chagrin l'épouvantait. Les enfants toujours accrochés à lui, il s'assit près de Rose, qui, aussitôt, se serra contre lui, nouant ses bras autour de son torse, secouée de sanglots. Il referma les siens sur elle, ne sachant que dire pour consoler ces trois êtres qui s'en remettaient à lui. Ils restèrent ainsi un long moment enlacés, Germain très ému car il n'avait jamais tenu une femme dans ses bras, mais aussi submergé par cette confiance qui lui était accordée, comme s'il avait le pouvoir de vaincre la fatalité. Que faire ? Que dire ? Y avait-il des mots pour soulager une telle détresse ? Il n'en trouvait pas, car il avait toujours considéré que la guerre était loin, qu'elle ne s'approcherait jamais de ce village, et voilà qu'elle surgissait brutalement, dans un choc inimaginable. Elle aurait pu tuer d'autres hommes – des inconnus, des hommes qui n'avaient pas de famille, mais Martin, non. Cela lui paraissait impossible. Il finit par le dire à Rose qui gémit :

– La lettre, Germain, il y a la lettre.

– C'est pas possible, répéta-t-il.

Elle se redressa brusquement, mue par un espoir fou, les yeux brillants, reconnaissante, soudain. Il comprit qu'elle le croyait, ou que, du moins, elle s'emparait de cet espoir parce que la vérité n'était pas supportable. Mais à cet instant le maire apparut, messager incontestable d'un malheur trop grand. Rose bondit sur ses jambes et se précipita vers lui.

– Ils se sont trompés, dit-elle, ça ne peut pas être Martin. Il n'a jamais fait de mal à personne, je suis sûre que ce n'est pas lui.

Et elle ajouta, après un sanglot qui la secoua de la tête aux pieds :

– Germain pense comme moi.

Le maire jeta à Germain un regard de reproche. Au lieu de lui simplifier la tâche, il la lui compliquait. Même le visage des enfants s'était éclairé.

– Allons, petite ! fit le maire. Allons, sois raisonnable !

– Partez ! s'écria-t-elle. Allez-vous-en !

Le regard du maire, de nouveau, se porta vers Germain. Il hésita, puis, brusquement, il fit demi-tour et disparut.

Ils restèrent là, tous les quatre, incrédules, immobiles, puis Rose prit tout à coup la direction de la maison, suivie par Germain et les enfants. Elle paraissait déterminée, sûre d'elle, à présent, et marchait d'un pas vif, sans se retourner. Germain courut derrière elle et arriva au moment où elle s'emparait de l'enveloppe bleue demeurée sur la table, devant Gustave. Elle se retourna, la jeta dans la cheminée, où elle s'enflamma, se consuma, finit en cendres. Rose eut alors un rire nerveux et bredouilla :

– Ils se sont trompés.

Un lourd silence s'installa dans la pièce où Germain cherchait le regard de Gustave. Mais celui-ci, après avoir vu Rose jeter la lettre dans le feu, baissait la tête, maintenant, sans la moindre réaction. Germain prit le parti de balayer les assiettes cassées, de montrer ainsi que la vie continuait, donnant raison à Rose qui, en le voyant agir ainsi, finit de desservir et porta les cuillères et les fourchettes dans la souillarde. Un long moment passa, elle se mit à faire la vaisselle, puis, soudain, dans un cri inhumain, elle s'écroula et ne bougea plus.

Aidé par Gustave qui avait enfin réagi, Germain parvint à la réveiller en lui faisant respirer du vinaigre, puis les deux hommes la portèrent dans la chambre. Ils tentèrent ensuite de rassurer les enfants, mais ils savaient que leurs rires ne retentiraient plus dans cette maison où l'on avait été heureux si longtemps.

La vie reprit pourtant, parce qu'il le fallait bien. On avait besoin de pain, de s'aider les uns les autres, d'autant que les lettres du ministère continuaient d'arriver : deux autres avant Noël, deux jeunes hommes qui ne reverraient plus ce coin de France où ils étaient nés. Gustave avait renoncé à tout, ne faisait plus rien. Rose ne parlait plus. Elle s'activait nerveusement, n'évoquait jamais le sort de Martin ni la lettre maudite, et l'on devinait que seule la présence de ses enfants la retenait encore du côté de la raison.

Ce Noël-là, on avait déjà compris que la guerre allait durer. Les armées ennemies s'étaient enterrées, depuis la mer jusqu'à la frontière suisse, et rien ne bougeait vraiment sur le front, d'où n'était pas revenu en permission le moindre soldat. Germain, cependant, ne s'inquiétait toujours pas pour lui-même : il ne serait mobilisable qu'en 1916, dans plus d'un an, et d'ici là, tout serait sans doute terminé. C'est du moins ce qu'il s'efforçait de croire pendant les rares moments où il n'était pas occupé à la boulangerie, chez Gustave ou dans les fermes où l'on faisait de plus en plus appel à lui. Les femmes étant débordées, il avait pris l'habitude de livrer le pain avec la charrette et un vieux cheval que Gustave avait acheté.

Là, les femmes et les vieux lui demandaient souvent de l'aide, et il ne se sentait pas le droit de refuser, si bien qu'il rentrait de ces tournées souvent à la nuit tombée, éreinté, mais heureux, tout de même, d'avoir apporté du secours à celles et ceux qui en avaient besoin. Les jours et les semaines, ainsi, passaient très vite. Rose faisait toujours semblant de vivre comme si le malheur ne l'avait pas frappée, même si au fond d'elle-même elle savait qu'elle ne reverrait plus son mari : c'était pour elle la seule manière, dérisoire, émouvante, de continuer à vivre. Germain devinait qu'elle avait envie de se rapprocher de lui, car elle le sentait fort, sans doute, en tout cas bien plus que Gustave qui errait comme une âme en peine, incapable de prendre la moindre initiative. Un soir, dans l'étable où ils finissaient de donner le foin aux brebis, Rose se réfugia dans les bras de Germain et se blottit contre lui. Il se dégagea doucement, bouleversé mais devinant que consentir à ce qu'elle recherchait, c'était aussi reconnaître que Martin était vraiment mort.

– Non, Rose, dit-il, il va revenir.

Il mentait, mais il savait que s'il consentait à ce qu'elle souhaitait, il ne pourrait plus rester dans cette maison. Au reste, Rose n'était pas la seule femme à souhaiter sa présence. Désemparées, souvent sans nouvelles, les femmes se tournaient naturellement vers les bras qui pouvaient les aider à venir à bout des tâches innombrables qui les accablaient, mais aussi qui apaiseraient leur angoisse. Germain ressentait cela mais veillait à ne pas trahir ceux qui risquaient leur vie loin, là-bas, en des lieux terribles d'où pouvait chaque jour arriver la lettre maudite.

Il en arrivait moins, heureusement, comme si la guerre s'endormait peu à peu, dans des positions figées par les tranchées, semblait-il, définitivement. Seul le maire paraissait vraiment au courant de ce qui se passait et il vitupérait contre les politiciens véreux qui voulaient à présent la peau de Joffre, le vainqueur de la Marne. Aristide Briand, le nouveau président du Conseil, avait fait nommer Gallieni ministre de la Guerre et Albert Thomas, le socialiste, sous-secrétaire d'État aux armements avec mission de mettre en chantier des obus à gaz asphyxiants qui seraient chargés de répliquer aux obus allemands à l'ypérite.

Germain se sentait loin de tout cela : il travaillait de quatre heures du matin à neuf heures du soir, veillant scrupuleusement à livrer le pain, faisant l'avance de la farine quand c'était nécessaire. Et cette avance de farine de meunier, que Gustave ne cessait de déplorer, devenait de plus en plus indispensable. Le blé n'avait pas été semé – ou dans de mauvaises conditions – et les moissons seraient rares.

En octobre, n'ayant pas reçu la farine des paysans, Gustave ordonna à Germain de faire payer le pain aux femmes. Celui-ci ne put s'y résoudre, sinon dans les fermes où il savait qu'il y avait de l'argent, mais ce n'était pas la majorité. Ailleurs, il y renonça, tout en se demandant comment il pourrait se justifier auprès de Gustave quand celui-ci s'en apercevrait. Heureusement, les meuniers de la vallée, connaissant la gravité de la situation, ne se montraient pas trop pressants pour être payés. Malgré lui, Germain était devenu celui sur lequel tout le monde comptait, en cet hiver où les bruits de la guerre ne parvenaient plus qu'assourdis.

Le choc d'une mauvaise nouvelle n'en était que plus violent. Germain se trouvait au fournil, à la fin du mois d'octobre quand un homme entra, qu'il ne connaissait pas. Il était porteur d'un message d'Eugénie qui disait: «Mon frère Jean est mort. Veillée à Paunac ce soir.» La sécheresse de ce message n'étonna pas Germain. En pareille circonstance, Eugénie avait pour habitude de se fermer, d'opposer au destin un refus têtu, animal. C'est ainsi qu'il la trouva, ce soir-là, farouche, glaciale, alors que ses sœurs et sa mère, au contraire, se laissaient aller à leur chagrin.

Elles avaient disposé des bougies autour d'un lit vide, seulement recouvert d'une couverture et d'un édredon. Elles récitaient des prières comme si le mort était présent, et ces voix, de temps en temps brisées par un sanglot, résonnaient lugubrement dans l'alcôve qui avait été celle du père paralysé. Eugénie, elle, ne priait pas. Elle se tenait droite, le regard fixe, sentinelle obstinée qui savait depuis toujours qu'il y avait un prix à payer pour rester debout.

Germain ne put demeurer longtemps dans cette pièce sinistre où rôdaient des ombres lourdes de menaces. Lui aussi, d'instinct, comme Eugénie, se tenait du côté de la vie, non de la mort. Il embrassa la famille, remercia les voisins venus témoigner de leur compassion, puis il se mit en route dans la nuit, se hâtant pour dormir un peu avant quatre heures du matin.

Deux jours plus tard, il ne fut pas étonné de voir surgir Eugénie, à midi, portant des œufs et un peu de lard maigre pour un repas improvisé. Il alla prévenir

Rose et Gustave afin qu'ils ne s'inquiètent pas de son absence au déjeuner, et revint alors qu'Eugénie disposait sur la table trois assiettes, car elle avait comme à son habitude emmené Julien avec elle. Germain avait compris, en la voyant, qu'elle avait des choses à dire et que c'était à lui, son fils aîné, qu'elle avait besoin de les confier.

Depuis qu'elle s'était remariée, elle lui avait paru apaisée, comme réconcilée avec le monde et avec les hommes. Mais la mort de son frère sur le front l'avait ébranlée plus qu'elle ne le laissait paraître. Elle mangea hâtivement son omelette, puis elle se redressa brusquement et lança, d'une voix pleine de colère :

– On ne nous rendra pas le corps de Jean. Il a été déchiqueté. On nous a juste donné le nom d'un village : Valicourt. Ça s'est passé tout près.

Et, comme Germain, atterré, ne savait quoi répondre :

– Je suis venue pour que tu me fasses une promesse : c'est de ne pas partir.

Elle darda sur lui un regard plein de fièvre et ajouta :

– Je suis sûre qu'Adolphe, lui aussi, ne reviendra pas. Je ne veux pas qu'ils me prennent trois hommes. Je n'ai pas de dette vis-à-vis d'eux. Je veux la justice.

Il était impossible d'échapper à ce regard qui le transperçait, qui exigeait ce qu'il était dans l'impossibilité de promettre.

– Je serai obligé, dit-il doucement.

– Dans la vie, on n'est obligé à rien, dit-elle. Toi comme les autres.

– Il paraît qu'on fusille les déserteurs, reprit-il sans élever le ton.

– On ne fusillera personne tant que je serai vivante, répliqua-t-elle.

Et elle ajouta, fermement :

– Ou alors c'est moi qu'on fusillera.

Un long silence s'installa, durant lequel Germain s'efforça de trouver une issue :

– La guerre sera finie avant que je sois en âge de partir, dit-il.

– Certainement pas.

Comment échapper à cet étau d'amour qui ne savait pas dire son nom, qui ne s'était jamais exprimé de la sorte ?

– Promets-moi ! exigea-t-elle, impatiente.

– Je ne peux pas, murmura-t-il.

– Alors on s'est tout dit, fit-elle en se levant.

Il comprit qu'elle était capable d'une rupture pour lui arracher cette promesse. Il la rejoignit sur le seuil, la saisit par le bras et murmura :

– Je ne partirai pas.

Elle se retourna vers lui, ses yeux noirs illuminés d'une lueur de gratitude, puis elle l'embrassa rapidement – ce qu'elle n'avait pas fait depuis longtemps, se contentant de lui dire bonjour d'un signe de tête, quand il montait à Murat – et souffla, dans un sourire d'une désarmante naïveté :

– Alors, ça va.

Elle partit, soulagée, heureuse, sans doute, car elle était persuadée que son fils ne pouvait pas la trahir.

Des semaines et des mois passèrent, entrecoupés par des nouvelles de la guerre toujours aussi mauvaises. Le front s'était stabilisé au cours d'un hiver très froid qui n'avait pas favorisé les offensives. C'était le deuxième qu'affrontaient les soldats pour lesquels les permissions demeuraient rares, excepté les permissions de convalescence après une blessure. L'un d'entre eux revint, dans une ferme des environs de Strenquels, auprès de qui les villageois se précipitèrent pour savoir enfin ce qui se passait là-haut, dans cet enfer qui demeurait inimaginable.

Gustave demanda à Germain de l'emmener avec lui, une après-midi, en faisant la tournée. Ils rencontrèrent un soldat d'une trentaine d'années qui ne parlait plus ou à peine. Blessé à la poitrine par un éclat d'obus, il respirait difficilement, et ses yeux semblaient tournés vers un univers qu'il était seul à entrevoir – un univers d'horreurs indicibles d'où il ne parvenait pas à s'extraire malgré la distance entre les tranchées et sa ferme natale. Il répondit à peine aux questions de Gustave qui cherchait à comprendre comment son fils avait pu mourir, puis l'homme se figea dans un silence hostile qui les incita à partir.

L'hiver s'épuisa en petite neige et bourrasques folles, jusqu'au mois de mars. La chaleur du four avait permis à Germain de ne pas souffrir du froid, sinon à l'occasion des tournées, durant lesquelles, sur sa charrette, il n'était pas protégé du vent. Ce qu'il redoutait se produisit au milieu du mois : un chaud-et-froid qui le laissa tremblant de fièvre et incapable de se lever. Gustave, alerté par Élisa

Delvert, fit venir le médecin de Martel qui diagnostiqua la maladie que l'on redoutait le plus, à l'époque : une pneumonie.

Prévenue par Gustave, Eugénie arriva le lendemain matin pour soigner son fils comme il l'avait soignée, elle, quelques années auparavant. Malgré ses efforts, elle se trouva vite démunie, car elle n'avait à sa disposition que des tisanes et des ventouses : peu de chose face à la gravité de la situation dans laquelle se débattaient les malades atteints par cette affection grave des voies respiratoires. Eugénie le savait, mais elle savait aussi qu'elle en avait triomphé, elle, et que son fils – puisque c'était son fils – en réchapperait comme elle en avait réchappé. Épuisé par le travail, Germain resta trois jours et trois nuits entre la vie et la mort, délirant de fièvre, prononçant des mots dans lesquels revenait l'obsession du pain, miné par une culpabilité qui le faisait de temps en temps se dresser sur son lit, puis retomber, anéanti. Aidée par Élisa, Eugénie s'occupa de lui avec le plus grand soin, le veillant sans interruption, lui épongeant le front, élaborant des tisanes dont les deux femmes se dévoilaient les recettes séculaires.

Quinze jours s'écoulèrent avant que la maladie desserre son étau, mais elle laissa Germain dans un état de faiblesse tel qu'il n'avait plus la force de charger le bois dans le four et de pétrir le pain. Gustave, qui avait constaté la détresse des familles en l'absence de Germain, l'aida du mieux qu'il le put dès qu'il fut sur pied. Il fit la tournée pendant que Germain dormait, l'après-midi, afin qu'il ne prenne pas froid de nouveau et retrouve des forces.

C'est alors qu'arriva l'avis officiel convoquant Germain pour la visite d'incorporation à la caserne de Cahors. Il était évident que, contrairement à ce qu'il avait espéré, la guerre n'était pas terminée, et rien ne laissait penser qu'elle s'arrêterait dans les mois à venir. Il décida de n'en rien dire à Eugénie, d'autant que le maire et Gustave entreprirent auprès des autorités des démarches visant à démontrer que leur boulanger était indispensable à la vie de la population. Germain partit donc avec l'espoir d'échapper à cette guerre qui n'en finissait pas et qui le rattrapait, lui, ce frêle jeune homme épuisé, squelettique, presque incapable de tenir debout.

C'est ce qui le sauva, bien plus que les réclamations d'un maire ou d'un patron boulanger, en un temps où les offensives de printemps venaient de faucher, à Verdun et sur les rives de la Meuse, des centaines de milliers de soldats. À sa grande surprise, la commission le déclara inapte et le mit en position de réserve pour un an. Si bien que, trois jours après son arrivée à Cahors, il fut de retour à Strenquels et reprit le travail, soulagé surtout à l'égard d'Eugénie, mais avec en lui, cependant, le sentiment d'une vague culpabilité, d'un rejet qui le mortifia.

Il fut ainsi blessé dans son orgueil mais sauvé, car la guerre, en ce printemps 1916, avait repris dans toute sa violence. Cinq cent mille combattants avaient été déclarés morts, disparus ou prisonniers. L'offensive alliée sur la Somme avait vainement répondu à celle, au printemps, des Allemands sur

Verdun, et les lignes de front avaient très peu bougé. Aucune issue rapide ne semblait possible. Le rationnement apparaissait dans les villes, mais l'on souffrait aussi dans les campagnes. Gustave s'était rendu compte que Germain ne faisait pas toujours payer le pain. Il ne s'était pas mis en colère car il n'en avait plus la force, et, au contraire, il avait accepté de faire l'avance d'une année. Mais les meuniers peinaient à trouver du blé, même si l'on commençait à le faire venir d'Algérie, la production, en France, ne couvrant plus les besoins. Cette découverte incita Gustave à s'occuper désormais lui-même de la comptabilité et des réglements, ce qui délivra Germain d'une tâche qui, pour lui, était aussi pénible que de se lever la nuit.

Les mauvaises nouvelles continuaient d'arriver du front, contraignant le maire à revêtir à trois reprises son écharpe tricolore, pour transmettre l'avis officiel si redouté par sa population. L'hiver s'installa, très froid, très agité, qui apporta même un peu de neige et laissa deviner dans quelles conditions vivaient les soldats dans les tranchées. Les permissions étaient devenues plus fréquentes, et l'on savait maintenant ce qu'enduraient les hommes sur le front. Il semblait à présent à Germain que Rose avait accepté la disparition de son mari. Elle n'en parlait jamais – pas plus que Gustave – mais peu à peu la force qui était en elle lui avait fait reprendre le dessus sur la folie qui avait failli la submerger. Gustave ayant contracté la grippe, elle vint aider Germain pendant quelques nuits au fournil, mais elle n'esquissa pas le geste que son désespoir lui avait suggéré quelques mois auparavant. Au contraire, elle demeura à distance, veillant à ne pas trop s'approcher de lui.

Eugénie, elle aussi, veillait. Elle venait à Strenquels chaque fois qu'elle le pouvait, sentant probablement arriver l'issue fatidique que son fils lui avait promis de refuser. Mais elle n'en parlait pas, et il se disait que, peut-être, elle avait admis l'inéluctable. Elle n'était pas la seule à venir le voir régulièrement. Germaine, aussi, montait au village chaque fois qu'elle en avait l'occasion, et apparaissait chaque fois plus inquiète à mesure que le temps passait. Il constatait alors un attachement qui lui était précieux, devinait une promesse pour l'avenir, à laquelle il s'efforçait de ne pas trop penser, car le printemps allait vite arriver, et il devrait partir. Il en était sûr, à présent, mais cette idée ne le désespérait pas : il voulait partager le sort de ceux qui se battaient, ne serait-ce que pour montrer qu'il était bien comme tout le monde, que sa maigreur n'était que la conséquence de son épuisement au travail, et qu'il était capable, lui aussi, de défendre son pays.

Sa convocation pour la visite d'incorporation, à la fin du mois de mars, ne le surprit pas. Au cours de l'hiver il avait pris la précaution d'apprendre aux femmes à pétrir, et à Gustave la manière la plus efficace de chauffer le four. Ainsi, il pourrait cuire le pain qu'elles lui porteraient et reviendraient chercher. Sa dernière journée de boulanger fit mesurer à Germain à quel point il était apprécié. On le remercia dans chaque maison et l'on forma des vœux pour le voir revenir au plus vite. La veille de son départ, au début de l'après-midi, il se résolut à faire ses adieux à Eugénie. Il ne pouvait envisager de partir en trahissant sa promesse, ne pas lui dire en face qu'il avait décidé de faire son devoir, que c'était nécessaire, qu'il ne pouvait pas vivre sans se montrer l'égal de ceux qui se battaient pour leur pays. Sur le petit chemin qui montait vers Murat, celui-là même qu'ils avaient monté ensemble, mère et fils, le jour où elle l'avait ramené de Saliac, il n'avait pas peur de la confrontation. Il savait que, dans les circonstances les plus graves, Eugénie, toujours, s'était montrée forte, solidaire, magnifique.

Quand il poussa le portail, elle donnait des graines à ses poules dans la cour. Son mari n'était pas là : il travaillait dans le champ du coteau. Apercevant brusquement Germain, elle s'arrêta, le dévisagea en silence, puis, sans un mot, elle entra dans la maison, laissant la porte ouverte derrière elle. Il entra à son tour, attendit, tandis qu'elle lui tournait le dos, feignant d'être absorbée dans une tâche urgente devant la cheminée.

– Tu peux t'asseoir puisque tu es là, dit-elle avec sa rudesse coutumière.

Il s'assit, attendit encore, le temps qu'elle se retourne, persuadé qu'elle avait compris, qu'elle cherchait à se composer un masque de circonstance – de reproche et de colère, inévitablement. Mais quand elle lui fit face, enfin, quand il aperçut les deux larmes figées au coin des paupières, il en fut ébranlé, au point de regretter d'être venu jusqu'à elle.

Eugénie s'assit en face de son fils, versa un peu de vin dans les verres, et dit, d'une voix où semblait creusée une immense blessure :

— Tu as raison, petit.

Elle ajouta, après un soupir :

— Il le faut bien.

Et, comme il ne trouvait pas les mots ; comme si, soudain, ils étaient devenus inutiles, comme s'ils s'étaient toujours compris sans même se parler, ils demeurèrent silencieux, face à face, murés dans leur amour trop fort, dans la douleur d'avoir à se quitter, peut-être pour toujours. À la fin, elle soupira, et murmura :

— Tout de même, tout de même…

Il n'avait encore rien dit mais elle savait tout des raisons qui le poussaient à partir

— Je ne peux pas être le seul à rester là, sans rien faire, dit-il. On finirait par m'en vouloir.

— Oui, fit-elle, ça n'a que trop duré, cette histoire.

Elle se leva la première, ajouta :

— Mais surtout reviens-moi.

Il l'embrassa très vite, recula, fit demi-tour, et sortit. Une fois au portail, il se retourna et constata qu'elle s'était arrêtée au milieu de la cour et l'observait avec, sur son visage de buis, une expression qu'il ne lui avait jamais vue. Il leva la main, fit volte-face et se mit en route, marchant très vite, courant presque, jusqu'au tournant de la route, en bas, où il échappa à sa vue. Alors il ralentit le pas, puis, un peu plus bas, pris d'un soupçon, devinant une présence, il se retourna une nouvelle fois et il l'aperçut, à trente mètres derrière lui, tentant vainement de se cacher, incapable qu'elle était, sans doute, de se résigner à le laisser s'éloigner.

Il eut envie de faire demi-tour mais il eut peur de ne pas pouvoir repartir. Elle le suivit jusqu'à la grand-route, s'arrêta seulement quand il fut de l'autre côté. Alors, seulement, elle se résigna, et il l'aperçut, d'en haut, silhouette noire qui avançait à petits pas, persuadée d'avoir perdu un fils comme elle avait perdu un frère, mais fière en elle-même, probablement, d'avoir protégé son enfant des menaces du monde jusqu'à l'extrême limite de ses forces.

Une fois à Strenquels, il trouva Germaine qui avait appris par sa mère qu'il partait le lendemain. Elle paraissait très malheureuse, et il en fut touché. Ils dînèrent ensemble avec Élisa qui tenta de lui faire oublier son départ, mais la conversation tourna court, car tous les trois savaient que ce pouvait être leur dernier repas ensemble. Quand ce fut fini, il raccompagna Germaine dans la nuit jusqu'à Beyssac, où ses maîtres devaient l'attendre. Ils marchèrent l'un près de l'autre, sans se prendre la main. Une fois en bas, il dit doucement, si doucement qu'elle l'entendit à peine :

– Si vous pouvez attendre, on se mariera quand je reviendrai.

– J'attendrai, Germain, répondit-elle.

Il n'osa pas l'embrasser. La vie l'avait trop endurci, comme Eugénie, et sans doute ne voulait-il pas sceller un serment qui l'engageait trop alors qu'il était persuadé qu'il ne reviendrait pas. Il la vit s'éloigner dans l'ombre, agiter sa main, il attendit quelques minutes, et, enfin, il se mit en marche, avec en lui la pensée de remonter à Strenquels pour sa dernière nuit. Et cette nuit-là, comme d'habitude, il se leva à quatre heures pour pétrir le pain, puis il rassembla quelques affaires dans un sac, attendit Gustave et, à sept heures, il s'apprêta à partir.

– Tu es un bon petit, lui dit Gustave au moment de la séparation.

Et, avec un sanglot dans la voix :

– Pour moi, tu remplaces Martin, tu le sais. Alors il faut tâcher de revenir, mon gars, sans quoi, je pourrai plus continuer.

Comme Germain était trop ému pour répondre, il ajouta :

– Rose te fait dire qu'elle pensera bien à toi. Et les enfants aussi.

– Merci, dit Germain, moi aussi je penserai à vous.

– N'oublie pas d'écrire !

Gustave le suivit jusqu'à la route, le serra dans ses bras, reprit :

– Sois prudent, mon gars ! Surtout reviens-nous !

Germain hocha la tête, sourit, puis se mit à marcher sans se retourner.

10

JE suis persuadé qu'il fut soulagé de partir. Certes, il était utile à toute une communauté, mais il avait toujours eu la sensation, depuis son enfance, de ne pas être tout à fait comme les autres, et le fait de les rejoindre pour un destin commun, malgré les risques, le confortait probablement dans sa résolution. Pourtant, lui qui n'avait jamais quitté son petit coin de France, à part deux brefs voyages à Cahors, ce monde inconnu et menaçant qui l'attendait, il devait le redouter plus que n'importe qui. Mais il y avait depuis toujours de la force en lui, et l'habitude de se battre contre l'adversité l'habitait depuis la cour de l'école.

Ce chemin-là, de Strenquels vers Beyssac, je le connais bien. Il m'est arrivé de le suivre à pied, afin de mettre mes pas dans ceux de Germain, ce matin de printemps. Il marchait à côté de moi, silencieux, perdu dans ses pensées, j'avais envie de lui parler, de le rassurer, mais quoi lui dire ? Il partait à la guerre, il songeait sans doute qu'il ne reverrait plus ce chemin bordé de violettes et de chênes immenses, il devenait un homme mais pensait qu'il le resterait peu de temps.

Dans cet accompagnement imaginaire, j'aurais voulu trouver les mots pour le réconforter. Mais je ne pense pas qu'il ait eu peur. Il était malheureux de quitter les êtres et les lieux qu'il aimait, tout simplement. Il avait gagné un an sur la guerre grâce à sa pneumonie et son état d'épuisement, et il savait qu'il ne pouvait en espérer davantage. Le temps était venu de montrer qu'il était capable de défendre son pays comme tous les jeunes gens de son âge.

Le choc fut rude, à Toulouse, à la caserne Cafarelli où il fut formé en trois semaines, alors qu'en temps ordinaire les classes duraient six mois. Le lever à cinq heures du matin ne le surprit pas, lui qui se levait à quatre heures depuis longtemps, mais la manœuvre des canons de 75, le pansage des chevaux, l'apprentissage de la signalisation, l'attelage des canons, des fourgons de fourrage et d'obus, représentaient autant de tâches épuisantes qui se prolongeaient jusqu'à la nuit. Germain avait à peine la force de manger, il se couchait et sombrait aussitôt dans le sommeil, comme ses camarades de chambrée, tous âgés de moins d'un an par rapport à lui, mais tous aussi épuisés que lui.

La plupart étaient fils de paysans et connaissaient les chevaux mieux que lui, même si les tournées sur les routes du Quercy pour porter le pain l'avaient familiarisé avec les bêtes. Celles de la caserne étaient à peine débourrées, car les chevaux de la première réquisition étaient morts depuis longtemps et ceux qui servaient aujourd'hui étaient achetés à l'étranger. Les recrues les attelaient et les dételaient une vingtaine de fois par jour, car il était essentiel de pouvoir changer très rapidement les batteries de place, quand on était en campagne. Ces manœuvres-là prenaient plus d'importance que celles qui consistaient à servir les canons en obus – des obus en bois, pour le moment, qui n'éclataient pas mais dont l'adjudant décrivait les ravages dévastateurs sur le front. La formation était donc essentiellement basée sur la rapidité de mouvement, non sur l'aspect théorique des tirs, privilège des maîtres-pointeurs ayant l'expérience du terrain.

C'est à peine si Germain avait le temps de penser à Strenquels, à Gustave ou à Eugénie. La rupture entre ces deux mondes avait été si brusque, si totale qu'il se demandait parfois si le premier – celui qu'il avait quitté – existait vraiment, et si sa vie n'avait pas commencé avec son voyage à Toulouse où rien ne le rattachait plus à l'existence qu'il avait menée dans un village paisible du Quercy. Parfois Eugénie surgissait dans ses pensées aussi soudainement qu'elle surgissait en haut de la côte de Strenquels, et elle le dévisageait sans un mot, lui donnant la désagréable impression d'être coupable d'un abandon. Germaine aussi se manifestait et répétait ces mots qui l'aidaient à faire face à un quotidien obscur et menaçant :

– J'attendrai, Germain, j'attendrai.

La rupture avec son univers familier fut définitivement consommée le jour où il prit le train à la gare Matabiau, avec une centaine de recrues, pour rejoindre le 157ᵉ régiment d'artillerie auquel il avait été affecté.

Pourquoi l'artillerie plutôt que l'infanterie ? Je ne sais pas. Ce dont je suis sûr, c'est qu'il n'a pas pu mesurer, à ce moment-là, que le hasard de cette affectation lui octroyait quelques chances de survie supplémentaires. En effet, l'heure était à l'offensive dans les tranchées. Nivelle poursuivait avec obstination ses attaques contre les positions allemandes sur le chemin des Dames, et la IIIᵉ armée française avait été engagée sur la Somme pour soutenir l'offensive menée par les Anglais.

Le 157ᵉ régiment d'artillerie se trouvait précisément sur la Somme, entre Amiens et Saint-Quentin, en appui des troupes anglaises enterrées un peu plus au nord. Deux jours de voyage furent nécessaires à Germain pour arriver sur place, deux jours et une nuit passés dans la paille d'un wagon où ils se trouvaient vingt, à la fois impatients et inquiets de parvenir à destination, c'est-à-dire à Compiègne d'où les recrues devraient gagner le front à pied. Là, il fallut procéder aux manœuvres de déchargement de six canons de 75, des caissons de munitions et des chevaux chargés de véhiculer les renforts jusque sur la Somme. À peine si les recrues purent trouver une roulante où apaiser leur faim, car il fallut se mettre en route aussitôt la manœuvre effectuée, dans la nuit qui tombait sous une pluie fine, sur une route défoncée par les convois.

C'est sur cette route que Germain entendit pour la première fois le feu roulant de l'artillerie allemande, un grondement qui lui parut bien plus redoutable que celui des canons de 75 français. Plus on approchait du front, et plus les convois de blessés, en sens inverse, devenaient nombreux. Les jeunes soldats se tournaient souvent vers le maréchal des logis qui les commandait – un homme à la barbe épaisse et aux yeux très noirs enfoncés profondément dans leurs orbites – mais celui-ci paraissait aussi fourbu qu'eux, et tout aussi ignorant de ce qui les attendait.

À neuf heures, ils firent halte dans un village dont le clocher avait été détruit, mais où les accueillit une roulante installée dans un hangar miraculeusement intact. Le café chaud, mêlé à un peu de gnôle, leur fit du bien en leur donnant aussi, pour la première fois depuis deux jours, l'impression qu'ils étaient attendus, que leur marche forcée n'était pas le fruit d'une improvisation mais d'une manœuvre organisée. Un lieutenant apparut – jeune, vif, anguleux – qui les passa en revue, vérifia l'état des canons et des caissons, et leur annonça qu'ils devaient repartir dans l'heure pour rejoindre les positions du 157ᵉ situées à un kilomètre de la Somme.

Ils repartirent donc, et marchèrent toute la matinée avant d'arriver, vers midi, à la lisière d'un bois, sur une colline qui, au nord, s'inclinait en pente douce vers un vallon où l'on distinguait des mouvements d'infanterie. Il fallut disposer les canons en batterie sur l'aile droite de ceux qui étaient déjà pointés vers la ligne de front, au-delà de la colline d'en face, qui, elle, dévalait vers la Somme. Germain, qui était servant, fut chargé d'approcher de la pièce de 75 le caisson de munitions, afin d'approvisionner les pointeurs, lorsque le tir reprendrait. Quand tout fut prêt, les hommes sortirent du pain et des sardines de leur musette, et commencèrent à manger en silence.

Tout à coup, deux avions apparurent, ornés d'une croix noire sur les flancs, déclenchant le tir rageur mais vain des mitrailleuses, puis ils retournèrent et disparurent au-delà des collines. Le lieutenant passa entre les batteries en criant :

– Attention ! Ça va tomber dru ! Tout le monde dans le bois.

Les hommes se précipitèrent sous le couvert des arbres, et, cinq minutes plus tard, Germain entendit pour la première fois le sifflement des 130 et des 150 allemands. On lui avait enseigné à la caserne que ce n'était pas le sifflement qui tuait – il signifiait que les obus tombaient plus loin – mais le silence subit. L'officier formateur ne lui avait pas parlé du fracas des arbres brisés par les éclats, de la plainte sèche des troncs hachés, de l'orage d'acier qui s'abattait sur les soldats allongés, face contre terre.

Certains, affolés, se mirent à courir vers l'arrière, à découvert.

– Ne bougez pas ! cria le lieutenant, restez où vous êtes.

Comme on le lui avait enseigné, Germain s'était enterré autant qu'il l'avait pu, la tête protégée par son sac. Il sentit quelque chose de lourd sur son dos, pensa que c'était un tronc, ne bougea pas. Quelques minutes passèrent puis il entendit les obus siffler, signe que le danger s'éloignait. Encore quelques minutes et le vacarme cessa.

– Retournez à vos positions! cria le lieutenant.

Germain voulut se relever mais il ne le put pas. Il roula sur le côté, se délesta enfin de son fardeau et faillit vomir d'horreur: ce n'était pas un tronc qui était tombé sur lui, mais un homme ou plutôt les deux moitiés d'un homme, car il avait été coupé en deux. Germain regagna tant bien que mal sa position derrière sa batterie, s'aperçut que deux canons, près du sien, avaient été fracassés. Alors il comprit que l'idée qu'il s'était faite de la guerre, des dangers qu'il courait, n'était rien en comparaison de la réalité.

Dix jours plus tard, pourtant, vivant encore mais sonné, abattu, incapable de penser ou de réfléchir, il regagna l'arrière pour quarante-huit heures de repos. Pendant ces dix jours, l'artillerie française avait vainement cherché les canons allemands qui tiraient de plus de six kilomètres à l'arrière, et il avait été nécessaire de changer sans cesse de position pour échapper à leur feu meurtrier. Cinq de ses proches camarades étaient morts, tous du Sud-Ouest, dont les familles allaient recevoir la nouvelle, comme Gustave et Rose avaient reçu celle de la disparition de Martin. Une idée, maintenant, obsédait Germain: il imaginait Eugénie et Germaine apprenant la nouvelle de sa mort. Et c'était de cela qu'il souffrait, plus que de ce qui l'attendait quand il serait frappé: il entendait leur cri, imaginait Eugénie jetant des pierres au maire, voyait Germaine s'effondrer comme une poupée de chiffons. Oui, c'était bien cela le plus douloureux, plus que la vie quotidienne au cours de laquelle il se contentait de suivre le mouvement, d'obéir aux ordres, de servir les canons, de manger et de dormir.

Heureusement, les combats d'artillerie diminuèrent d'intensité, une pause ayant été décidée par les états-majors à la suite d'on ne savait quelle mystérieuse stratégie. Le 157ᵉ fit route vers le nord, au milieu des champs de houblon répandus dans la plaine, et, à la mi-juin, il se mit en position sur un plateau qui avait été pilonné au cours des mois précédents, si bien que nulle végétation n'y subsistait, sinon des troncs déchiquetés entre les entonnoirs. Il était difficile de caler les canons au milieu d'un terrain aussi accidenté et le maréchal des logis n'était pas de bonne humeur. Après une journée de travail acharné pour placer les batteries en état de fonctionnement, le bataillon reçut le soir même l'ordre de faire immédiatement mouvement vers Omiécourt, c'est-à-dire dix kilomètres vers le sud, sans avoir tiré un coup de canon. C'était cela le plus pénible, finalement : ces allées et venues auxquelles on ne comprenait rien, décidées par un état-major qui se souciait peu de l'épuisement des hommes, et dont les ordres semblaient fantasques, pour le moins mystérieux.

En fait, les officiers supérieurs réagissaient en fonction des informations qu'ils recevaient sur les mouvements des troupes ennemies, et concentraient les leurs là où ils redoutaient une attaque massive. Ce fut le cas tout le mois de juin, alors que la chaleur s'était abattue sur la Somme, si bien que les hommes du 157ᵉ n'en pouvaient plus de ces déplacements harassants au cours desquels on ne cessait d'atteler et de dételer les chevaux, au milieu d'une poussière suffocante, le long des routes défoncées. Ainsi, le 28 juin au soir, après deux jours de marche forcée en direction de Dompierre-Becquincourt, les hommes du 157ᵉ s'étaient écroulés à la nuit tombée sur le flanc d'une colline où ils avaient fait halte sans même trouver la force de rejoindre la roulante installée dans le village. Ils n'avaient même pas vidé leur sac, dormaient sur le sol comme des pantins désarticulés, incapables d'obéir aux vociférations du maréchal des logis qui avait finalement renoncé à se faire entendre. Il n'y avait pas de lune, cette nuit-là, et, vers minuit, un léger vent d'ouest s'était levé, rafraîchissant un peu l'atmosphère.

À trois heures, Germain, qui dormait profondément, n'entendit pas plus que ses camarades un obus qui tomba tout près avec un bruit mou, très différent des 130 qui s'abattaient d'ordinaire. Il ressentit pourtant la sensation de se trouver devant son four, quand il ouvrait la porte, et cette caresse de flamme le fit se dresser soudain en croyant qu'il avait laissé brûler la fournée. Son nez se mit à le démanger, puis sa gorge, et il cria :

– Les gaz ! les gaz !

Il défit rapidement son sac, trouva le masque qu'il plaçait toujours au-dessus comme il était recommandé par les officiers, mais il eut du mal à le fixer dans l'obscurité, et commença à tousser comme la plupart des soldats allongés près de lui.

On entendait crier maintenant ceux qui n'avaient pas trouvé leur masque, dont les poumons brûlaient, les faisant suffoquer et, très vite s'étouffer sur place, sans que l'on pût les secourir.

Germain avait senti très nettement le gaz pénétrer dans ses bronches, mais il n'avait pas trop perdu de temps, en tout cas beaucoup moins que ses camarades dont certains agonisaient dans des gémissements, grattant le sol, appelant à l'aide, tandis que deux nouveaux obus, chargés d'ypérite, éclataient plus haut, dans un bruit flasque, un peu écœurant.

Ce fut alors la panique chez les soldats qui, délaissant leurs positions, se mirent à dévaler la colline vers l'arrière sans trop y voir à cause des masques. Ils chutaient, se relevaient, cherchaient à échapper au nuage toxique qui semblait les poursuivre. Germain, après avoir hésité, comprit qu'il fallait fuir, et il se mit lui aussi à descendre la colline, d'abord lentement, puis de plus en plus vite, si bien qu'il tomba et que son masque fut arraché dans sa chute. Il le remit en place tant bien que mal, ressentant de nouveau cette impression de brûlure dans les fosses nasales et la poitrine, puis il se remit en marche, plus lentement cette fois. En bas, un vallon étroit, où coulait un ruisseau, formait une barrière qu'il eut du mal à franchir. Il resta un moment dans l'eau, rassemblant ses forces, puis il commença à remonter de l'autre côté, toujours à l'aveuglette. Il entendait tousser autour de lui et ce bruit le rassurait, car il prouvait qu'il n'était pas seul.

Parvenu en haut de la butte, il hésita, car il savait ce que signifiait un abandon de poste, mais l'instinct de survie le poussa à continuer et il descendit vers une vallée plus large, où les ruines d'un village lui fournirent un refuge, dans une bâtisse épargnée par le feu ennemi. Se trouvaient là plusieurs soldats dont certains avaient enlevé leur masque, et qui toussaient douloureusement, les yeux rougis, les mains et le visage couverts de plaques urticantes qui les démangeaient atrocement.

Germain garda son masque malgré la difficulté qu'il avait à respirer, car tout lui semblait préférable à cette sensation de cuisson à l'intérieur de sa poitrine. Il tenta de se rassurer en se disant qu'il ne se trouvait pas à plus de deux kilomètres du front et qu'il pourrait regagner son poste avant le jour. Ce fut là sa principale préoccupation : comment échapper à une condamnation pour abandon de poste ? Pas une fois, cette nuit-là, ne lui vint la pensée d'Eugénie qui devait dormir, là-haut, dans la maison du causse. Pas une fois il ne pensa à Germaine qui lui écrivait régulièrement en évoquant le jour où ils pourraient enfin se marier. Il se tenait appuyé au mur, la tête légèrement rejetée vers l'arrière, cherchant à respirer le plus lentement possible, sans grandes inspirations, juste ce qu'il fallait pour ne pas suffoquer.

Quand le jour se leva, beaucoup de ses camarades sortirent, comme lui, pour regagner leur poste, mais il régnait toujours au-dehors l'épouvantable odeur d'œuf pourri que l'absence de vent ne parvenait pas à disperser. Germain s'aperçut alors que le maréchal des logis se trouvait parmi eux et il en fut rassuré. Tous les hommes toussaient terriblement, du moins ceux qui n'agonisaient pas dans les bâtiments au fond desquels ils avaient trouvé refuge. Ils regagnèrent leur abri, la plupart sans masque, maintenant, ou les remettant de temps en temps pour ne pas trop s'exposer.

Les minutes et les heures commencèrent à s'égrener. Le maréchal des logis leur annonça que le lieutenant était mort en aidant ses soldats à mettre leur masque sans se soucier de lui-même. Il fallait attendre les ordres. Ils finirent par arriver, car à sept heures l'infanterie commença à se replier, la première ligne de front ayant cédé devant l'offensive allemande préparée par les gaz et les bombardements. Un adjudant leur ordonna de se replier sur Rosières-en-Santerre où se trouvaient les réserves de l'artillerie. À bout de forces, la poitrine en feu, n'ayant pas mangé depuis la veille à midi, ils partirent dans cette direction, mais ils ne purent aller très loin.

Germain fut l'un des derniers à se coucher sur le bord du chemin. Il n'y voyait presque plus, le souffle lui manquait, ses jambes ne le portaient plus. La roulante de l'infanterie lui donna un morceau de pain et de l'eau. Se sentant un peu mieux, il marcha encore pendant un kilomètre en compagnie de deux camarades, puis ils s'arrêtèrent à l'intérieur d'une petite grange en ruine qu'ombrageait un frêne miraculeusement intact.

Il savait qu'il n'irait pas plus loin : il ne le pouvait pas. Tout en lui s'y refusait et pourtant, maintenant, il pensait à Eugénie, qui, à cette heure-là, devait remonter de la fontaine, ses deux seaux à la main. Ce souvenir si paisible, si heureux, provoqua en lui un spasme qui le fit vomir. Il s'allongea, ferma les yeux, se sentit un peu mieux et il sommeilla pendant quelques minutes. Des soldats arrivaient dans l'abri, s'asseyaient sans un mot, ne bougeaient plus. Tous étaient incapables de faire un pas de plus. L'un d'entre eux avait été chargé de guetter l'arrivée des secours, sur la route qui ne se trouvait qu'à une centaine de mètres de la grange. Mais allaient-ils arriver ? L'offensive allemande n'allait-elle pas tout emporter devant elle ?

Au fil des heures, ils se rassurèrent : la deuxième ligne française avait sans doute tenu, car les convois de renfort se succédaient en direction du front, y compris des pièces d'artillerie, dont Germain se demanda à quel régiment elles appartenaient. Peu après midi, des brancardiers apparurent enfin, avec pour mission de secourir les gazés. Germain, incapable de marcher car il n'arrivait plus à respirer, fut transporté dans un petit poste de secours, à deux kilomètres de là, où les blessés reçurent les premiers soins. Des soins dérisoires et sans aucune efficacité : de simples pansements sur les yeux et sur les brûlures de la peau, car on ne savait toujours pas traiter les dégâts dans les bronches, les gaz ayant beaucoup évolué depuis le début de la guerre. Les soldats ignoraient encore que les dégâts occasionnés dans leurs poumons étaient définitifs, que jamais ils ne retrouveraient l'aisance à respirer de leur enfance et de leur adolescence.

En fait, Germain ne parvenait même pas à imaginer que sa vie allait continuer, tant il était faible, incapable de songer à autre chose qu'à cette douleur incrustée dans sa poitrine, dont la violence l'obligeait à s'asseoir pour trouver un peu de souffle. Dans le petit poste de secours situé au cœur d'un hameau déserté, la journée lui parut interminable. À l'approche du soir, un convoi vint enfin évacuer les gazés pour les emmener à quelques kilomètres en arrière, dans la petite ville de Montdidier. Là, le lendemain matin, un tri fut effectué par un major débordé qui décida d'évacuer la plupart des blessés vers l'hôpital de Compiègne. Germain y arriva le 1er juillet, toujours souffrant, découvrant un monde qui lui était inconnu, mais dans lequel, pour la première fois depuis des semaines, il trouva un peu de réconfort.

Il y resta un mois, soigné par des inhalations à base de camphre pas vraiment apaisantes, et par des onguents sur les brûlures aux mains et au visage. Le fait qu'on s'occupait si bien de lui, qui n'avait jamais rien attendu de personne, lui donna la sensation de n'être pas aussi seul qu'il le pensait. Des religieuses calmes et attentives se penchaient sur lui, soignaient ses blessures, et il ne cessait de les remercier. Huit jours après son arrivée à l'hôpital, il écrivit à Eugénie et à Germaine pour les rassurer. Il dissimula la gravité de ses brûlures d'autant plus facilement qu'il respirait maintenant un peu mieux, même si, parfois, il était obligé de se dresser brusquement sur son lit, de se pencher en arrière pour ouvrir la poitrine et y faire pénétrer l'air indispensable à la vie.

Les réponses d'Eugénie et de Germaine le trouvèrent à Compiègne où il attendait de passer devant une commission pour savoir s'il était apte à repartir au combat. Il avait espéré une permission, mais il devinait maintenant qu'il n'y aurait pas droit. Eugénie ne cachait pas sa colère, et Germaine s'inquiétait beaucoup. Il s'aperçut que ces lettres lui faisaient plus de mal que de bien, car elles lui apportaient un peu d'air de chez lui, des collines paisibles, et il se disait que plus jamais il ne pourrait y vivre de la même manière, si toutefois il les retrouvait.

Les mots d'Eugénie, surtout, le bouleversèrent : c'étaient les mots d'une mère qui était loin d'imaginer ce que vivait son fils, des mots dérisoires qui exprimaient des préoccupations dues à sa pneumonie passée : « Même en cette saison couvre-toi bien la nuit, ne prends pas froid. » Elle lui annonçait qu'elle lui envoyait des victuailles, alors qu'il lui avait demandé à plusieurs reprises de n'en rien faire, car elles se perdaient, son régiment changeant de position beaucoup trop souvent. Elle lui donnait aussi des nouvelles de son mari et de Julien, âgé de dix ans, qui l'aidait maintenant à aller chercher l'eau à la fontaine. Germain la revoyait le soir où elle était apparue à Strenquels pour lui demander de ne pas partir, statue noire taillée dans le roc, que seules la folie du monde et les intrigues des marchands de canons avaient ébranlée, puis, un peu plus tard, convaincue enfin qu'il fallait remplir un devoir, « que cette histoire avait trop duré ».

Et il était aujourd'hui emporté dans le tourbillon de cette folie, ne maîtrisant plus rien de sa vie – ou de ce qu'il en restait. Cependant quelque chose en lui, au plus profond de lui, lui intimait l'ordre de lutter, de ne pas renoncer. Cette force, ce courage lui venaient d'Eugénie, et c'était le bien le plus précieux qu'elle lui avait légué, cette femme habituée à combattre, tendue vers un avenir meilleur depuis son plus jeune âge. À l'insu de Germain, le causse de ses aïeux, aride, sec, sans faveur ni miséricorde, jouait son rôle en lui. Il allait opposer au destin la force brute et têtue du roc sur lequel demeurait campée une race à qui personne n'avait fait le moindre cadeau, qui se colletait depuis des années avec l'absence d'eau, des champs mangés par la rocaille, mais qui luttait pour vivre avec acharnement.

La promesse faite à Germaine l'aidait aussi à ne pas renoncer. Il se surprit à penser de plus en plus à elle, comme si son seul avenir, désormais, c'était elle. Eugénie lui avait donné sa force, mais elle représentait le passé. Germaine, elle, personnifiait le seul espoir possible et digne d'intérêt : un mariage, sans doute des enfants, la découverte d'une autre vie dont les mystères, la douceur probable, lui apporteraient sans doute plus de bonheur qu'il n'en avait jamais connu.

Il y trouva l'énergie suffisante pour se relever, supporter les quintes de toux qui semblaient lui arracher les bronches, mesurer sa respiration, ne pas accorder trop d'importance aux tracas qui étaient désormais les siens. Un mois plus tard, la commission de réforme, loin de lui accorder une permission, le renvoya rejoindre son régiment qui se trouvait toujours quelques kilomètres en arrière de la Somme, et dans lequel il découvrit des têtes nouvelles, beaucoup de ses camarades ayant succombé aux gaz.

Dès le premier soir, il prit la précaution de dormir avec son masque à côté de sa tête, ainsi que le recommandait son nouveau maréchal des logis. Dès lors, la guerre le reprit dans ses mailles acérées, et il se mit de nouveau en état de survie, aidé par le souvenir de Germaine, de toutes celles et ceux qui, là-bas, de l'autre côté du monde, pensaient à lui chaque jour.

L'été bascula vers l'automne, et l'accalmie qui s'était installée sur le front après l'échec d'une offensive anglaise fin juillet dans les Flandres se prolongea, d'autant que l'armée française avait besoin de se réorganiser après la catastrophe de l'offensive Nivelle et les mutineries qui s'en étaient suivies. Après les avoir réprimées, Pétain s'occupa du moral des armées, en améliorant l'ordinaire et en octroyant plus de permissions. L'état-major avait décidé de gagner du temps pour attendre les Américains et les chars, ainsi que le proclamait le commandant en chef, certain que leur entrée en guerre renverserait le rapport des forces et entraînerait la victoire.

Germain reçut sa feuille de permission à la mi-septembre alors qu'il ne l'attendait plus. En raison de la priorité accordée dans les gares aux convois militaires, il mit quarante-huit heures pour arriver en gare de Beyssac, un matin. Il se mit en route à pied, dans la lumière chaude et dorée de l'automne, pour monter à Strenquels, et non pas à Murat, puisque c'était là que se trouvaient son travail, sa demeure, avant l'apocalypse. Pour ce faire, il passa devant la maison où travaillait Germaine, mais il ne s'arrêta pas. Il se sentait sale, souillé jusqu'aux os, incapable de se réinstaller dans ce monde si paisible, si différent de celui qu'il avait quitté. Tout l'étonnait : les arbres debout et non pas fracassés, la verdure, les maisons couvertes de leur toit, les oiseaux, le silence. À mesure qu'il avançait, il sentait gonfler en lui la boule de chagrin immense qui l'oppressait. Il descendit dans un ruisseau, se débarbouilla avec une eau dans laquelle, par habitude, il chercha des cadavres, respira un peu mieux dès qu'il comprit qu'il n'y en avait pas en ces lieux protégés.

Pourtant, en bas de la côte de Strenquels, un lourd sanglot creva dans sa gorge, et, au lieu de monter, il entra dans le pré de droite où séchait du regain, se coucha au bord de la haie, et se laissa aller à ce chagrin trop lourd qui le dévastait. Il pleura longtemps, sans bruit, bouleversé d'avoir retrouvé le monde qui l'avait rendu heureux, avant, et dont il avait cru qu'il l'avait perdu à jamais. On le lui avait pris, on l'avait jeté dans un enfer qu'il ne méritait pas, et c'était cela, avant tout, qui le blessait si fort : cette injustice qui lui avait été faite, à lui qui ne demandait qu'à travailler près des siens, à manger le pain qu'il pétrissait, sous la beauté d'un ciel à nul autre pareil, dans la paix des saisons.

Quand la peine et la douleur accumulées depuis si longtemps eurent coulé hors de lui, il se releva, reprit le chemin qui montait en pente douce vers le village dont il apercevait le fin clocher, là-haut, celui-là même qui avait sonné le tocsin, annoncé la folie sur la terre, un jour d'été. La lumière du matin jouait entre les chênes dont le souffle léger passait sur sa peau comme une caresse, mais il ne pouvait pas s'y abandonner : il guettait malgré lui l'obus qui allait surgir, fracasser les arbres, souiller cet îlot paisible qu'il avait cru protégé. De temps en temps il s'arrêtait pour écouter, regarder autour de lui, pas tout à fait convaincu que nulle menace ne rôdait alentour. Puis il se remettait en route, respirant ces parfums de mousse et de feuilles qui lui faisaient tourner la tête, ivre soudain d'un bonheur trop grand, trop brutal, vaguement douloureux.

Une fois en haut, il se rendit directement au fournil, traversant le village qui semblait désert, vidé de ses habitants comme l'étaient ceux qui se trouvaient à proximité du front. Il n'y avait personne devant le four, et la porte de la maisonnette était fermée. Il alla frapper à la porte d'Élisa, qui faillit s'évanouir de surprise, mais qui l'embrassa, avant de s'asseoir, les jambes fauchées par l'émotion.

– J'en connais une qui va être contente, dit-elle. Je vais la faire prévenir.

Et, comme il ne trouvait pas les mots pour exprimer son bonheur d'être là :

– On m'a dit que vous aviez été blessé. Ça va mieux, maintenant ?

– Oui, ça va, répondit-il.

Mais son souci, à présent, c'était le fournil abandonné, le pain qui devait manquer. Il s'en ouvrit à Élisa qui répondit :

– Gustave n'a trouvé personne. Tous les hommes sont partis, vous comprenez.

Elle ajouta, énonçant une évidence qu'il semblait avoir du mal à admettre :

– Il ne reste que des vieux ici, et ils n'ont plus le temps ni la force.

Il hocha la tête, mais quelque chose en lui se refusait à cette réalité, comme si son travail de quatre années avait été vain.

– Je vais lui dire de venir demain, si vous voulez bien, reprit-elle en parlant de Germaine.

– Oui, dit-il, demain.

– Je suppose qu'aujourd'hui vous allez monter à Murat.

– Oui, cette après-midi.

Élisa demeura silencieuse un moment, puis elle reprit :

– Vous ne reconnaîtrez pas Gustave, mon pauvre, il se laisse aller que c'en une pitié. Julia est morte cet hiver.

Élisa soupira, ajouta :

– Heureusement qu'il y a Rose, sans quoi cette maison s'en irait à vau-l'eau.

Germain remercia, promit de revenir le lendemain, puis il se dirigea vers la maison de Gustave avec, en lui, l'envie de se cacher, comme s'il était coupable de revenir vivant alors que tant d'autres étaient morts. Mais le village était toujours désert, donnant l'impression de vivre au ralenti, comme dans la hantise d'un drame qui pouvait surgir à chaque instant.

Gustave, pas rasé, mal peigné, la chemise déboutonnée, était affalé dans un fauteuil. Il ne put même pas se lever quand Germain entra par la porte restée ouverte. Il esquissa simplement un geste d'accueil avec la main droite, sourit, mais il sembla à Germain que les jambes de son patron ne pouvaient plus le porter. En revanche, Rose et les enfants se jetèrent à son cou et l'embrassèrent comme s'ils l'attendaient depuis toujours. Après quoi Germain s'approcha de Gustave, lui prit les mains et lui dit :

– Vous voyez, je suis là.

– Je vois, fit Gustave. Je suis content, tu sais.

Une larme vint mourir dans ses moustaches et s'y perdit.

– J'ai dû fermer le four, mon pauvre.

– Oui, j'ai vu, dit Germain, mais on le rouvrira quand la guerre sera finie.

Cette affirmation arracha un sourire à Gustave, un sourire vite effacé quand il reprit :

– Si je suis toujours là...

– Et bien sûr que vous serez là ! intervint Rose qui s'était approchée.

Germain remarqua avec soulagement qu'elle avait repris des forces, qu'elle était désormais sur le chemin de la vie, non plus du désespoir.

– Il le faut bien, lui dit-elle, quand elle se trouva seule avec lui, après le repas. Que deviendraient les petits sans moi ?

Elle ajouta, dans un élan, qui ne le surprit pas :

– Ils vous aiment beaucoup, vous savez.

Il lui sembla que ces mots exprimaient autre chose, que les enfants n'étaient pas seuls en cause, mais il ne voulut pas s'y attarder. Il avait toujours su que Rose ressentait de l'affection pour lui, peut-être même davantage. Or il n'avait pas le droit de lui donner de faux espoirs, car c'était vers Germaine qu'allaient toutes ses pensées.

Avant de partir, il demanda à Gustave la clef de la maison du four. Il ne pouvait pas passer les huit jours de sa permission à Murat, car c'était trop petit, mais il avait aussi besoin de vivre dans la maisonnette où il avait été heureux, de retrouver les gestes et les lieux d'avant la catastrophe, quand les jours avaient la couleur d'un bonheur qu'il ne savait pas nommer, mais dont l'évidence lui était apparue dès qu'il l'avait perdu. Gustave lui donna la clef en lui disant :

– Puisque tu veux habiter là, viens manger à midi, comme avant. Ça nous fera plaisir.

Germain remercia et se mit en route vers Murat, par une après-midi qui charriait des parfums de champignons et de raisins mûrs. Il ne se pressait pas, songeant, comme chaque fois qu'il montait là-haut, à ce jour où Eugénie l'avait emmené pour la première fois dans sa maison, venant de Saliac. Au fur et à mesure qu'il montait, les bruits de la vallée arrivaient comme assourdis, portés par un vent encore chaud.

Il arriva en sueur dans la cour, appela, mais personne ne répondit. Il s'approcha de la maison, ouvrit le portillon qui en interdisait l'accès aux poules, appela de nouveau, puis il entendit du bruit dans la chambre. Eugénie apparut, vêtue de ce tablier et de cette robe noirs qu'elle semblait ne jamais quitter.

Elle devait s'être assoupie, mais elle se redressa aussitôt, comme à son habitude, en découvrant son fils.

– Ah ! Tu es là ? fit-elle, ne trouvant pas les mots capables d'exprimer la joie qui avait déferlé en elle.

– Oui, je suis là.

Elle s'approcha, prit le visage de Germain entre ses mains, l'embrassa sur le front, puis, aussitôt, elle se détourna et s'assit à table en disant :

– Il fait encore chaud en cette saison.

Il s'assit face à elle, évitant de croiser ce regard implacable, qui devinait en lui la souffrance endurée, mais non les causes exactes. Ce fut elle qui baissa les yeux, car elle se savait impuissante à partager quoi que ce soit de ce qu'il avait vécu.

– Tu as bien pâti, dit-elle.

C'était un mot à elle, un mot qui signifiait beaucoup plus que ce qu'il exprimait.

Elle versa un peu de vin dans deux verres, tendit le sien à Germain, reprit :

– Et ces gaz ? fit-elle. C'est vrai que ça pique les yeux ?

– C'est fini, répondit-il, ça va mieux.

– Ils ne savent pas quoi inventer, reprit-elle, avec un début de colère dans la voix.

– Je suis là, dit Germain, c'est ce qui compte.

Et, en même temps, il songea qu'il aurait pu ne jamais revenir, et que, probablement, il ne reviendrait jamais s'il repartait. Il imagina alors la douleur d'Eugénie, se troubla, et, pour ne pas l'alerter, changea vite de sujet :

– Comment va Julien ?

– Il travaille avec Bonal, à la vigne.

Germain avait presque oublié qu'elle s'était remariée, qu'il y avait un homme dans cette maison, conformément au souhait le plus cher d'Eugénie. Mais cette pensée le rassura : s'il lui arrivait malheur, Eugénie ne serait pas seule pour porter son fardeau. Il sourit, mais elle ne s'y trompa pas, d'autant qu'il se mit à tousser douloureusement, comme cela lui arrivait souvent depuis qu'il avait été gazé.

— Tu es comme moi, lui dit-elle, tu as toujours eu les poumons fragiles.

Elle le sonda encore une fois du regard, ajouta :

— Est-ce que tu manges bien, au moins ?

— Mais oui, répondit-il.

— Peut-être que tu as faim, fit-elle en se levant brusquement, saisissant une assiette au bout de la table et approchant le pain.

— Mais non, dit-il en souriant.

— Allez, mange ! fit-elle. Mange !

Mais elle s'assit de nouveau et n'insista plus. Un long silence s'installa, que ni l'un ni l'autre n'osa briser, puis elle demanda brusquement :

— Et alors, maintenant ?

— Je repars dans huit jours.

— Et ces Allemands, à quoi ils ressemblent ? Ils sont si vilains qu'on le dit ?

— Ils ressemblent à tout le monde, fit Germain.

— Bon ! soupira-t-elle, apparemment rassurée.

Elle baissa la tête, la releva et dit, avec une prière dans la voix :

— T'en approche pas trop ! Méfie-t'en !

Tant de candeur, d'ignorance de ce qui se passait loin d'elle bouleversèrent Germain. Elle ne s'en aperçut pas, car elle se leva soudain, passa dans sa chambre et revint avec une petite croix de métal blanc qu'elle posa sur la table, devant lui.

– Ça vient de Roc Amadour, lui dit-elle. Prends-la, on sait jamais.

Elle ajouta avec un rien de confusion, comme prise en faute :

– Elle te sera plus utile qu'à moi.

– Merci.

Elle parut rassérénée, mais elle demanda tout de même :

– Tu crois que ça va durer encore longtemps ?

– Non, dit-il, ça ne peut plus durer longtemps.

– Bon ! C'est ce que je me disais aussi.

Germain n'en pouvait plus : il avait hâte de repartir, à présent, car il avait peur de se trahir, de se laisser aller, de lui confier à quel enfer il avait échappé. Il se leva, mais elle demeura assise et demanda :

– Où vas-tu ?

– À Strenquels, chez moi.

– C'est ici, chez toi, fit-elle.

– Tu es mariée. Il y a Bonal, maintenant.

– Ça n'empêche pas. C'est ma maison. J'y fais ce que je veux.

Elle avait mis dans ces mots toute la fierté qui l'avait portée vers la réalisation de son rêve.

– Il m'arrive de dormir le jour et de veiller la nuit, dit-il. C'est la vie qu'on mène là-bas. Je préfère être seul.

Bizarrement, cette mince révélation sur ce qui se passait sur le front fit capituler Eugénie. Elle devina qu'il ne disait pas tout, que quelque chose de terrible habitait son fils, qu'il valait mieux le laisser se réhabituer.

– Je viendrai, dit-elle. Je ferai un peu de ménage.

Il l'approuva de la tête, sourit, esquissa un pas vers elle, mais il eut peur de succomber au chagrin et il fit volte-face puis partit sans se retourner.

Sur le chemin qui descendait vers la vallée, il se sentit mieux, en tout cas délivré de la hantise de laisser apparaître la blessure qui était en lui et qui se manifestait en ces lieux paisibles bien plus douloureusement que sur le front : il était marqué à tout jamais par la folie des hommes, par une plaie qui ne guérirait jamais – il en était sûr. Et en même temps, il savait que tout cela était indicible, qu'il ne pouvait y opposer que le silence et le refus.

Pour cette même raison, il ne parla guère lors du repas du soir avec Germaine et sa mère. Il existait un tel gouffre entre cette maison, ces deux femmes, et les lieux et les hommes qu'il avait quittés, qu'il ne parvenait pas à trouver sa place dans le monde qu'il venait de rejoindre. Il comprit qu'il faisait de la peine à Germaine, qu'elle avait du mal à accepter ce silence presque hostile, mais il n'en pouvait plus. Il n'avait envie que d'une chose : dormir et oublier. Élisa vint à son secours en disant :

– Vous devez être fatigué, Germain, après ce voyage. Ne vous sentez pas obligé de nous tenir compagnie.

Il la remercia, les embrassa, et vite, très vite, alla s'enfermer dans la maisonnette qui sentait la farine. Là, il s'allongea tout habillé sur son châlit et plongea aussitôt dans un sommeil sans fond.

Il lui fallut trois jours avant de reprendre pied dans l'univers silencieux, protégé, du village. Trois jours avant de perdre l'habitude de rentrer la tête dans les épaules et d'attendre l'obus qui allait tomber. Eugénie était venue, comme elle l'avait promis, elle lui avait porté des vêtements propres et avait emporté les siens pour les laver. Elle n'avait pas beaucoup parlé, cette après-midi-là. Elle avait observé Germain, perdue dans ses pensées, se demandant ce qu'il avait pu voir, et vivre, là-bas, loin d'elle et des collines du causse. Elle balaya le plancher, décrocha les toiles d'araignées, lui parla de Julien, de son mari, et, comme il ne répondait pas, qu'il semblait perdu dans ses pensées, elle lui dit avant de partir :

– J'ai idée que les Allemands sont comme nous · ils en ont assez.

Elle ajouta, ayant enfin capté son attention :

– Il n'y en a plus pour longtemps, va.

Le quatrième jour, Germain pétrit quelques tourtes et alluma le feu sous le four. L'odeur suave et chaude qui monta bientôt lui fit renouer le lien avec sa vie d'avant, l'emplit d'un bonheur qu'il avait cru enfui à jamais. Mais il ne dura pas, car il était évident que ce bonheur-là, si fort, si bouleversant, était menacé. C'était un bonheur auquel il allait devoir renoncer dans moins de huit jours, et cette idée lui parut insupportable. Quand le pain fut cuit, il partit à pied sur le causse, s'allongea à l'ombre de deux genévriers, laissant s'apaiser la colère qu'il y avait à présent en lui. Non plus le chagrin et les larmes, mais la colère. Une colère froide, aiguë, qui lui faisait serrer les dents, qui le faisait trembler de tous ses membres, se refuser au nouveau départ qui l'attendait. Il songea à ne pas repartir. À déserter. Mais il imagina le regard de ceux qui vivaient au village, ceux qui l'estimaient tant, et il comprit qu'il ne pourrait pas vivre ici sans avoir fait son devoir jusqu'au bout. C'est cette pensée, avant toute autre, qui lui fit accepter l'irrémédiable.

Pendant les jours qui suivirent il ne ralluma pas le four. Il se reposa, tenta de reprendre des forces : il avait compris que cette permission devait au moins servir à cela. Le plus difficile fut le moment des adieux, d'abord avec Rose qui ne lui cacha pas qu'elle espérait refaire sa vie avec lui.

– N'espérez rien, Rose, lui dit-il. Je ne reviendrai pas.

Elle pleura, comme pleura Germaine, le dernier soir, chez sa mère. À elle, il ne dit pas qu'il ne reviendrait pas. Il lui demanda d'être courageuse, et ce fut tout. Seule Eugénie ne pleura pas : à l'instant des adieux, ils se trouvèrent tous deux dans la cuisine, debout, et elle se tenait droite, noire et forte, comme si elle avait voulu par là lui insuffler un peu de cette force.

– Reviens vite ! dit-elle.

Ce n'était pas une prière : c'était un ordre. Elle l'embrassa très vite, le repoussa rudement, comme si elle avait enfin deviné dans quelle horreur il vivait là-bas et avait voulu l'y préparer. Elle le suivit dans la cour mais s'arrêta au portail sans le moindre signe d'émotion sur le visage. Il lui en sut gré. C'était bien la seule manière de ne pas consentir à ce qui risquait d'arriver. Eugénie, comme à son habitude, avait décidé de se battre à ses côtés, à sa manière. C'était le plus beau des présents qu'elle pouvait lui faire. Germain l'emporta avec lui.

Il retrouva le front où la guerre s'était enlisée dans la boue, les armées se regroupant avant les assauts à venir. Bientôt Clemenceau succéda à Painlevé, puis, à la suite de la révolution en Russie, les Soviets signèrent une paix séparée avec l'Allemagne, ce qui lui donna la possibilité de ramener en France les troupes amassées à l'Est. La paix semblait loin pour les soldats qui souffrirent beaucoup du froid au cours d'un hiver terrible, bien plus rigoureux que le précédent.

Germain, comme ses compagnons, n'avait qu'un seul souci : se réchauffer, mais il n'y avait plus d'arbres dans le secteur où il se trouvait, et ce n'étaient pas les gants de laine tricotés par Eugénie qui pouvaient soulager la morsure de l'acier froid des obus sur ses doigts endoloris.

Pendant l'année écoulée, les pertes en hommes ayant été importantes, il était monté en grade du fait de l'expérience acquise : il était maintenant maître-pointeur à la quatrième batterie du 157ᵉ régiment d'artillerie. Mais les combats d'artillerie demeuraient rares, et l'on devinait que les états-majors attendaient le printemps pour en découdre.

De fait, le 21 mars, les Allemands déclenchèrent une formidable préparation d'artillerie avec trois mille sept cents pièces de campagne et deux mille cinq cents canons lourds. L'offensive de Ludendorff débuta quatre heures plus tard, enfonçant les positions anglaises, qui durent se replier en demandant de l'aide à Pétain. C'est ainsi que trois batteries du 157e régiment d'artillerie firent route vers le nord et que, le 22 au soir, elles arrivèrent dans un village, où, dès la tombée de la nuit, les obus mous porteurs de gaz éclatèrent à proximité, sans qu'on les entende à cause du feu nourri des 130 et des 150. Là, de nouveau, avant d'avoir pu se saisir de son masque, Germain ressentit une vive brûlure. Deux minutes avaient suffi pour que les gaz pénètrent dans ses bronches.

Les artilleurs passèrent la nuit sans dormir, le masque sur le visage. Ils ne purent l'enlever qu'au matin, quand le vent d'ouest se leva, mais il ne fut pas question de se replier. Il fallait tenir, car les troupes anglaises n'étaient plus en mesure de résister et les Allemands envisageaient une marche victorieuse en direction des rivages de la Manche et de la mer du Nord. Comme d'habitude, quelques hommes n'avaient pu enfiler leur masque à temps – soit parce qu'ils n'avaient pu le saisir dans l'obscurité, soit parce qu'ils s'étaient trouvés éloignés de leur sac au moment de l'éclatement des obus – et ils étaient morts dans d'atroces souffrances, étouffant sous les yeux de leurs camarades incapables de les secourir.

Germain avait retrouvé ses réflexes de survie. Il était entré en lui-même, ne parlait pas ou très peu, juste ce qu'il fallait lors des manœuvres. Il toussait beaucoup et, trois jours après les gaz, il lui sembla qu'il crachait du sang. Il n'eut pas le temps de s'y attarder, car sa batterie dut faire mouvement encore plus vers le nord, où les combats faisaient rage.

Heureusement, l'arrivée des beaux jours rendit les conditions de vie moins difficiles aux soldats. Les combats se déplacèrent vers le chemin des Dames où les Allemands attaquèrent fin mai avec succès et progressèrent à marches forcées vers la Marne qu'ils avaient déjà approchée en septembre 1914. La troupe n'était pas au courant de l'évolution de la situation. Elle la mesurait seulement aux mouvements dont elle recevait l'ordre, le plus souvent de repli, et son moral n'était pas au plus haut. Germain évitait de penser. Il se contentait de faire son travail du mieux possible, et de survivre.

Le 27 août, quatre batteries du 157e régiment d'artillerie se trouvaient à proximité de Méricourt, sur les hauteurs d'un affluent de la Somme, appuyant l'infanterie qui avait pris pied de l'autre côté et progressait rapidement en direction du nord-est. Le servant venait d'introduire un obus de 75 dans le canon qui tonnait depuis le matin. Il était cinq heures de l'après-midi. Germain allongea la mire puis, de la main gauche, donna le signal du feu. Il y eut alors une violente déflagration dont il ne sut, dans l'instant, projeté qu'il fut à plus de six mètres de là, d'où elle provenait. Il crut qu'un obus ennemi avait éclaté à proximité, puis, retrouvant ses esprits, il chercha des yeux le sang sur son corps. En même temps il sentit la douleur dans son bras droit, pensa que des éclats avaient dû pénétrer dans sa chair. Des hommes étaient couchés autour de lui et se plaignaient.

Germain remua ses jambes et fut soulagé de constater qu'elles n'étaient pas touchées. Il fut secouru par les artilleurs des canons voisins qui l'adossèrent à un fourgon, son bras couvert de sang. Il comprit alors que ce n'était pas un obus allemand qui avait explosé mais le canon qu'il manœuvrait. L'un des servants avait été tué, le deuxième gravement blessé.

Des infirmiers arrivèrent, immobilisèrent le bras de Germain, qui, dès lors, souffrit un peu moins. Ils le firent monter dans une voiture qui emmena les blessés deux kilomètres en arrière du front. Il passa la nuit dans une grange, où s'affairait un major chargé de décider de l'évacuation des soldats. Quand ce fut son tour, son bandage ayant été enlevé par un infirmier, il entendit ces mot qui lui firent enfin prendre concience de la chance qu'il avait eue :

– Double fracture ouverte du bras droit, le reste est superficiel. Compiègne.

L'infirmier lui refit son bandage et lui demanda :

– Tu es droitier ?

– Oui.

– Tu es sauvé, mon gars.

Germain n'osait le croire. Il ne pouvait pas savoir que le sort de la guerre s'était joué, que la victoire avait choisi son camp. Il ignorait aussi que son bras était en danger, qu'il allait peut-être le perdre, ce bras grâce auquel il pétrissait le pain. Ses bras, ses mains représentaient ce qu'il possédait de plus précieux, puisqu'ils lui permettaient d'exercer son métier et de gagner sa vie. Au milieu des conditions sanitaires déplorables dans lesquelles il se trouvait, la gangrène représentait une menace terrible. Mais, inconscient du danger, il se sentait soulagé, heureux, presque, dans le camion qui roulait vers Compiègne où il arriva en début d'après-midi, le lendemain. Débordés, les médecins ne se penchèrent sur sa blessure que le soir, très tard. Devant les plaies suppurantes et l'os qui sortait en deux endroits, le major fit la grimace.

– Opération demain matin sans faute, dit-il à l'infirmier qui l'accompagnait.

La douleur était telle que Germain ne dormit pas de la nuit. Il ne pouvait plus bouger les doigts, il avait mal jusque dans l'épaule et tout le flanc droit. On l'opéra le lendemain matin à la première heure, et il ne sut pas que le chirurgien avait hésité à couper le bras. Ce qui l'avait finalement déterminé à le garder, c'était la force qu'il avait lue dans le regard de cet homme frêle, mais qui ne se plaignait pas malgré la douleur.

Les trois jours qui suivirent l'opération furent pour le chirurgien trois jours durant lesquels il s'attendit à découvrir la gangrène sous les pansements. Son patient serrait les dents mais ne gémissait jamais. L'avant-bras dessinait un angle inquiétant, mais il n'était pas question d'y retoucher avant au moins un mois. La vie de Germain s'était jouée en une semaine, ainsi que son destin. Il ne le savait pas encore. La souffrance lui faisait oublier tout ce qui était étranger à cette salle commune dans laquelle on mourait ou on vivait presque par hasard, et où les plaintes des blessés, la nuit, interdisaient un sommeil véritable. Le matin, parfois, quand on apportait le café, des souvenirs surgissaient, bouleversants, chargés d'espérance. Il n'osait s'y abandonner, mais il se rappelait Eugénie, quand il se levait, lors de ses premiers jours à Murat, et qu'il la trouvait debout, quelle que soit l'heure, sentinelle indestructible qui veillait sur lui et sur le monde environnant.

Il lui écrivit un mot de la main gauche, ainsi qu'à Germaine. Il refit la lettre autant de fois que ce fut nécessaire pour que ni l'une ni l'autre ne s'alarme de sa blessure. Quinze jours plus tard, il fut transféré par train sanitaire à Cahors, son bureau de recrutement, puis, après une visite médicale, à Toulouse, à l'hôpital militaire Larrey. Il y resta un mois, avant d'obtenir une permission de convalescence qui le conduisit enfin chez lui, sauvé par miracle d'une hécatombe qui ne savait même plus compter ses morts.

11

SA guerre, en fait, j'ai dû la reconstituer, car il n'en parlait jamais, sinon pour entrer dans des colères terribles, chaque année, c'est-à-dire chaque fois que le ministère des Anciens Combattants lui proposait une pension pour sa blessure, pension qu'il refusait énergiquement, prétendant qu'on ne pouvait pas être payé « pour avoir eu honte d'être un homme ».

Ce n'est que vers la fin de sa vie, quand il comprit que cette misérable obole de quelques francs était indispensable à lui-même et à sa femme, qu'il l'accepta. Je ne doute pas que cette acceptation fut pour lui douloureuse, une sorte de défaite dont il dut souffrir en silence – car le silence était devenu pour cet homme un refuge qui lui procurait sans doute un peu de repos.

J'ai tenté à différentes reprises de le faire parler de cette aventure tragique qui avait tant influé sur sa vie. Il n'a jamais voulu se confier, sinon pour évoquer les champs de houblon qu'il trouvait très beaux dans les plaines du Nord, ou, fugacement, son retour après sa blessure au bras, alors qu'il n'était pas persuadé d'avoir définitivement échappé au carnage.

À Strenquels, Gustave était mort l'hiver précédent, d'épuisement et de renoncement. Rose faisait face seule, du mieux qu'elle le pouvait. Comme il n'était pas en mesure de l'aider à cause de son bras, Germain se rendit à Murat où le temps aussi avait passé, changeant le cours des choses. Eugénie avait donné le jour à une fille qu'elle avait prénommée Henriette. Elle était enceinte l'automne précédent, mais elle n'avait pu se résoudre à l'avouer à son fils. Il n'en fut pourtant pas étonné. Qu'y avait-il de plus normal puisqu'elle était mariée ? Elle l'accueillit avec une certaine froideur, comme chaque fois qu'elle croyait avoir quelque chose à se reprocher. Son regard revint souvent vers le bras de Germain, lequel comprit qu'elle s'inquiétait de la forme bizarre du plâtre.

– Il est ressoudé, dit-il. On m'a dit qu'il serait encore plus solide qu'avant.

Quand il toussait, elle jetait sur lui un regard de surprise dans lequel il devinait aussi de la colère. Non pas à son égard, bien sûr, mais contre ceux qui, loin du causse, décidaient du sort du monde et faisaient tuer des milliers de jeunes hommes dont on avait pourtant tellement besoin dans les familles.

Il regagna Strenquels et ne demanda pas l'hospitalité à Rose, renonçant à occuper la maisonnette où se trouvait le four. Il ne voulait pas vivre trop près d'elle, ni devenir son obligé. En revanche, il accepta l'hospitalité offerte par Élisa, car il allait tenir sa promesse d'épouser sa fille. Germaine travaillait toujours à Beyssac mais montait tous les soirs au village, pleine d'espoir depuis qu'il était revenu et que les nouvelles de la guerre donnaient à penser que, peut-être, on allait enfin sortir de ce cauchemar.

On était maintenant au début du mois de novembre. Germain commençait seulement à concevoir l'idée qu'il allait en réchapper. Son bras douloureux l'inquiétait et le fait de ne pouvoir rien faire, de ne pas aider les deux femmes, le mettait mal à l'aise. Il voyait arriver la fin de sa permission sans regret, car il savait qu'il ne rejoindrait pas le front, mais l'hôpital de Toulouse.

Le 8 novembre au soir, Eugénie arriva à Strenquels, le visage défait, avec une terrible nouvelle : son deuxième frère, Adolphe, venait d'être tué. Elle expliqua qu'elle venait de chercher « les affaires » qu'il avait laissées, quatre ans auparavant, dans la ferme de la vallée où il travaillait : un pantalon, une chemise, deux mouchoirs. Toute sa fortune. Élisa l'avait fait asseoir, car Eugénie tremblait sur ses jambes, de rage plus que de fatigue, mais nulle larme ne coulait sur ses joues. Elle se tenait assise, le buste bien droit, le regard fixe, les dents serrées, et Germain ne savait que dire pour lui venir en aide. La guerre lui avait pris deux frères et avait failli lui prendre son fils. Elle ne savait opposer à la folie du monde que son refus de s'y soumettre, et le fait d'être allée chercher les effets personnels d'Adolphe témoignait sans doute de ce refus, ou peut-être d'une nécessité de le croire vivant quelque part, de garder ce qu'il possédait, afin qu'il puisse le retrouver un jour.

Elle ne s'attarda pas : à Murat, son mari, son fils et sa fille l'attendaient. Elle but le fond d'eau-de-vie proposée par Élisa, se leva, et, emportant son paquet dérisoire, elle s'en alla, très droite et sans un mot, dans la nuit qui tombait. Germain n'eut pas le cœur de la laisser s'en aller seule ainsi. Il la rattrapa et l'accompagna jusque dans la vallée. Elle ne desserra pas les dents mais il lui sembla qu'elle était contente de le sentir auprès d'elle. Une fois en bas, elle l'embrassa et lui dit :

– Tu peux retourner.

– Tu es sûre ? demanda-t-il.

– Mais oui, ça va aller.

Il la regarda s'éloigner de son pas vif et têtu, silhouette noire que la fatigue et le courage courbaient un peu, mais pas suffisamment pour faire couler ces larmes, qui, peut-être, l'auraient soulagée. Il y avait longtemps qu'Eugénie ne pleurait plus. Depuis toujours elle luttait de toutes ses pauvres forces contre ce qui la dépassait, et ce combat-là n'autorisait pas la moindre faiblesse. Elle le savait, comme le savait Germain, qui avait mobilisé ses forces, lui aussi, au cours des heures les plus périlleuses de sa vie.

Il repartit à l'hôpital militaire de Toulouse où le surprit l'armistice, le 11 novembre en fin de matinée. Il n'eut pas le cœur de se mêler aux réjouissances de ses camarades ni, l'après-midi, à celles de la population accourue sur la place du Capitole. Comment oublier tous ces morts autour de lui, les agonisants étouffés par les gaz, l'hécatombe de deux années vécues dans la vermine et le froid ? Il se sentait soulagé, c'était tout, et encore pas totalement, car son bras l'inquiétait.

Il n'avait pas tort d'être inquiet : quelques jours plus tard, une fois déplâtré, le major décréta qu'il fallait recasser le bras pour mieux le remettre en place. Germain, qui n'avait pas le choix, accepta : ce bras, il en avait besoin pour pétrir le pain.

Une nouvelle convalescence commença alors, dans l'angoisse de ne pouvoir reprendre une activité normale. Il avait espéré être démobilisé avant la fin de l'année, mais ce ne fut pas le cas. La loi des trois ans était toujours en vigueur malgré la fin de la guerre, et seule sa blessure pouvait lui faire espérer une réforme – sauf si la loi changeait entre-temps. Heureusement, une nouvelle permission lui permit de passer Noël à Murat, mais non pas à Strenquels car Élisa était malade, et l'on craignait la grippe espagnole qui causait tant de ravages cet hiver-là.

Rose lui apprit qu'elle envisageait de se remarier avec un homme qui avait eu la chance de revenir de la guerre, malgré plusieurs blessures, dont l'une à la tête. Germain en fut soulagé, car il savait qu'elle avait besoin d'un homme et ses enfants d'un père. Il n'oubliait pas qu'il avait promis le mariage à Germaine dès que la guerre serait finie, et il pensait qu'il serait démobilisé aussitôt. Mais il n'avait jamais imaginé qu'une grave blessure au bras l'empêcherait de travailler, et il n'osait pas s'en ouvrir à Germaine qui, par ailleurs, était de plus en plus inquiète pour sa mère. La fièvre ne tombait pas et la pauvre femme avait beaucoup de mal à respirer.

Germain dut repartir à Toulouse, impuissant à aider sa promise qui soignait sa mère avec dévouement, comme tant d'autres qui luttaient contre la terrible maladie dont les effets accablaient des familles déjà durement ébranlées par la guerre. Trois jours plus tard, il ne fut pas étonné de recevoir le télégramme annonçant le décès de celle qui l'avait tant aidé au moment de son arrivée à Strenquels. Il déposa une demande de permission qui lui fut refusée, car il ne pouvait justifier d'aucun lien de parenté avec la famille de Germaine. Il en fut malheureux, s'en voulut de ne lui être d'aucun secours, et pour tenter de l'aider au moins moralement, il lui écrivit qu'ils se marieraient au mois de mai, même s'il était toujours militaire. Dans la lettre-réponse qu'il reçut d'elle, il comprit qu'il avait eu raison : malgré la douleur immense d'avoir perdu une mère, elle avait trouvé des raisons d'espérer.

Maintenant déplâtré, le bras de Germain avait repris une forme normale, mais le major lui interdisait de s'en servir. Il dut encore le porter en écharpe pendant trois semaines. Le temps lui paraissait long malgré les lettres quasi quotidiennes de Germaine, qui s'en remettait totalement à lui, ayant perdu son travail au moment où elle avait dû soigner sa mère. Elle vivait à Strenquels de ses quelques économies mais elle n'allait pas pouvoir payer le loyer très longtemps. Il fallait agir très vite, entreprendre rapidement les démarches pour le mariage dont ils fixèrent la date au samedi 14 mai.

Germain obtint pour l'occasion cinq jours de permission, et, n'ayant aucun moyen d'acheter un costume, il se maria dans son uniforme de soldat. Germaine, elle, s'était confectionné une robe bleue, qui descendait bien au-dessous des genoux, comme c'était l'usage. La mairie et l'église de Strenquels se faisaient face, de part et d'autre de la place, où, cinq ans plus tôt, le tocsin avait rassemblé la population du village. Ils étaient moins nombreux, cette après-midi-là, car la guerre avait fait son œuvre funeste, mais une cinquantaine, tout de même, les époux étant connus de tous.

Pour la famille : une dizaine de personnes seulement. Du côté de Germain : Eugénie, son mari et ses enfants ; du côté de son épouse : sa sœur aînée, son mari et ses enfants. Les nouveaux mariés les retinrent à dîner, le soir, dans la maison d'Élisa, mais nul ne songea à danser ou à rire. Dès onze heures du soir, les deux époux se retrouvèrent seuls dans la chambre de Germaine, qu'ils n'occupèrent que durant trois nuits : il fallait déjà songer à rendre les clefs et à partir à Toulouse, où Germain avait loué une petite chambre sous les toits, à proximité de la caserne.

Pour sa femme, qui n'avait jamais été plus loin que Beyssac, ce fut son premier voyage en train : un éblouissement qui se prolongea dans la découverte de la grande ville, un univers dont elle n'avait jamais soupçonné l'existence et qui, tout de suite, malgré leurs précaires conditions de vie, l'émerveilla. Pourtant, une fois le loyer de la chambre payé, ils n'avaient pas de quoi acheter à manger. Alors, Germain qui avait un ami aux cuisines se débrouilla pour trouver à son épouse une place parmi les femmes chargées de la vaisselle, lesquelles, pour tout salaire, étaient nourries.

L'après-midi, Germaine découvrait la grande ville, ses boutiques et ses lumières que la guerre, ici, semblait n'avoir jamais assombries. À partir de la rue Réclusane où se trouvait leur chambre, elle passait le pont Neuf et s'aventurait vers la place d'Esquirol, puis, par la superbe rue Saint-Rome, vers la place du Capitole où elle contemplait, sans jamais s'y asseoir, les terrasses des cafés qui accueillaient des hommes et des femmes vêtus de façon si élégante qu'elle en demeurait stupéfiée. Devant tant de grâce et tant de beauté elle se sentait toute petite, elle qui n'avait fait que servir des maîtres dont l'élégance n'avait jamais atteint celle des gens de la grande ville.

Le soir, après le repas dans leur chambre de la rue Réclusane, ils se racontaient leur journée, observant par la fenêtre l'Hôtel-Dieu voisin, la ville rose le long des quais de la Garonne, faisant des projets, profitant de cette intimité qui leur était enfin donnée, pour des nuits dont les délices les laissaient incrédules au matin, songeant que c'était trop de bonheur, cette vie-là, et donc vaguement coupables de ne pas travailler, eux qui travaillaient depuis l'âge de douze ans, et par conséquent persuadés que cela ne pouvait pas durer.

Cela ne dura pas, effectivement, car un soir Germain rentra avec une très mauvaise nouvelle : sa blessure consolidée, il allait devoir rejoindre son régiment qui se trouvait maintenant en garnison à Vendôme, entre Tours et Orléans.

Que faire, alors qu'il devait partir dans les trois jours? Ils prirent la seule décision qu'ils pouvaient prendre: demander à Eugénie l'hospitalité pour Germaine le temps qu'il faudrait pour s'organiser à Vendôme, car ni ses frères ni ses sœurs ne pouvaient l'accueillir. Germain emmena donc sa jeune femme à Murat, dans une maison déjà très petite pour quatre, où régnait la redoutable Eugénie. Il l'y laissa au début du mois de juillet, lui promettant de revenir très vite, car le major lui avait laissé espérer une démobilisation rapide.

Ce ne fut pas vraiment le cas. L'été passa et rien ne vint concrétiser cet espoir de retrouver enfin la vie civile, après deux ans et demi sous les drapeaux. Il revenait toutes les trois semaines à Murat, y retrouvait Germaine qui avait beaucoup de mal à supporter la vie sans lui, dans une maison où elle se sentait étrangère. Ce n'est pas qu'Eugénie la traitait mal, mais elle ne tolérait pas de sa bru la moindre initiative, car elle avait longtemps vécu seule, était donc habituée à ne rien partager, et certainement pas son autorité. Germain demandait à sa jeune épouse de prendre patience, assurant que tout serait fini avant la fin de l'année, puis il repartait à Vendôme avec la désagréable sensation de ne pas remplir ses devoirs vis-à-vis d'elle.

À ce moment-là, probablement, il comprit qu'une cohabitation entre une mère et une épouse était impossible. Il eut la sagesse de ne jamais donner tort à Germaine à qui il imposait une épreuve. Avec son humilité, sa douceur extrême, elle lui apparaissait d'une fragilité émouvante, et il sentait qu'il devait la protéger. Un jour, à propos d'une parole trop vive d'Eugénie au sujet d'une assiette mal lavée, il donna raison à Germaine, au point qu'Eugénie en fut mortifiée et qu'elle se réfugia dans un silence hostile, qui laissait redouter des représailles. Tout cela ne pouvait pas durer.

Heureusement, à la mi-octobre 1919, le 157e régiment d'artillerie fut dissous et Germain fut démobilisé. Il put alors retrouver la vie qu'il n'aurait jamais cessé de mener sans cette horrible guerre dont il gardait le souvenir précis, le refus animal, et la conviction d'en avoir réchappé par miracle.

Une seule photographie témoigne de ce temps-là : on le voit avec ses camarades dans son uniforme d'artilleur, posant près de leur canon. Jamais il ne l'a commentée. C'était Germaine qui me la montrait parfois, comme elle me montrait la photographie de leur mariage, le petit col blanc de sa robe sage, le costume de soldat de son mari. Brillaient dans leur regard tout le bonheur du monde, mais aussi une angoisse de l'avenir qui les rendait fragiles, si fragiles que chaque fois, devant cette photo, j'ai eu envie de les protéger.

Ils ne possédaient rien, sinon leur courage pour travailler, mais Germain n'était même pas sûr d'y parvenir à cause de son bras. Et d'ailleurs où le trouver, ce travail indispensable à la vie ? Certainement pas à Strenquels, où Rose avait dû vendre la maisonnette attenante au four comme maison d'habitation. À Martel ? Pas davantage, car les hommes jeunes avaient disparu et les ménages avaient beaucoup moins besoin de pain. De surcroît, l'or des maisons s'était consumé dans l'effort de guerre, et les boulangeries fermées ne rouvraient pas.

Heureusement, la sœur aînée de Germaine, qui habitait Brive, s'enquit d'une place d'ouvrier auprès de son boulanger, rue de la République. Germain fut embauché à l'essai, et ils louèrent une chambre à deux pas de la boulangerie, car, malgré son bras atrophié, il avait confiance en lui. Je ne doute pas que les premières nuits, quand il pétrit la pâte à mains nues, la douleur fut présente et peut-être l'ébranla-t-elle quelque peu. Mais il serra les dents, et dès qu'il comprit que son bras tiendrait le coup, il oublia la douleur et travailla pour deux.

Il m'arrive de passer aujourd'hui dans cette petite rue chaleureuse, animée, où se trouve encore cette boulangerie. Je m'arrête chaque fois devant la vitrine pendant quelques minutes, songeant au secours qu'elle apporta à un homme et une femme jeunes qui avaient tant besoin de travailler, et dont le seul rêve était précisément de vivre de leur travail.

Dans le salaire – dérisoire – qui avait été offert à Germain, étaient inclus deux pains par jour. Germain mesurait là, une fois de plus, le choix judicieux qu'il avait fait en apprenant ce métier. Il y avait pourtant une chose qu'il n'avait pu prévoir : c'était que ses poumons, endommagés par les gaz, supporteraient mal la farine. Des quintes de toux le secouaient parfois, et il était obligé de sortir du fournil. Il s'en accommodait, espérant que les choses s'amélioreraient avec le temps, mais de toute façon il n'était pas question de changer de métier. Il avait déjà rencontré assez de difficultés dans l'exercice de celui-là ; le seul, au demeurant, qui lui permettait de manger à sa faim : de cela il avait toujours été persuadé

L'activité économique de ces années d'après-guerre demeurait faible et très perturbée. Quatre années de conflit avaient ruiné le pays, la production avait diminué de moitié, celle du blé s'était effondrée et le gouvernement avait dû instaurer un seuil maximal des prix pour éviter la spéculation, car ils avaient triplé depuis 1914. Une Chambre « bleu horizon » avait gagné sans difficulté les élections de novembre 1919. Il lui avait suffi d'exhiber sur ses affiches l'homme au couteau entre les dents, ce bolchevik qu'elle présentait comme un anarchiste, et qui avait pris le pouvoir en Russie. Elle voulait imposer à l'Allemagne les réparations les plus lourdes possibles, afin de rétablir en France l'équilibre des finances. Clemenceau avait manifesté la plus grande résolution en faisant tirer sur les manifestants du 1er mai, l'année précédente. En vain. Une vague révolutionnaire déferlait sur le pays, provoquant des grèves très dures dans tous les secteurs de l'économie, paralysant l'indispensable effort de reconstruction.

Germain ne s'en souciait pas. Il ne lui serait pas venu à l'idée de faire grève, s'il n'avait été abordé par des responsables syndicalistes, un soir, en rentrant chez lui. L'un était grand et sec, avec des tics nerveux ; l'autre petit, avec des yeux très vifs, portant autour du cou un foulard rouge. Ils l'entraînèrent dans l'arrière-salle d'un café et lui expliquèrent qu'il devait se mettre en grève par solidarité avec le mouvement ouvrier, dont il faisait partie, quoi qu'il en pense. Germain refusa. Comment aurait-il pu accepter, lui pour qui le travail représentait la seule richesse, une chance qu'il avait eu tant de mal à saisir ? Ils le traitèrent de jaune, de traître à sa classe sociale, mais Germain ne s'en émut pas, du moins dans un premier temps. Jaune, rouge, bleu horizon, qu'est-ce que cela signifiait pour quelqu'un qui avait tellement besoin de travailler et ne songeait qu'à cela ?

Il ne parla pas de l'incident à Germaine, qui était heureuse dans sa nouvelle vie, séduite qu'elle était, comme à Toulouse, par les fastes de la ville, ses vitrines et ses lumières, une liberté qui lui avait été ravie à douze ans, et dont elle profitait en allant au marché, en marchant au hasard dans les rues sans jamais s'autoriser la moindre dépense qui ne fût pas indispensable. Elle n'avait pas trouvé de place de femme de maison, car les plus nantis avaient souffert, comme les autres, de la guerre, essentiellement par la perte de leur or ou de leurs rentes.

Germain ne put lui dissimuler devant quel écueil il se trouvait, quand les deux syndicalistes l'attendirent devant sa porte et s'invitèrent chez lui, un soir du mois de juin. Leur discours devint menaçant, mais il ne plia pas. Il ne le pouvait pas. C'eût été renier tous les efforts de sa vie, renoncer à tous ses espoirs. Pour cet homme qui n'avait jamais été formé à la moindre conscience politique, sinon, celle, très vague, du bon vouloir des gouvernants trop lointains, et qui, de surcroît, avait toujours dû se battre seul, il était impensable de se croire intégré dans une classe solidaire et secourable.

Sans travailler, il n'aurait pas de pain, il ne pourrait pas vivre. C'est ce qu'il expliqua aux deux hommes de plus en plus menaçants, tout en comprenant que ce dialogue de sourds effrayait Germaine. Enfin ils partirent, non sans promettre de revenir, et, prétendirent-ils, de l'empêcher d'aller travailler. Germain et sa jeune femme restèrent seuls, soudain silencieux dans la nuit chaude de juin, un peu perdus, avec en eux la douloureuse sensation de se heurter à un obstacle qui les dépassait et mettait en péril les rares certitudes sur lesquelles ils avaient bâti leur petite vie.

— Peut-être que tu pourrais faire grève un jour ou deux, suggéra-t-elle après une longue réflexion. On ne manquera pas de pain pour si peu de temps.

— C'est impossible, dit-il, mon patron ne me gardera pas.

Ils se turent, écoutèrent s'éloigner une voiture dans la rue.

— Parle-lui, dit-elle. Il comprendra sûrement.

— Il ne comprendra pas.

— Qu'allons-nous faire ? demanda-t-elle, et il devina qu'elle pleurait.

En lui, la colère montait, froide, terrible, et le faisait trembler malgré la chaleur.

— Couche-toi, dit-il, essaye de dormir.

— Je ne pourrai pas.

Ils se tenaient face à face, de chaque côté de la petite table, à peine éclairés par la faible lumière de la rue. Il était près de minuit et il devait se lever à quatre heures. Ils finirent par s'allonger sur leur lit, mais ni l'un ni l'autre ne put trouver le sommeil.

Le lendemain, il partit au travail comme si de rien n'était, doutant d'être attendu à cette heure-là devant la porte de la boulangerie. Pourtant, à neuf heures, alors qu'il nettoyait le pétrin en compagnie de son patron, les trois fournées ayant été apportées à la boutique, les deux syndicalistes surgirent, entrant dans le fournil par la porte qui ouvrait sur une venelle, et non par le magasin. Sans même saluer le patron, ils tendirent à Germain une carte syndicale en l'appelant « camarade » et en précisant qu'il payerait quand il voudrait. Germain vit son patron pâlir, serrer les dents, et il protesta en s'efforçant de jeter les deux hommes dehors.

– Toi aussi, tu peux partir ! lança-t-il à Germain qui avait compris ce qui l'attendait dès que les syndicalistes avaient justifié leur incursion par une prétendue amitié.

Il ne se rebella pas, malgré les mots blessants qui sortaient de la bouche d'un homme qui l'avait pourtant bien accueilli et qui, lui semblait-il, l'estimait.

– Je ne veux pas de bolchevik dans ma maison ! ajouta-t-il. Crois-moi, tu n'es pas prêt de retrouver du travail par ici !

Blessé, mortifié, Germain s'en alla et marcha un long moment dans les rues avant de rentrer chez lui. Il avait l'habitude d'y déjeuner à midi, d'y faire une sieste avant de repartir au travail jusqu'au soir. Dès qu'elle le vit entrer, Germaine comprit qu'il s'était passé quelque chose de grave. Il le lui expliqua en quelques mots, et elle ne réagit pas, gardant le silence face à un événement qu'elle ne pouvait pas comprendre mais qui, comme lui, la blessait terriblement.

– Il ne t'a pas payé la semaine? demanda-t-elle enfin, doucement, très doucement, comme si elle voulait éviter une autre catastrophe.

– Non.

– Il faudrait aller le lui demander, tout de même.

– Non. Je ne veux plus rien lui demander.

– Qu'allons-nous faire?

Il avait eu le temps de réfléchir pendant les deux heures où il avait parcouru les rues, tentant d'échapper à cette menace de plus en plus insidieuse qui mettait leurs vies en péril.

– Je vais aller à Toulouse chercher une autre place, dit-il. Personne ne nous connaît là-bas.

Elle eut l'impression qu'il avait honte, qu'il portait sur lui une marque d'infamie, mais le seul nom de Toulouse avait d'un seul coup atténué la douleur qui lui nouait l'estomac.

– Les grèves vont bien s'arrêter un jour, reprit-il, et ça m'étonnerait qu'il n'y ait pas d'embauche dans une si grande ville.

Elle sourit, soulagée par cette force qu'elle avait toujours devinée en lui, même pendant la guerre, quand elle le savait exposé à un danger mortel. Dès lors, elle s'efforça de se montrer plus gaie, surtout quand il s'abîmait dans le silence, le visage grave, ressassant la blessure qu'il sentait toujours vivante en lui, et dont il souffrait jour et nuit.

Il fit ce qu'il avait projeté, exactement. Deux voyages lui suffirent pour trouver une place dans une boulangerie de la rue de l'Amiral-Galache, à deux pas de la rue Réclusane, dans le quartier Saint-Cyprien où ils avaient vécu le meilleur de leur vie. La place n'était libre qu'au début du mois de septembre, mais ce n'était pas pour lui déplaire, car il espérait que les grèves seraient terminées à ce moment-là. C'est ce qui se produisit, et ce qui les sauva, après un été passé chez la sœur de Germaine, qui avait quitté son appartement de la rue de la République pour une maison à la périphérie de la ville et pouvait les accueillir provisoirement.

12

À Toulouse, l'automne semblait avoir apaisé la fièvre du début de l'année. Comme l'avait espéré Germain, les grèves s'étaient épuisées dans la chaleur de l'été, si bien qu'un nouveau départ leur sembla possible. Ils avaient trouvé une chambre au dernier étage d'un immeuble voisin de la boulangerie, dans la même rue de l'Amiral-Galache. Le patron de Germain était un homme de grande prestance, énorme, et plein d'autorité. Il s'aperçut vite qu'il pouvait compter sur un ouvrier qui ne mesurait pas sa peine, ne se plaignait jamais, et, malgré son apparence frêle, déplaçait les sacs de farine d'un quintal sans difficulté.

Après une quinzaine de jours passés à redécouvrir le quartier d'Esquirol et les rues autour de la place du Capitole, Germaine, qui commençait à oublier la peur qui s'était emparée d'elle à Brive, se mit en quête d'une place de femme de maison. Elle trouva des ménages à effectuer chez les Saintenac, une famille de notables établie à proximité. Elle se savait enceinte depuis le mois de juillet, mais ne l'avait

annoncé à Germain que le jour de leur installation à
Toulouse, à la fin du mois d'août. Contrairement à
ce qu'elle redoutait, il s'était montré très heureux de
cette nouvelle, s'inquiétant seulement de la trouver
très fatiguée le soir. Mais ce n'était pas un problème
pour elle, persuadée qu'elle était de pouvoir mener
à bien une grossesse et son travail quotidien, à
l'exemple de beaucoup de femmes de sa condition.

Ils étaient très heureux, enfin, étonnés, même, de
gagner tant d'argent, eux qui n'en avaient jamais eu,
profitant de leurs rares heures de loisirs pour marcher le long des quais de la Garonne, ou s'aventurer
dans les beaux quartiers proches de la cathédrale.
Mme Saintenac se montrait bienveillante envers Germaine dont l'éblouissement à l'égard de la ville, et
plus particulièrement de la demeure de sa maîtresse,
l'amusait. Pas moins que Germain elle ne mesurait
sa peine, trop heureuse qu'elle était de pouvoir travailler et de rapporter dans la petite chambre sous
les toits l'argent de sa semaine, qui, ajouté à celui de
Germain, semblait constituer un rempart contre le
malheur.

Ils n'étaient pas à l'abri, cependant, d'un destin
qu'ils avaient cru favorable, mais qui les frappa de
plein fouet au début de janvier, quand Germaine fut
victime d'une fausse couche à sept mois de grossesse.
Cet accident la laissa entre la vie et la mort à l'Hôtel-
Dieu où elle avait été transportée en urgence, un
soir, perdant son sang et l'enfant qu'elle portait.
L'épreuve fut terrible, pour elle comme pour lui, et
ils ne trouvèrent jamais la force d'en parler, sinon
quelquefois, à la fin de leur vie, mais sans jamais

s'attarder sur le sujet. J'imagine que ce fut lui qui s'occupa du petit corps né sans vie, et qu'elle s'abîma dans le désespoir sans qu'il lui soit d'un secours véritable. Il avait trop à faire avec l'image de l'enfant mort – son enfant – qui le hantait, sans doute, jour et nuit. Je ne crois pas qu'elle l'ait vu ou tenu dans ses bras. Elle avait été anesthésiée, et ce n'était pas dans les mœurs de l'époque que de donner aux femmes leur enfant sitôt après la délivrance.

Huit jours plus tard, quand elle fut tirée d'affaire, ils en étaient encore dévastés, se demandant par quelle inexplicable injustice ils avaient pu perdre l'enfant de leur bonheur tout neuf. Elle dut rester allongée trois semaines durant lesquelles Germain venait la voir souvent depuis la boulangerie proche. Pendant ces moments-là, ils parlaient peu, les mots étant impuissants à traduire leur désarroi Ils n'étaient pas habitués à se plaindre mais seulement à courber le dos sous les orages, avant de trouver la force de se redresser. C'est ce qu'ils firent, patiemment, tendrement, le malheur les rapprochant davantage. Je crois que c'est durant ces mois-là qu'ils se découvrirent vraiment, qu'il comprit, lui, à quel point sa femme était aussi fragile que courageuse. Elle tint à reprendre très vite le travail chez les Saintenac où sa maîtresse avait bien voulu lui garder sa place. Ils se remirent en marche, mais ils demeurèrent ébranlés, démunis devant le sort qui les avait frappés alors qu'ils s'étaient crus à l'abri du malheur.

Le printemps précoce de l'année 1921 ramena heureusement la lumière et l'espoir dans le meublé situé dans la rue de l'Amiral-Galache. À la sortie de l'Hôtel-Dieu, Germain avait dit à sa femme tremblante les seuls mots qui lui avaient paru aptes à la consoler :

– On en aura un autre très vite, c'est la seule façon d'oublier.

À la fin du mois d'avril, Germaine comprit qu'elle attendait cet enfant qu'ils désiraient tant, et elle promit à Germain d'arrêter de travailler en juin. Elle tint promesse mais perdit sa place chez Mme Saintenac, qui, bien que comprenant la situation, ne pouvait pas rester sans femme de ménage. Moins d'argent rentra dans la maison, mais avec ce que gagnait Germain et le pain qu'il rapportait de la boulangerie, ils en avaient assez pour vivre. Germaine, cette fois, avait décidé d'être prudente, de ne pas trop marcher, de mesurer ses efforts. Le logement était si petit qu'elle venait à bout du ménage en moins d'une heure. Sa seule promenade consistait alors à se rendre à la boulangerie, à deux pas de chez elle, et elle parlait quelques minutes avec Germain ou avec la patronne qui s'était prise d'affection pour elle.

Le temps qui passait leur faisait oublier la peine d'une perte cruelle et les rapprochait d'un événement qui fut encore plus merveilleux qu'ils ne l'auraient imaginé. Germaine accoucha en effet le 24 décembre, peu avant minuit, d'une fille qu'ils prénommèrent Noëlle – ma mère, qui demeura toute sa vie auréolée d'un tel anniversaire et qui ouvrit les yeux, donc, à l'Hôtel-Dieu en cette année 1921, après que l'on fut allé rechercher le médecin accoucheur parti assister à la messe de minuit.

Soixante-dix-sept ans plus tard – c'est-à-dire en 1998 – alors qu'elle était gravement malade, j'ai conduit ma mère chez un spécialiste du centre anti-cancéreux Claudius-Rigaud, installé dans un immeuble mitoyen de l'Hôtel-Dieu dans lequel elle avait vu le jour. Je ne sais si elle a pensé à sa naissance, à l'instant où un professeur très humain, au demeurant, lui a annoncé, en ma présence et celle de mon père, qu'elle était atteinte d'un mal très avancé, difficilement opérable. Quand nous sommes sortis, nous avons marché jusqu'à un petit parking et je me suis aperçu que nous nous trouvions dans la rue de l'Amiral-Galache. Ma mère était beaucoup trop épuisée pour convoquer en elle des souvenirs secourables et nous n'étions pas trop de deux, mon père et moi, pour la soutenir jusqu'à ma voiture garée à proximité d'un lieu où ses parents avaient été heureux, il y avait si longtemps.

Heureux, c'est peu dire, surtout pour Germain qui désirait une revanche sur le sort et se promettait de donner à ses enfants tout ce qui lui avait manqué. Germaine, elle, demeurait étonnée d'avoir été capable de donner la vie à un être dont la fragilité l'affolait, durant les premiers jours, d'autant qu'elle s'inquiétait de n'avoir pas assez de lait pour nourrir sa fille, comme c'était le devoir d'une mère. Au milieu des soucis quotidiens, dominait la joie de se retrouver trois, d'avoir commencé à construire une famille envers et contre tout, même si leurs conditions de vie demeuraient précaires.

Ils n'en avaient pas conscience, en réalité, car ils n'avaient jamais connu l'aisance ou la facilité. Travailler pour vivre représentait le luxe suprême pour cet homme et cette femme qui avaient toujours dépendu de quelqu'un. Un soir, pourtant, Germain dit à sa femme à la fin d'un repas :

— Un jour, je serai patron.

— Mais comment ferons-nous pour acheter ? demanda-t-elle, intriguée.

— On n'a pas besoin d'acheter. On peut louer un fonds de commerce.

Il ne s'expliqua pas davantage. Il y avait longtemps, cependant, que l'idée lui était venue à l'esprit, probablement à la suite de son licenciement de la boulangerie de Brive. Depuis, cette idée avait fait son chemin en lui, car il devinait que la vraie liberté se situait là, qu'il deviendrait grand le jour où il n'obéirait plus à personne, qu'un homme se devait d'être indépendant. Dès lors, convaincu qu'il aurait pleinement réussi sa vie le jour où il n'aurait plus de maître, il échafauda des plans afin de conquérir cette liberté qui lui conférerait la dignité à laquelle il avait toujours aspiré. Il n'entrevoyait pas clairement l'issue, mais il s'y préparait aussi bien professionnellement que moralement. Fort de cette conviction, il s'accommodait des caprices d'un patron qui, de plus en plus, se reposait sur lui, ayant compris que cet ouvrier-là était capable d'assumer les charges les plus lourdes.

Ainsi, le temps passait, et rien ne venait troubler le bonheur de cet homme et de cette femme qui logeaient toujours dans un petit meublé sous les toits, puisqu'ils n'avaient jamais eu les moyens d'acheter la moindre table ou la moindre chaise. Combien de temps auraient-ils vécu ainsi si le hasard n'avait précipité les choses ? Encore quelques années probablement, mais Eugénie, comme à son habitude, et pourtant malgré elle, vint bouleverser la vie du jeune couple qui vivait trop loin d'elle.

Un télégramme arriva à l'automne de l'année 1922, expédié de Martel. Eugénie annonçait que Bonal, son mari, avait été frappé par une hémiplégie et en restait paralysé. Afin de la soutenir, Germain demanda un congé, mais eut toutes les peines du monde à obtenir deux jours, ce qui l'ancra dans sa conviction de « devenir son maître », comme il disait, chaque fois qu'il parlait d'avenir à sa femme.

À Murat, il trouva une Eugénie égale à elle-même, c'est-à-dire très droite, murée dans un chagrin qui ne s'avouait pas, rebelle à la moindre consolation. Elle ne baissait pas la tête, se refusait à ce coup du sort comme elle s'était refusée, toute sa vie, à ce qui pouvait la briser. Elle avait déjà pris des décisions : elle rappela auprès d'elle son fils Julien, âgé de quinze ans, qu'elle avait placé un an plus tôt en apprentissage dans la vallée. Avec lui, elle se sentait capable d'élever Henriette, et de faire face au destin qui, une fois de plus, la frappait.

271

C'est ce qu'elle expliqua à Germain, le soir de son arrivée, jusque tard dans la nuit. Il avait laissé sa femme et sa fille à Toulouse, la maison étant trop petite, à Murat, pour accueillir tout le monde. La chambre principale était désormais occupée par le malade, dont il fallait s'occuper comme d'un enfant. Non seulement l'homme sur lequel Eugénie comptait ne lui serait à l'avenir d'aucun secours, mais il était devenu une charge supplémentaire qui allait considérablement l'handicaper, elle, dans le travail.

– Il n'y a aucune possibilité de guérison ? demanda Germain.

– Aucune, répondit-elle. Le médecin ne nous a laissé aucun espoir.

– Et ça peut durer longtemps comme ça ?

– Un an comme dix. On ne sait pas.

Tout était dit. Ils se résignèrent à aller se coucher, Germain dans la cuisine, sur une paillasse.

Le lendemain matin, alors qu'il se préparait à repartir, ayant un train à dix heures pour Toulouse, Eugénie posa un regard attentif sur ses enfants réunis autour d'elle, puis elle dit à Germain :

– J'ai appris qu'un fonds de boulangerie serait libre à Beyssac l'an prochain. J'ai pas eu le temps de te l'écrire, mais maintenant tu le sais.

Ce fut tout, mais il avait compris : elle ne lui demandait pas expressément de se rapprocher d'elle – elle ne demandait jamais rien – mais elle lui signifiait que la maladie de son mari la fragilisait et que par conséquent, étant son fils aîné, il devait prendre ses responsabilités. Dans le calcul d'Eugénie, il le savait aussi, les pains gratuits de la semaine représentaient la meilleure assurance contre la faim, une certitude, une force dont elle avait besoin. Germain lui expliqua qu'il avait décidé de devenir son propre patron et que donc il ne laisserait pas passer une telle occasion. Mais il devait d'abord en parler à son épouse et bien sûr négocier avec le propriétaire, ce qu'il envisageait de faire rapidement.

Ils s'étaient compris en peu de mots, une fois de plus. Eugénie avait regroupé ses troupes, dont elle savait qu'elles lui resteraient fidèles, quoi qu'il arrivât. Elle avait toujours eu le pouvoir d'influer à sa manière sur l'avenir, afin de le construire et non de le subir. Et déjà, Germain, dans le train du retour vers Toulouse, échafaudait des plans pour obtenir deux nouveaux jours de congé le plus vite possible, ce qui n'était pas une mince affaire, en un temps où les congés payés n'existaient pas.

Il n'eut aucune peine à convaincre Germaine, même si elle savait qu'elle regretterait les fastes de la grande ville. Elle était prête à tout pour qu'il réalise son rêve : devenir patron, ne plus dépendre de personne. De surcroît, elle avait servi des maîtres à Beyssac, et la perspective d'y revenir « patronne » ne lui déplaisait pas. Comme pour lui, en fait, il s'agissait d'une revanche sur le sort, mieux encore : d'une victoire que, seule, elle n'aurait jamais pu envisager. Auprès de Germain, aujourd'hui, rien ne lui paraissait impossible.

Restait peut-être le plus difficile : conclure l'affaire avec le propriétaire, un homme qui s'appelait Marty et dont la réputation n'était pas très bonne. C'était d'ailleurs parce qu'il s'était souvent heurté avec son boulanger que ce dernier souhaitait partir. Mais Germain était prêt à passer par-dessus tous les obstacles pour réaliser un projet auquel il pensait à présent le jour et la nuit.

Il ne put revenir à Beyssac qu'en décembre, un lundi, en prenant un train qui partait à six heures du matin. Il arriva à dix heures au village où il rencontra le propriétaire, un colosse mal embouché qui était marchand de bestiaux, et dont la femme tenait une pâtisserie dans le magasin attenant à celui de la boulangerie. L'entrée dans la cour des deux commerces était commune, ce qui n'offrait pas une grande autonomie, ni à l'un ni à l'autre. Mais ce n'était pas un inconvénient majeur pour Germain qui était décidé à signer un bail le plus vite possible. Sans doute le propriétaire le devina-t-il, car il prétendit avoir plusieurs offres, de manière à faire monter le loyer de manière exagérée. Pour finir, il déclara qu'il ne choisirait pas avant six mois, son boulanger ne partant qu'à l'automne. Il veilla également à ce que Germain ne rencontre pas le boulanger en question, en l'emmenant surveiller un chargement de bestiaux à la gare, puis en l'invitant au restaurant où il lui fit miroiter une priorité, du fait qu'il était originaire de la région.

Germain, qui avait espéré conclure rapidement l'affaire, repartit à Toulouse un peu désappointé. En fait, trois voyages lui furent nécessaires avant d'obtenir, en avril, une promesse de location dont il douta jusqu'au dernier moment, c'est-à-dire jusqu'à la signature d'un bail en bonne et due forme chez le notaire de Beyssac.

Et pourtant il y avait urgence, car Germaine, qui avait été fragilisée par la mort de sa mère puis par la perte d'un premier enfant, avait été ébranlée une nouvelle fois par un événement imprévisible. Elle avait été attaquée, une nuit, par deux hommes – deux de ces gitans, lui avait-il semblé, qui campaient sur les rives de la Garonne – en rentrant de la boulangerie où elle avait accompagné Germain à quatre heures du matin. Elle n'avait dû son salut qu'à l'aide d'un boueux qui allait prendre son service. Depuis, elle demeurait persuadée que les gitans ne voulaient pas s'en prendre à elle mais à sa fille : la lui voler pour l'emmener et la vendre, peut-être, dans un pays lointain, comme la rumeur publique en courait dans la ville.

Germain lui expliquait en vain qu'ils n'en voulaient qu'à son argent, mais elle restait sur son idée, refusait de sortir, veillant sur sa fille comme sur un trésor Elle qui avait tant aimé la grande ville ne songeait plus qu'à en partir, retrouver la paix et la sécurité. Finalement elle avait beaucoup souffert à Toulouse, et c'était elle qui, maintenant, suppliait son époux de signer le bail le plus vite possible.

Quand il rentra, ce soir de juin, au retour de Beyssac, ils furent les plus heureux du monde. Restait à passer l'été qui les séparait du retour au pays et de la liberté. Germaine consentit à ressortir un peu pendant la journée, mais elle demeurait constamment sur ses gardes, apeurée, incapable de se maîtriser, ne songeant plus qu'à une seule chose : partir.

Ce fut fait à la mi-septembre, sans qu'ils eussent à se soucier d'un déménagement. Ils ne possédaient rien, ayant toujours vécu en meublé. Ils avaient économisé un peu d'argent pour payer le premier loyer et acheter une table, trois chaises, deux lits, ce qui était nécessaire pour habiter un appartement à l'étage d'une maison qui, en bas, comportait un magasin et un fournil. Pleins d'espoir et d'énergie, ni l'un ni l'autre ne doutait d'avoir franchi un nouveau pas vers une vie meilleure.

13

JE les ai souvent imaginés dans leur nouvelle demeure, et, bien plus encore, le matin d'ouverture de leur petit commerce, quand la première cliente entra : une voisine qui tenait une boutique de mercerie et leur fit compliment de leur pain avant de payer rubis sur l'ongle. Il n'y en eut pas beaucoup, ce jour-là, mais la caisse leur appartenait, désormais, et ils comptèrent leurs sous, le soir venu, n'osant croire que ces quelques pièces – parmi lesquelles un seul billet – étaient à eux et qu'ils pouvaient les ranger dans la boîte en fer-blanc où, depuis toujours, ils dissimulaient leurs rares économies.

La situation n'était pourtant pas simple : il existait déjà deux boulangers au village, de surcroît installés depuis longtemps, avec une clientèle fidèle. En fait, le fonds qu'ils géraient pratiquait surtout l'échange avec les paysans de la vallée, dans les mêmes conditions qu'à Strenquels. cent vingt kilos de pain contre un quintal de farine. Le propriétaire, fidèle à sa parole, avait heureusement veillé à ce que les

pratiques existantes ne cessent pas malgré le changement de boulanger. Mais Germain dut, la plupart du
temps, entériner des échanges qui révélaient beaucoup de retard chez les paysans. Le peu d'argent qui
rentrait provenait donc des ménages du village, lesquels testaient le nouveau boulanger, avant d'en
changer éventuellement.

Avant de pétrir, Germain devait tirer l'eau d'un
puits qui se trouvait dans la cour et donc était
commun aux deux commerces. Ensuite, ignorant la
douleur permanente de son bras droit, il pétrissait à
mains nues des tourtes et des pains longs, veillant à
ne pas trop mettre de levure pour que la pâte ne
pousse pas trop vite et ne devienne molle après
cuisson. Au contraire, il cherchait à produire un
pain craquant, très cuit, gardant longtemps cette
odeur de feu de bois qui le rendait si appétissant.

Le bois, précisément, représentait un vrai problème. Germain n'avait pas les moyens de l'acheter
et de le faire livrer, ce qui coûtait très cher, et il était
obligé d'aller le couper lui-même dans des bois qu'il
« prenait à moitié » – une moitié pour lui, une moitié
pour le propriétaire – puis de le rentrer depuis les
collines du causse voisin, dont les chênes nains donnaient au pain un parfum incomparable. Il savait que
seule la qualité lui attacherait une clientèle fiable :
celle qui payait, non celle qui pratiquait l'échange le
plus souvent à son seul bénéfice. Mais il n'était pas
possible de renoncer à cette clientèle-là, car le sur-
plus de farine dont Germain héritait normalement,
et qui représentait le bénéfice du boulanger dans la
pratique de l'échange, était gratuit.

Il achetait au meunier un peu de farine blanche de Beauce pour l'amender, car les blés de la vallée n'étaient pas toujours de bonne qualité, surtout lors des années pluvieuses, quand la rouille ou le charbon les attaquaient en mai ou en juin. Ce savant mélange de farine, agrémenté d'une pincée de farine de seigle, donnait un pain excellent dont il était très fier, et qui, peu à peu, lui amena de nouveaux clients.

La cohabitation avec le propriétaire, cependant, se révéla très vite difficile : Marty se montrait volontiers querelleur, exigeant une priorité sur l'eau du puits, encombrant la cour avec ses chevaux, reprochant à Germain de prendre trop de place dans le hangar à bois, qui, lui aussi, était commun. Dès le premier hiver, il prétendit même que ses nouveaux boulangers lui avaient volé du bois. Germain fit la sourde oreille : rien n'aurait pu le détourner du but qu'il s'était fixé. Maintenant qu'il travaillait pour lui, son objectif était désormais de se faire construire un jour une maison pour devenir totalement indépendant. Malgré des colères difficilement réprimées, il était décidé à tout supporter, à condition que les manœuvres du propriétaire n'aient pas de conséquences sur la qualité de son pain.

Le soir, Germaine et lui, près de la lampe, comptaient leurs sous, se rassuraient, vers le 15 du mois, dès qu'il devenait évident qu'ils pourraient payer le loyer à venir. Ensuite, tout ce qui entrait était bénéfice, ou presque, puisqu'ils n'achetaient pas grand-chose, si ce n'est un peu de viande, le luxe suprême, dont ils avaient longtemps été privés. Ainsi, la nourriture devint très vite la récompense d'un travail acharné, un plaisir dont ils demeuraient étonnés, et qui constituait la preuve d'une réussite, en tout cas celle d'une vie maîtrisée, malgré les difficultés de la cohabitation.

Les dimanches et les jours de fête, ils travaillaient davantage encore que les jours ordinaires. Ils ne connaissaient pas le repos. Lorsqu'il aurait pu dormir, Germain demeurait hanté par l'obsession du bois, même si, maintenant, il pouvait se faire livrer des copeaux ou les chutes des scieries voisines à bas prix, pour allumer le feu.

Les jours de foire, les 8 et 25 de chaque mois, Eugénie descendait du causse, avec Julien et Henriette, et prenait le repas du midi avec eux. Quand le rôti de bœuf arrivait sur la table, elle se redressait sur sa chaise, vérifiant une nouvelle fois qu'elle avait eu raison de laisser partir son fils, raide de fierté, définitivement rassurée sur son propre sort, surtout quand elle repartait lestée de deux tourtes énormes qui duraient facilement jusqu'à la prochaine foire.

Ainsi passaient les jours, dans les difficultés mais dans le bonheur de se savoir en sécurité et en mesure de vivre encore mieux à l'avenir, pour peu qu'ils sachent prendre les bonnes décisions. L'une d'entre elles consista à acheter un cheval et une charrette dès l'année qui suivit leur installation, afin de mettre sur pied deux tournées, et donc de vendre davantage de pain. Cela représentait évidemment du travail supplémentaire, du fait que Germain devait pétrir une troisième fournée, s'occuper du cheval, et partir sur les routes, l'après-midi, au lieu de se reposer et compenser ainsi le manque de sommeil de la nuit. Cette décision entraîna également des problèmes avec le propriétaire qui, arguant d'une occupation abusive des dépendances, augmenta le loyer. Mais rien n'aurait pu faire renoncer Germain à ce qu'il avait décidé, et ses deux tournées du mardi et du jeudi devinrent très vite rentables, augmentant leurs ressources et leur conviction de réussir définitivement dans leur entreprise.

Ils étaient d'autant mieux considérés dans le village qu'ils y étaient connus avant leur installation, qu'ils travaillaient jour et nuit, et qu'ils évitaient de prendre part aux rivalités qui s'exprimaient dans la concurrence des commerces ou les opinions politiques, en une époque où la droite et la gauche s'opposaient violemment.

En 1922, en effet, la Chambre « bleu horizon » avait trouvé son homme en la personne de Poincaré. Appelé au pouvoir, il avait augmenté les impôts de vingt pour cent, limité les dépenses des administrations et, surtout, avait entrepris de faire payer ses dettes à l'Allemagne. L'Action française, dont était membre le propriétaire de Germain, exultait, tandis que le parti communiste, bien aidé en cela par les socialistes, faisait campagne contre « Poincaré la guerre ». En janvier 1923, ce dernier avait décidé l'occupation de la Ruhr, afin d'aller chercher le charbon allemand sur « le carreau des mines ». Herriot et ses amis radicaux se gaussaient de ces manœuvres qui donnaient à l'étranger une image guerrière à la France. Cet affrontement atteignit son paroxysme lors des élections de 1924, qui consacrèrent la victoire du Cartel des gauches et la nomination d'Herriot comme président du Conseil. Cette victoire fit entrer le propriétaire en fureur. Au cours de la campagne électorale, il avait demandé à Germain de souscrire une carte d'adhésion à l'Action française, et celui-ci avait refusé. Depuis lors, Marty le soupçonnait d'être un sympathisant communiste et multipliait les incidents et les vexations. En réalité, si Germain gardait en lui le cuisant souvenir des syndicalistes de Brive, il ne se considérait pas pour autant comme faisant partie des nantis – loin s'en fallait – et ses opinions, qu'il cachait soigneusement pour ne pas heurter ses clients, allaient plutôt vers le parti radical, d'autant que celui-ci affichait maintenant des idées pacifistes.

Un soir, alors qu'il revenait, épuisé, de tournée, Marty s'opposa à ce qu'il rentre son cheval dans le réduit situé à côté du hangar à bois, au prétexte que ce n'était pas prévu dans le bail. Germain dut louer une petite étable à une centaine de mètres de là, mais, après en avoir été très contrarié, il s'en félicita : il lui sembla qu'il avait acquis un peu plus d'indépendance, mais aussi beaucoup d'empire sur lui-même. À présent, il ne se mettait plus en colère, sachant qu'un affrontement avec son propriétaire pouvait être violent et avoir de funestes conséquences. Il avait pris sa mesure, en était conscient, s'inquiétait beaucoup moins de cette cohabitation si difficile, même si Germaine continuait à avoir peur d'un homme qu'elle considérait comme dangereux.

Essentiellement à cause de l'exode des capitaux, l'écroulement du Cartel des gauches en moins d'un an provoqua le retour au pouvoir de Poincaré qui ramena la confiance et rétablit la situation économique. La fureur de Marty s'éteignit en même temps. Dès lors commença pour Germain et sa femme une période plus calme et plus heureuse, qui trouva son aboutissement dans la naissance d'un fils, prénommé Jean, en juin 1925. Germaine avait travaillé jusqu'au bout de sa grossesse, tenant le magasin, tirant l'eau du puits, s'occupant des repas, du ménage et de sa fille, si bien qu'elle était épuisée et dut rester un mois couchée après la délivrance. Eugénie vint les aider à cette occasion, manifestant la même solidarité qu'elle attendait d'eux, ce qui leur permit de passer le cap sans avoir à fermer le magasin.

Quand Germaine se leva, un mois plus tard, elle reprit son poste avec maintenant deux enfants en bas âge, la charge du magasin et l'aide indispensable à Germain au fournil. Mais qu'importaient la fatigue et les journées sans fin ? Pour lui comme pour elle, construire une vraie famille, se conduire en parents responsables, représentait une revanche sur leur vie, ayant tous les deux souffert de l'absence d'un père.

Sa tournée du mardi faisait passer Germain à Saliac, où, bien évidemment, il servait des femmes qui l'avaient connu quand il était enfant. Louisa était très vieille, mais toujours en vie et toujours seule. Germain faisait chaque fois le détour pour lui donner du pain et s'arrêtait quelques instants dans la maison où il avait vécu pendant sept ans, en l'absence d'Eugénie. Il n'agissait pas ainsi pour ressasser le passé, mais pour secourir Louisa et, sans doute, mesurer le chemin parcouru depuis cette époque où il se sentait si mal, cherchant son père partout, appelant de tous ses vœux le retour de sa mère. Tout le monde, à Saliac, l'appelait Germain, et il devinait dans cette familiarité une affection qui le touchait.

Il prenait plaisir à ces tournées qui le faisaient vivre au grand air, loin de la pénombre du fournil, seul sur sa charrette, conscient de l'exercice d'une liberté gagnée de haute lutte, parlant de temps en temps à son cheval qui connaissait la route, à présent, et qui était capable de le mener où il fallait si Germain s'endormait. Il s'endormait souvent, en effet, le manque de sommeil le faisant tomber brusquement dans l'inconscience pendant quelques minutes, le temps qu'un cahot de la route le fasse sursauter, se redresser, puis reprendre les rênes un moment abandonnées. Il passait au mileu des hameaux et des villages, s'arrêtait sur les places, vendait ses tourtes brunes aux commerçants et aux artisans, mais il était rare qu'il fasse halte dans les fermes, sinon pour livrer le pain cuit en échange de la farine. Il préférait que les paysans vinssent le chercher eux-mêmes à la boutique, de manière à ne pas encombrer la charrette d'un pain qui ne rapportait pas d'argent.

Pourtant, si ces deux après-midi dans la campagne lui étaient vraiment agréables pendant la belle saison, elles devenaient pénibles dans le froid et la pluie. Pour un boulanger il est toujours difficile – et dangereux – de passer brusquement de la chaleur du fournil au froid du dehors. Et malgré la bâche que Germain déployait au-dessus de lui les jours de grêle ou de neige, le vent du Nord pénétrait dans ses poumons fragilisés par les gaz de la guerre. Ce qui devait arriver arriva au cours du mois de janvier qui suivit sa première tournée : il prit froid, se mit à grelotter, arriva chez lui à la nuit tombée, si bien que Germaine dut elle-même s'occuper du cheval pendant qu'il se couchait.

La toux survint, l'empêchant de dormir, et dès le matin il se mit à délirer. Heureusement, exerçait au village un vieux médecin qui possédait une longue pratique des pneumonies. Il parvint à faire tomber la fièvre au bout de quatre jours, puis à casser la toux au bout de huit, non sans s'inquiéter des conséquences de la maladie sur un homme à la poitrine trop fragile.

– Il faut arrêter les tournées, au moins pendant l'hiver, ordonna-t-il un soir, alors que Germain, sans forces, se désolait de n'avoir pas été capable de travailler depuis huit jours.

Ils avaient fait appel à un boulanger à la retraite que Germaine avait aidé, la nuit, à pétrir et à allumer le four. Elle était épuisée elle aussi, mais elle ne songeait pas à s'en plaindre. En revanche, elle était de l'avis du médecin : il fallait renoncer aux tournées en hiver.

– C'est à ce moment-là qu'ils ont le plus besoin de pain ! s'insurgea Germain.

– Peut-être, trancha le médecin, mais à la prochaine pneumonie vous ne serez plus là pour le leur porter.

Il fallut se résoudre à abandonner ces tournées, ce qui consuma Germain d'une colère sourde vis-à-vis de la guerre et de ses conséquences. À partir de ce moment-là, comprenant qu'il avait laissé sur le front le meilleur de ses forces, il changea, se ferma, même vis-à-vis de sa femme à laquelle, pourtant, il avait toujours manifesté un respect irréprochable. Elle s'en émut, mais ne le montra pas : elle avait toujours nourri envers lui un amour aveugle, une admiration pour sa force et son courage, et elle ne pouvait lui en vouloir du moindre mouvement d'humeur.

Ce fut le cas toute leur vie, même pendant leur vieillesse, à l'époque où je les ai le plus côtoyés. Ils s'adressaient l'un à l'autre avec des égards dont les gens n'usaient guère dans les campagnes. Elle cherchait souvent son regard, et demandait, quand elle avait eu l'impression de sortir imprudemment de sa réserve naturelle :

– Pas vrai, Germain ?

Ce regard qu'il lui rendait alors en l'approuvant de la tête me faisait entrer dans leur monde, dont je pressentais la beauté. Ni la pauvreté qui fut la leur, ni les épreuves, ni la maladie n'entachèrent jamais un amour qui ne disait pas son nom et s'exprimait le mieux dans le silence. Et Dieu sait si les épreuves ne les avaient pas épargnés, dans leurs dernières années comme au cours de leur jeunesse, à l'époque où Germain mesurait les limites que lui imposaient ses blessures de la guerre.

Comme si elles ne suffisaient pas, une attaque de charbon pestilentiel sur les blés apporta la désolation dans les campagnes. Germain, qui avait l'habitude de s'arrêter au bord des champs, lors de ses tournées, pour estimer la valeur panifiable des épis, s'en aperçut en juin, l'année d'après sa pneumonie. Une récolte entière fut perdue. Il dut alors passer de ferme en ferme pour annoncer la mauvaise nouvelle, à savoir qu'il ne pourrait pas faire l'avance d'une année, car il n'était pas en mesure d'acheter une quantité de farine de Beauce équivalente à celle de la récolte perdue. C'était là une dépense qu'il ne pouvait pas assumer. Beaucoup de paysans le quittèrent pour rejoindre l'un ou l'autre des deux boulangers du village, qui, lui, installé depuis longtemps, consentirait une telle avance.

Le coup qu'on lui porta ainsi le meurtrit terriblement, mais il n'en tint pas rigueur à ceux qui l'avaient quitté. Au contraire, quand il reprit les tournées, au printemps suivant, et que certains paysans n'eurent plus de pain du fait que les nouvelles conditions de l'échange s'étaient effectuées à leur détriment, il lui arriva de les dépanner d'une tourte ou deux, surtout lorsque c'étaient les femmes qui l'arrêtaient au bord des routes, deux ou trois enfants accrochés à leur jupe.

Il retira de ce malheur une réputation de générosité qui le servit, finalement, une fois la crise passée. Alors les hommes osèrent l'aborder pour s'excuser de leur défection.

– On ne pouvait pas faire autrement, plaidaient-ils. Vous pouvez le comprendre : on ne peut pas vivre sans pain.

— Moi, répondait-il, je ne peux pas acheter de la farine pour tout le monde pendant une année.

— En tout cas vous nous avez bien aidés. Si vous le voulez, on reviendra chez vous.

Il ne refusait pas car il n'avait pas le choix, mais une secrète amertume l'habitait. Il vécut dès lors dans la hantise d'une maladie du blé, surtout les années de pluies. Or il s'en produisit une, deux ans plus tard, qui apporta la rouille et donc une baisse de la valeur panifiable du blé. Germain dut annoncer de nouveau une mauvaise nouvelle, heureusement moins grave que la précédente : il ne pourrait livrer que quatre-vingts kilos de pain contre cent kilos de farine. C'était déjà là, pour lui, un effort immense, mais, une nouvelle fois, quelques paysans le quittèrent.

Heureusement, la clientèle des villages et des bourgs, elle, demeurait fidèle, les conditions économiques s'étant améliorées. Poincaré, de retour au pouvoir après l'échec du Cartel des gauches, réussit une stabilisation de fait en 1926, qui fut suivie, en 1928, d'une stabilisation de droit qui créait le « franc Poincaré », lequel représentait 65,5 milligrammes d'or fin. Le gouvernement avait ainsi pu régulariser sa dette, créer une caisse d'amortissement qui assurait aux petits porteurs le remboursement de leurs créances, même si elles étaient dévaluées. Il avait également augmenté les impôts et trouvé un équilibre budgétaire qui avait finalement sauvé le franc sans aucune aide extérieure.

Ainsi, le pays avait à peu près retrouvé son niveau de vie d'avant la guerre, et, en 1928, les candidats poincaristes avaient gagné les élections. Le climat politique, même dans les campagnes, s'apaisait : une gauche réformiste, non révolutionnaire, disputait le pouvoir à une droite conservatrice, mais libérale. Il semblait que le bout du tunnel fût en vue, et un certain optimisme favorisait les affaires, donc les commerces, y compris les plus petits et les plus isolés.

Peut-être est-ce cet optimisme qui incita Germain et sa femme à avoir un troisième enfant, qui naquit au mois de mars 1929. Une fille, qu'ils prénommèrent Georgette, et qui les emplit de bonheur. Surtout lui, qui avait toujours espéré une famille nombreuse, sans doute pour trouver ce qu'il n'avait pas eu la chance de connaître : une maisonnée heureuse et unie, à qui il ferait don de toute sa force et de tout son amour. Un amour indicible, pour lui qui ne savait pas en parler, et d'autant plus beau qu'il s'exprimait dans des gestes retenus, des regards, de magnifiques silences où le bleu de ses yeux s'illuminait brusquement d'une lumière précieuse.

Germaine, elle, avait beaucoup de peine à se remettre, malgré l'aide que lui avait apportée Eugénie, toujours fidèle, témoignant d'une solidarité sans faille, d'une force que les années et les drames n'altéraient pas. Les accouchements, pour Germaine, avaient toujours été difficiles, et cependant elle se relevait vite pour faire face aux tâches innombrables qui l'assaillaient, depuis tôt le matin jusque très tard le soir. Mais il n'était pas question de prendre le temps de se reposer, pas même le dimanche, d'autant qu'ils rêvaient maintenant de mettre de l'argent de côté pour faire construire une maison. La leur. Celle qui les mettrait à l'abri des colères et des caprices du propriétaire : le nouveau rêve de leur vie.

Ils n'étaient pas au bout de leur peine, mais ils ne le savaient pas. Un matin, six mois après la naissance de leur troisième enfant, alors que Germain quittait le fournil pour venir déjeuner, il trouva sa femme allongée, inerte, sur le plancher de la salle à manger. Il la porta sur son lit, et envoya sa fille aînée chercher le médecin, qui, l'ayant auscultée, prit Germain à part pour lui avouer de vives inquiétudes.

— Il va falloir vous préparer au pire, mon pauvre, lui dit-il en posant sur lui des yeux compatissants.

— Qu'a-t-elle, au juste ?

— Le cœur est très fatigué. C'est étonnant, à son âge, et cela ne laisse augurer rien de bon.

— Qu'est-ce qu'il faut faire ?

— D'abord il faut qu'elle se repose, beaucoup et longtemps. Ensuite nous aviserons.

Germain garda un instant le silence, puis il demanda doucement, hésitant sur les mots :

— Vous croyez qu'elle va mourir ?

— Je crains qu'il ne lui reste que peu de temps à vivre.

Pour lui, tout s'écroula, mais il fit face, comme il en avait l'habitude, d'abord pour ses enfants dont il sentait le regard posé sur lui, lors des repas qu'il préparait lui-même, aidé seulement par Noëlle, sa fille aînée âgée de huit ans. Comme on était en septembre, il arrêta les tournées un mois plus tôt que d'habitude. Il travaillait la nuit, servait au magasin, s'occupait de ses enfants, de la maison, mais il devait aussi rentrer le bois avant l'hiver, et il comprit qu'il ne parviendrait pas à faire face à tout.

Il décida alors de prendre quelqu'un à domicile pour s'occuper des enfants, mais quand il fit part à Germaine de sa décision, elle se sentit tellement coupable qu'elle se leva et reprit le travail. Aidé en cela par le médecin, Germain voulut l'en empêcher, mais il n'y parvint pas. Les conséquences ne se firent pas attendre : trois jours plus tard, elle perdit brusquement conscience dans le magasin, et il fut question de l'hospitaliser. Quand Germain le lui annonça le soir même, elle se redressa, hagarde, sur son lit, et le supplia de la garder près de lui :

– Je te promets d'être prudente, de me reposer le temps qu'il faudra.

Il hésita, finit par céder, car il savait que ses enfants avaient besoin d'elle – au moins de sa présence, même si elle ne pouvait pas s'occuper d'eux.

– Vous prenez vos responsabilités, lui dit le médecin. S'il lui arrive malheur, je vous aurai prévenu...

Je l'ai souvent imaginé, cet homme, pris entre le désir de ne pas éloigner sa femme de ses enfants et la nécessité de la faire soigner comme il aurait fallu. Il devait être hanté par le risque qu'il avait pris, durant les nuits où il travaillait seul au fournil, obsédé par l'idée qu'il allait peut-être la perdre, qu'il pouvait se retrouver seul avec trois enfants, dont une fille en bas âge. Où a-t-il pris la force de tout porter sur ses épaules ? Dans les combats qu'il menait depuis son plus jeune âge ou dans la conviction d'avoir survécu à des épreuves bien plus terribles encore ? Les deux, sans doute, puisqu'il ne plia pas, pas plus que n'avait plié Eugénie devant la cruauté du sort.

Il loua les services d'une femme d'une cinquantaine d'années, prénommée Louise, qui lui fut utile pour le ménage et la cuisine, mais que les enfants n'aimaient pas. Surtout Noëlle, qui, malgré son jeune âge, prétendait pouvoir remplacer sa mère. De surcroît, cette Louise prisait, et l'on retrouvait des brins de tabac un peu partout. Il n'était donc pas question qu'elle mette les pieds dans le magasin, ce qui le contraignait, lui, à ne pas s'éloigner, sauf quand Noëlle était rentrée de l'école, car, à huit ans, elle savait compter et elle était capable de rendre la monnaie.

Ce fut un hiver terrible, surtout quand il se retrouvait face à ses enfants, le soir, qui l'accablaient de questions : est-ce que leur mère allait guérir ? Et quand ? Et pourquoi ne pouvait-on pas la soigner ? Il les rassurait de son mieux, mais il demeurait en lui-même persuadé d'une issue fatale, surtout lorsqu'il montait la voir dans sa chambre – le plus souvent possible – et qu'il constatait sa pâleur, les cernes de ses yeux, le pauvre sourire posé sur ses lèvres blanches, d'où le sang paraissait s'être retiré.

À Noël, malgré le surcroît de travail, il leur acheta un jouet à chacun, qu'il déposa sur les sabots, souhaitant leur donner l'illusion que rien n'avait changé dans la maison. Germaine se leva à cette occasion, pour vivre l'instant de la découverte émerveillée des jouets par leurs deux aînés. Ensuite, elle se recoucha mais il sembla à Germain que cette petite fête improvisée lui avait fait du bien.

L'année 1930 s'annonça dans le vent et le froid. Trois mois passèrent encore, avant que Germaine reprenne figure humaine. Cette amélioration coïncida avec l'autorisation donnée par le médecin de lui confier la garde de sa fille dans sa propre chambre, ce qu'il avait longtemps refusé, exigeant pour elle un repos total. Quand Germain lui demandait de quoi elle souffrait exactement, il répondait qu'il ne le savait pas, mais que son extrême faiblesse était préoccupante. Il n'avait pas tort. Je sais aujourd'hui, après en avoir parlé avec ses enfants, qu'elle souffrait uniquement d'épuisement. Six mois de repos et la présence de sa fille près d'elle réussirent à la remettre sur pied au grand soulagement de Germain, qui, lui, n'en pouvait plus. Quand elle se releva, en avril, il faillit s'écrouler à son tour, tant il avait eu peur. Mais une fois de plus l'héritage précieux d'Eugénie, cette force issue des rochers du causse, le fit tenir debout et franchir l'obstacle. Les beaux jours achevèrent de noyer dans la lumière de la vallée le souvenir d'une année terrible, qui avait failli détruire l'îlot de bonheur qu'ils avaient eu tant de mal à construire.

14

ILS en demeurerent fragilisés pendant quelques mois, redoutant chaque jour une rechute, puis l'énergie qui était en eux leur permit d'oublier ce qui s'était passé, de se tourner vers l'avenir et de reprendre leur marche en avant. Deux années s'écoulèrent sans le moindre nuage, avant que la crise économique ne vienne de nouveau mettre en péril leur existence. Ces deux années s'achevèrent sur deux événements d'importance, l'un heureux, l'autre malheureux : la naissance d'un deuxième fils, prénommé Robert, au mois de juin 1932, et l'échec de leur fille aînée, à l'examen des bourses, ce même mois.

Noëlle désirait devenir institutrice, et ce projet représentait pour ses parents un aboutissement, une réussite qu'ils avaient souhaitée de toutes leurs forces. Elle se montrait brillante à l'école, avait sans peine réussi le certificat d'études, mais ils ne pouvaient pas payer des études supérieures, d'où l'idée de l'instituteur, qui croyait en elle, de l'envoyer passer l'examen des bourses à Cahors. Tous étaient confiants, et fiers, surtout Germain, qui devinait dans le métier d'instituteur un prestige qui, de surcroît, garantissait une sécurité à laquelle il avait, lui, toujours aspiré.

Ce fut un échec total, cinglant, qui les meurtrit, tous, douloureusement. Je l'ai souvent entendu raconter par ma mère, qui, bien des années plus tard, ne s'en était pas totalement remise. Elle l'expliquait par le fait qu'elle n'avait pas su répondre à une question sur Madagascar, dont elle n'avait jamais entendu parler à l'école. J'ai toujours été étonné – vaguement incrédule même – par l'intransigeance d'un examinateur qui ne pouvait pas ne pas percevoir l'intelligence bien au-dessus de la moyenne de cette enfant, et combien elle méritait de réaliser son rêve. La sanction, brutale, sans appel, l'ébranla dangereusement. Je suis persuadé qu'elle lui donna – comme à ses parents qui en nourrirent toute leur vie le regret – la sensation d'un monde interdit, qui les renvoyait à leur modeste condition, sans espoir d'en franchir les barrières.

Ce mur dressé devant elle – devant eux – les frappa de stupeur mais n'entraîna de leur part aucune récrimination. Ils firent front, tentèrent de trouver des points positifs dans une injustice qui les avait blessés : le premier était que Noëlle allait pouvoir aider sa mère de nouveau fatiguée par la naissance d'un deuxième fils. Le second qu'ils allaient la garder près d'eux, au lieu de la voir s'éloigner et, peut-être, la perdre définitivement. Il n'en reste pas moins que la blessure demeura vive de longues années dans l'esprit de ma mère, sans doute jusqu'à ce que ses propres enfants, mes frères, ma sœur, et moi, puissent poursuivre des études secondaires et universitaires. Je suis persuadé qu'elle vécut le succès de ses enfants comme une revanche, probablement même une victoire. Vingt années avaient suffi pour gravir les premiers barreaux de l'échelle sociale à laquelle on lui avait cruellement refusé l'accès. Mes grands-parents, eux aussi, vécurent assez longtemps pour assister à cette revanche et leur satisfaction en fut grande. Je pense qu'elle les apaisa, d'autant qu'ils avaient conscience, comme mes parents, d'avoir joué leur rôle sur ce long chemin peuplé d'obstacles.

Ce qui demeure le plus regrettable, sans doute, c'est que cet échec eut de graves conséquences sur l'avenir des frères et sœur de ma mère. En effet, Germain décréta que, sa fille aînée n'ayant pu faire d'études, il n'était pas question que ses autres enfants en fissent. Il tenait à ce qu'il n'y eût aucune différence entre eux, à n'en favoriser aucun parce qu'il était bien entendu – sans d'ailleurs le dire – qu'il les aimait tous autant, et qu'ils bénéficieraient donc tous de la même affection, mais aussi des mêmes droits et des mêmes devoirs.

Quoi qu'il en soit, en 1932, il n'avait pas le temps de s'appesantir davantage sur un événement qu'il ne comprenait pas. En effet, la crise économique née aux États-Unis en 1929 commençait à provoquer des dégâts en France, aussi bien dans le secteur agricole que dans le secteur industriel. La gauche radicale et socialiste avait gagné les élections, mais ni Blum ni Herriot ne pouvait définir une politique financière, car ils n'avaient aucun pouvoir dans ce domaine. Les campagnes subissaient la baisse continue des prix agricoles et les petites propriétés ne pouvaient survivre. Le prix du blé s'était effondré de trente pour cent. L'État se préoccupait plus de défendre la monnaie que de relancer l'économie. De juillet 1929 au printemps de 1932, huit ministères s'étaient succédé, mais aucun n'avait réussi à redresser une situation catastrophique, dont les causes essentielles venaient de trop loin.

Germain avait tenté tant bien que mal de maintenir les bases de l'échange, mais, à la fin de l'année 1932, il dut y renoncer. D'après ses calculs, il ne pouvait plus donner que soixante kilos de pain contre un quintal de farine. Beaucoup de paysans renoncèrent alors à l'échange et remirent en marche les fours artisanaux pour cuire le pain eux-mêmes. Germain dut acheter de la farine de Beauce qui, heureusement, n'était pas chère, mais il vendit moins de pain, car l'argent était rare, du fait que la crise touchait également les habitants des bourgs et des villages. Les recettes chutèrent dangereusement, et chaque fin de mois revint le souci du loyer à payer.

Il ne fallait attendre aucune faveur du propriétaire dont le commerce subissait aussi les conséquences de la crise, et que la situation politique, de nouveau, rendait fou. Alors, malgré l'approche de l'hiver, Germain repartit sur les routes, espérant compenser le manque à gagner grâce à de nouvelles tournées. Hélas, s'il en vendit un peu, il dut, souvent, faire l'aumône d'une tourte à des femmes qui l'attendaient au bord de la route et lui promettaient de le payer avant la fin de l'année. Il donnait du pain en sachant que ces familles-là ne pourraient pas s'acquitter de leurs dettes, tout en demeurant convaincu, comme l'était d'ailleurs Germaine, que le pain ne se refusait pas.

Heureusement le prix en était réglementé, et s'il n'augmentait pas, au moins il ne risquait pas de s'écrouler, ce qui conférait au métier un peu de sécurité. Mais il devait de nouveau affronter le froid et la pluie protégé par une canadienne et, sur la poitrine, entre un épais tricot de laine et la peau, par des journaux censés couper le vent. Comment put-il passer cet hiver-là sans encombre ? Je ne le sais pas. Sans doute prit-il de nombreuses précautions, afin d'éviter une nouvelle pneumonie.

Toujours est-il qu'il franchit l'obstacle et que le fragile équilibre sur lequel était bâtie leur vie ne se rompit pas. Ils continuèrent à travailler tant bien que mal, tout en s'accommodant des gesticulations de leur propriétaire que la situation politique exaspérait : les scandales financiers avivaient l'affrontement entre le gouvernement et les ligues, la plus influente étant celle des Croix-de-Feu, dont Marty était au village le principal représentant.

– Toi qui es un ancien combattant, disait-il à Germain, toi qui as versé ton sang pour ton pays, comment peux-tu accepter de le voir aujourd'hui entre les mains des corrompus et des escrocs ?

Et, comme Germain ne répondait pas, il ajoutait avec véhémence :

– Bientôt, si nous n'y prenons garde, nous ne serons pas gouvernés par des radicaux affairistes, mais par les communistes. C'est donc ce que tu veux ?

– Ce que je veux, c'est travailler en paix, répondait Germain.

– Et tu crois que le jour où les bolcheviks auront pris le pouvoir, tu pourras travailler en paix ?

– Ce jour-là, s'il arrive, j'aviserai.

– Tu aviseras s'ils t'en laissent le temps !

Le lendemain, Marty revenait, insistait de plus en plus violemment :

– Allez ! prends-moi cette carte, et tu verras ce que le colonel de La Rocque est capable de faire pour sauver le pays !

– Je n'en veux pas, répondait Germain, ni de celle-là ni d'aucune autre.

– Dans ce cas, je considère que tu fais partie de nos ennemis et je vais te mener la vie dure.

Ce n'étaient pas les premières menaces, mais elles n'avaient jamais vraiment été suivies d'effet. Quinze jours plus tard, en fin de matinée, Germain vit apparaître les gendarmes, lesquels lui annoncèrent qu'ils enquêtaient à la suite d'une plainte de M. Marty pour un vol de bois dans sa propre cour. Ils ne lui dissimulèrent pas qu'il était le principal suspect, et qu'il allait devoir s'expliquer. Ce qu'il fit du mieux qu'il le put, en leur montrant une séparation dans le hangar commun, et tout en s'apercevant, en même temps, qu'elle avait été déplacée. L'épreuve fut terrible, car toute sa vie avait été placée sous le signe d'une honnêteté scrupuleuse. Se savoir ainsi suspecté était pour lui insupportable. Il ne dut son sceau qu'à la réputation belliqueuse de Marty, qui accablait les gendarmes de plaintes innombrables. L'affaire en resta là, mais non ses persécutions qui culminèrent en février 1934, au moment où les ligues firent la démonstration de leur toute-puissance en menaçant de jeter les députés à la Seine. Marty se mit alors à pérorer sur le trottoir, invectivant tous ceux qui étaient censés ne pas partager ses idées et les menaçant des foudres du colonel.

Pour Germain, sa décision était prise : il fallait partir, quel que soit le prix à payer. Il en parlait souvent avec sa femme, le soir, et tous deux avaient abouti à la conclusion qu'il était peut-être temps de faire construire cette maison à laquelle ils rêvaient. Mais comment ? Avec quel argent ? Il n'était pas question d'emprunter, car dans l'esprit de Germain – et cette évidence l'habita toute sa vie – on ne pouvait dépenser que l'argent qu'on avait gagné.

De l'argent, ils en avaient économisé un peu à force de travail et de privations, mais pas suffisamment pour financer une maison. Il résolut alors d'agir par étapes, c'est-à-dire de faire intervenir les artisans au fur et à mesure qu'il pourrait les payer. Cela prendrait le temps qu'il faudrait, mais au moins, de cette manière, il était certain de pouvoir vivre un jour « chez lui ».

Cette décison, prise au plus fort de la crise économique, il n'y avait que lui qui pouvait la prendre. Germaine avait peur. Elle était prête à tout, même à subir les persécutions du propriétaire, pour ne pas mettre sa famille en danger. Germain, lui, avait toujours construit sa vie à la force de ses bras, et il se sentait capable de travailler la nuit au fournil et d'aller aider les ouvriers le jour. Il acheta un terrain au bord de la route principale, à deux cents mètres de sa boulangerie, près de la gare et face à la forge du maréchal-ferrant où les paysans se succédaient à longueur de journée : autant de clients potentiels qui n'auraient que la route à traverser pour acheter du pain.

Je l'ai souvent imaginé le jour de la signature de l'acte notarié qui, pour la première fois de sa vie, le rendait propriétaire d'un bien immobilier. Il avait trente-sept ans. Il était fier, heureux infiniment, j'en suis sûr, du chemin parcouru. Fermant les yeux, je les ai souvent vus, elle et lui, contemplant l'extrait de l'acte notarié sur la table de leur cuisine, un peu tremblants, vaguement incrédules, les larmes aux yeux. J'ai aussi imaginé souvent le moment où il l'a annoncé à Eugénie descendue à la foire. Je l'ai vue se redresser, j'ai vu ses yeux briller, et un sourire, vaguement esquissé, se dessiner sur ses lèvres. Elle n'a pas prononcé le moindre mot. Elle a longuement examiné le document, puis elle l'a reposé sur la table et son regard a enfin effleuré son fils, comme pour vérifier qu'il s'agissait bien de celui qu'elle avait laissé partir, à l'époque où elle avait tant besoin de lui.

Pour ce fils, restait à accomplir le plus difficile : monter les murs de ce qui serait peut-être un jour une maison. Il fit établir un plan sommaire, acheta des pierres, embaucha un maçon retraité qu'il paya à la journée et nourrit à midi et le soir. Chaque fois qu'il avait un moment de libre, Germain allait l'aider. Il travaillait donc la nuit, s'occupait de rentrer du bois, la farine, faisait deux tournées par semaine et montait les murs le reste du temps. À la maison, Germaine était secondée par sa fille aînée, qui n'allait plus à l'école, aussi bien au magasin que pour les travaux de ménage ou de couture.

Après les événements de février 1934, la situation politique s'était un peu améliorée. On était allé chercher l'ancien président de la République Gaston Doumergue pour former un gouvernement d'union. Il avait fait appel à Tardieu et au maréchal Pétain, ce qui avait calmé les ligues. Le fascisme en plein essor en Italie et en Allemagne ne provoquait en France qu'une politique de non-intervention, et sa menace demeurait lointaine.

La situation économique, elle, s'était stabilisée, au moins provisoirement, et le pain demeurait le bien le plus précieux : autant dire une dépense obligatoire pour les familles. C'était le bien de consommation, qui, au bout du compte, souffrait le moins de la crise. Grâce aux tournées effectuées par Germain, les recettes permettaient de vivre et d'acheter les matériaux pour la maison.

Au printemps 1935 il était de nouveau épuisé, squelettique, et toussait beaucoup à cause de la pluie et du froid. Cela ne laissait pas d'inquiéter son épouse, à qui il répondait :

– Une fois chez nous, tout ira mieux. Je pourrai alors me reposer.

Il se sentait à présent acculé à une marche forcée vers un déménagement qui devenait de plus en plus urgent, le propriétaire menaçant de les jeter dehors chaque fin de mois. Depuis que Germain avait acheté le terrain, en effet, Marty avait compris que cet homme-là ne serait jamais son sujet et il ne songeait qu'à lui trouver un successeur capable de lui faire concurrence.

– Tu as voulu te faire plus grand que tu n'es ! lançait-il à Germain, eh bien tu vas tomber de haut, c'est moi qui te le dis !

Germain ne répondait pas. Il mobilisait toutes ses forces pour réaliser l'œuvre de sa vie. En avril, Julien, son frère, qui avait appris le métier de charpentier pendant les mois d'hiver chez un artisan de la vallée, vint tailler une charpente dans le bois acheté par Germain, et, aidé par son patron, la leva à la fin du mois de mai, auréolée pour finir d'un bouquet de fleurs des champs. Fin juin, la maison était couverte. Elle existait enfin, et Germain venait la voir tous les jours. Le temps pressait. Il ne supportait plus les insultes et les menaces du propriétaire. Même les enfants en souffraient à présent. Toujours aidé par Julien, il monta les cloisons, bâtit un four sommaire, et décida de déménager fin septembre, bien que rien ne fût terminé. La maison était à peine habitable, mais c'était sa maison – leur maison – et, de ce fait, la plus belle qu'il y eût au monde.

Ils n'avaient plus d'argent, ils étaient éreintés tous les deux, mais ils étaient chez eux, heureux simplement de ne plus entendre les vociférations du propriétaire, ni ses menaces, ni ses discours enflammés qui portaient en germe les malheurs des années à venir. Mais de malheur, il n'en était point question. Chaque matin, en se levant, Germain n'osait croire qu'il était chez lui. Il se mettait au travail avec une ardeur décuplée, pétrissant le pain avec soin, le cuisant avec le bois de chêne le plus sec, le portant au magasin qui s'ouvrait sur la rue principale, face au maréchal-ferrant dont le métier n'avait pas encore subi l'amorce du déclin irréversible qui allait le condamner. Et, comme Germain l'avait prévu, les paysans profitaient de l'immobilisation de leur cheval et de leur charrette pour acheter du pain, aussi bien que les voyageurs descendus de la gare voisine.

Dans la maison, ni lui, ni Germaine, ni leurs enfants n'accordaient d'importance aux murs blancs, sans papier, à l'échelle meunière qui conduisait à l'étage – Julien n'ayant pu encore construire l'escalier –, à l'austérité des lieux chauffés simplement par une cheminée, mais dont la flamme projetait dans l'âtre des étincelles d'or.

En écrivant ces lignes, il me vient à l'esprit que c'est dans cette maison que je suis né, douze ans plus tard, à l'étage, fenêtre de droite, car ma mère et mon père n'avaient pas les moyens de se loger ailleurs. Ainsi, je suis né, moi, dans la maison de Germain. Je crois que je pourrais répéter ces mots des centaines de fois et ils ne cesseraient pas d'éveiller en moi le même écho magnifique et sacré. À la réflexion, il m'est agréable de penser que je dois sans doute à cette naissance une force qui ne m'aurait pas été consentie ailleurs. Une force et une volonté qui m'ont permis, comme à Germain, de soulever des montagnes au cours de ma vie, laquelle n'a pas été aussi éprouvante que la sienne – loin s'en faut – mais qui m'a permis de réaliser des rêves qui, de prime abord, m'apparaissaient interdits.

Aujourd'hui, je passe souvent devant les murs de cette maison si douloureusement acquise. Chaque fois je pense à cet homme qui l'a souhaitée, voulue, rêvée, bâtie, et qui, une fois de plus, avait mis sa santé en péril pour que sa famille vive mieux. Il devait le payer cher, mais jamais le moindre regret ne sortit de sa bouche.

Au printemps suivant, le Front populaire, né d'un rassemblement des masses sur le thème de l'antifascisme, prit le pouvoir avec la participation des communistes. Malgré les hésitations d'Herriot, les radicaux avaient rejoint le mouvement dont l'union avait surtout été réalisée dans la rue. En France, on redoutait une guerre civile semblable à celle qui venait d'éclater en Espagne. « Le pain, la paix, la liberté » : tel était le slogan de la gauche. Il ne pouvait que séduire Germain, qui, en outre, voyait d'un bon œil se mettre en place la politique de Georges Monnet qui proposait aux agriculteurs un plan de lutte contre la baisse des prix. Ainsi, les campagnes s'étaient-elles ralliées à la SFIO qui arrivait en tête de tous les partis de gauche.

Le gouvernement créa l'Office du blé qui alignait le prix des céréales sur l'indice général des prix. Les paysans obtinrent ainsi – comme les ouvriers dont les salaires avaient été relevés de douze pour cent – une augmentation substantielle de leurs ressources. Germain s'en félicita, évidemment, sans se douter que le gouvernement n'avait pas les moyens de sa politique économique. La dévaluation décidée à chaud ne put arrêter l'hémorragie des capitaux, si bien que les épargnants ne firent pas confiance à la nouvelle monnaie. Rendus furieux par la position non interventionniste de Blum en Espagne, les communistes protestèrent vivement contre la pause réclamée par le gouvernement en février 1937.

C'est dans ce contexte économique très difficile que Germain, qui n'avait pas réussi à mettre un franc de côté depuis qu'il avait fini de payer la maison – dont les travaux de finition avaient été réalisés l'année précédente –, avait dû prolonger les tournées au cours de l'hiver. Il reprit froid, dut s'aliter, victime cette fois non pas d'une simple pneumonie, mais d'une pleurésie. Et de nouveau la peur entra dans la maison, attisée par le médecin qui savait à quel point l'état d'épuisement dans lequel se trouvait son patient le mettait en danger.

Germaine fit appel au vieux boulanger qui l'avait déjà aidée une fois, et Noëlle, maintenant âgée de quinze ans et demi, prétendit pouvoir faire les tournées. Il fallut y consentir, même si cet hiver-là fut très rigoureux. On ne pouvait y renoncer sans risquer de perdre définitivement des clients à une époque où l'on économisait même le pain. Eugénie vint aider, également, roc insubmersible sur lequel le malheur, comme les vagues d'un océan en furie, ne pouvait que se briser.

Germain livra l'un des combats les plus difficiles de sa vie pendant quinze jours. Il le gagna miraculeusement mais il sortit de l'épreuve méconnaissable, tremblant sur ses jambes, maigre à faire peur. Une semaine après qu'il se fut levé, une autre épreuve l'attendait, imprévisible celle-là, mais lourde de menaces : l'installation d'un four communiste au village, tenu par un boulanger recruté par la cellule du Parti. Germain n'en crut pas ses oreilles, pas plus que les deux autres boulangers, qui tentaient de survivre en une époque si tourmentée. Ordre fut donné à tous les membres du Parti et à tous les sympathisants d'aller se fournir en pain chez le nouvel arrivant, un brave homme, au demeurant, qui ne demandait qu'à travailler, après avoir été longtemps chômeur.

J'imagine la stupeur de Germain, la violence du coup porté, lui qui quelquefois donnait du pain à ceux qui ne pouvaient payer, sans se soucier de leurs opinions politiques. Il passait au village pour être sympathisant du parti radical, ce que je crois vrai, surtout à cause du pacifisme professé par Herriot. Il n'avait rien oublié de la guerre dont les blessures continuaient de l'handicaper : son bras l'empêchant de pétrir comme il l'aurait souhaité, ses poumons l'obligeant de plus en plus à dormir assis pour ne pas tousser. Les maladies dont il avait été frappé l'avaient fragilisé au point qu'il était devenu quasi allergique à la farine. Et voilà qu'un nouvel obstacle se dressait devant lui, un obstacle imprévu, mais qui se traduisit aussitôt par la perte d'une trentaine de clients et la nécessité absolue de reprendre les tournées.

Le médecin, pourtant, avait été catégorique : une nouvelle alerte pulmonaire et il n'en réchapperait pas. Que faire ? Il n'y avait qu'une solution : vendre le cheval et la charrette, et acheter une automobile

– d'occasion, évidemment. Une fois la décision prise, Germain se sentit soulagé : il allait pouvoir reprendre les tournées en étant protégé du froid et du vent, travailler comme il le souhaitait. Restait à la mettre à exécution, c'est-à-dire à trouver le véhicule qui ne coûterait pas trop cher et à apprendre à conduire. Il acheta au notaire sa Citroën de six ans et il apprit à conduire seul, car il n'existait pas alors d'auto-école. Je me doute de ce que fut sa satisfaction le premier jour où il partit sur les routes pour vendre son pain. Je possède son « permis de conduire les automobiles » daté du 15 juillet 1937 – permis n° 14836. On le voit sur la photographie très amaigri, portant moustaches et casquette, avec une fêlure dans ses yeux clairs. Il a dû se faire photographier pour la circonstance, car elle témoigne d'une souffrance et d'une blessure : celles de la maladie qui, à cette époque-là, faillit l'emporter.

Une fois de plus, grâce à sa volonté et à sa résistance, il avait franchi l'obstacle. Les beaux jours revenus, il ne doutait pas d'être capable de reprendre sa marche en avant sur le chemin qu'il avait tracé.

Au cours des mois qui suivirent, conscient d'avoir échappé au pire, il se rapprocha de ses enfants qui grandissaient. Il les aidait à faire leurs devoirs le soir, les emmenait avec lui au bois, étonné de leur présence affectueuse, heureux de vivre près d'eux ce temps qui lui avait tant manqué depuis qu'il s'était mis à construire sa maison. Jean, l'aîné de ses garçons, avait maintenant douze ans, Georgette huit. et Robert cinq. Noëlle, l'aînée de tous, venait de rentrer comme vendeuse dans un magasin de confection du village, ainsi qu'ils en avaient décidé, dès qu'il leur était apparu que l'on n'aurait plus besoin d'elle à la maison

Ces quelques mois passés au cœur de sa famille furent des mois de bonheur, à l'écart des tempêtes du monde. Loin de son ancien propriétaire, Germain n'avait plus à redouter les événements politiques dont dépendait l'humeur du Croix-de-Feu, et il s'en souciait moins. Pourtant le monde était agité de tensions et de folies qui explosèrent au mois de mars 1938, quand les troupes allemandes occupèrent l'Autriche. Pour la première fois les nazis annexaient un pays européen au mépris du droit, et le danger de guerre apparut réellement. Germain entra dans une de ces colères froides qui le faisaient blêmir et comme se vider de son sang. Il en perdit la parole pendant trois jours, et quand il la retrouva, ce fut pour s'indigner auprès de sa femme que ces événements lointains n'inquiétaient pas.

– Ils vont recommencer ! criait-il. Je te dis qu'ils vont recommencer !

– Mais non, répondait-elle, c'est loin l'Autriche, ça n'a rien à voir avec la France.

– Comme s'ils ne pouvaient pas nous laisser travailler en paix !

Et il répétait, les yeux fous, dévasté par une rage qu'il savait vaine :

– Travailler en paix, tu comprends ? C'est tout ce que je leur demande !

Agitée par une crise ministérielle au cours de laquelle Chautemps, le président du Conseil, ne songea qu'à se défiler, la France ne réagit pas. Blum, appelé de nouveau, ne réussit pas à former un cabinet d'union nationale, et ce fut un gouvernement Daladier qui prit le pouvoir en avril 1938, dont l'une des premières décisions fut de rassurer la droite en nommant Paul Reynaud, un adversaire déclaré du Front populaire, aux finances. Celui-ci réalisa très vite une dévaluation avec l'accord des milieux financiers, si bien qu'en mai, le «franc ajusté» favorisa le retour de l'or vers la Banque de France et permit une reprise économique qui fit sentir ses effets jusque dans les campagnes.

Germain oublia les menaces de guerre et allongea ses tournées grâce à son automobile qui lui faisait gagner du temps. S'il regrettait son cheval pour lequel il avait toujours montré beaucoup d'affection, il se fatiguait beaucoup moins au volant de sa Citroën et il ne redoutait ni le froid, ni la pluie, ni les orages qui, cet été-là, s'abattirent régulièrement sur le Sud-Ouest. Il se sentait mieux, les affaires reprenaient, et l'espoir de travailler sans souci renaissait en lui, si bien qu'il fit aménager la voiture pour y loger davantage de pain. Au magasin, les clients qui étaient partis s'approvisionner chez le boulanger des communistes revenaient peu à peu : l'homme n'était pas un vrai boulanger et son pain manquait de saveur. Germain décida alors d'acheter le pétrin électrique dont il rêvait, afin de ménager son bras toujours aussi douloureux. On le lui livra à la fin du mois de juillet, et il comprit. dès le premier soir, que cet outil allait alléger son travail sans altérer la qualité de la pâte, ce qu'il avait longtemps redouté avant de prendre sa décision.

Tout allait bien, en somme, même si l'on ne connaissait toujours pas le repos du dimanche et si l'obsession du bois à couper interdisait le moindre loisir. Le seul moment où Germain s'arrêtait un peu, c'était avant et après le repas du soir. Il goûtait alors près de sa femme et de ses enfants le bonheur de se sentir au chaud dans cette famillle qu'il avait tant souhaitée, abrité par des murs et un toit qui lui appartenaient. Il avait atteint le but essentiel de sa vie. Il espérait seulement que rien ne viendrait ébranler l'édifice qu'il avait eu tant de peine à construire.

Cependant le feu de la menace se ralluma subitement à la mi-septembre, quand Hitler manifesta la volonté de rattacher les Sudètes au Reich et que le président de la République tchécoslovaque, Benès, demanda à la France et à l'Angleterre l'assistance prévue dans leur traité d'alliance. Comme chaque fois qu'il devinait un danger, Germain demandait à sa femme de lui acheter *La Dépêche du Midi,* et il la lisait, le soir, ligne à ligne, pour tâcher de comprendre ce qui se préparait. Tenue par les radicaux, celle-ci célébra la paix de Munich, qui avait vu, pour la première fois, Hitler reculer sur les modalités de l'annexion des Sudètes, mais non sur le principe de l'annexion elle-même.

Le soulagement fut général dans tout le pays, d'autant que la France et l'Angleterre avaient rappelé plusieurs classes, à l'occasion d'une mobilisation qui ne voulait pas dire son nom. Germain avait quarante et un ans. Au cours d'une de ses colères, un soir, il avait déclaré à sa femme, qui tentait de l'apaiser, qu'il était persuadé qu'en cas de guerre il repartirait, sans doute dans la territoriale. Depuis, il regrettait d'avoir parlé, car ses enfants avaient entendu ses propos, ce soir-là, et ils s'inquiétaient beaucoup d'un éventuel départ de leur père.

Après Munich, heureusement, la menace, de nouveau, s'éloigna. Un bel automne s'installa, qui vit arriver les premiers Espagnols fuyant le franquisme, lequel était en train de gagner la guerre. Une nuit de décembre, alors que Germain, vers quatre heures du matin, garnissait le pétrin d'un savant mélange de farine et de levure, on frappa à la porte du fournil. Il découvrit une femme et deux enfants frigorifiés sur le seuil, car il gelait depuis trois jours. Ils avaient trouvé refuge dans le hall de la gare où ils avaient dû arriver la veille au soir, mais le froid les en avait chassés et ils avaient aperçu la seule lumière allumée dans la nuit : celle du boulanger.

Germain comprit qu'il était en présence d'Espagnols réfugiés et il les fit entrer dans le fournil où régnait déjà la bonne chaleur du four qui ronflait en attendant la pâte. Il leur donna du pain de la veille, du café, et leur permit de s'allonger pour dormir un peu. La femme le remercia avec des mots maladroits, tandis que les enfants, eux, s'endormaient déjà. Germain décela alors dans les yeux de cette femme beaucoup plus que du désespoir : une horreur de la guerre vécue là-bas, une épouvante qui, dans l'instant, lui donna la certitude que quelque

313

chose d'abominable s'était mis en marche, et qu'il aurait lui aussi à en souffrir un jour.

Il alla réveiller Germaine plus tôt que d'habitude, afin qu'elle s'occupe de cette femme terrorisée qui ne pouvait trouver le sommeil. Il n'était pas question de la jeter dehors dans le froid mordant du petit matin, mais que faire ? Ils se posaient la question quand un homme âgé, manifestement espagnol lui aussi, survint, renseigné par le chef de gare. C'était lui qui devait recueillir les réfugiés la veille, mais la charrette qu'il avait empruntée s'était couchée dans un fossé et l'essieu avait été brisé, d'où son retard et ses excuses. Germain leur donna du pain chaud juste sorti du four, puis ils se confondirent en remerciements et s'en allèrent. Mais le regard de la femme espagnole ne s'éteignit pas dans le souvenir de Germain. Désormais, il le savait : la machine était en route, la guerre était inévitable.

Cette certitude ne s'effrita jamais au cours des mois qui suivirent, même quand un peu de répit se manifestait dans les colonnes du journal qu'il achetait maintenant tous les jours, afin de se préparer à l'inéluctable. Il n'en parlait plus, car il savait ses enfants inquiets, mais il cherchait le moyen d'échapper à ce qui se préparait, imaginant son retour sur un front identique à celui auquel il avait miraculeusement survécu. À l'époque, il n'avait pas d'enfants, mais aujourd'hui, il en avait quatre. Il n'était pas envisageable de les laisser seuls. Il n'accepterait jamais de partir. Ce qu'il espérait trouver, dans les informations, c'était un indice indiquant qu'un homme de quarante et un ans, père de quatre enfants, ne serait pas mobilisé pas même dans la territoriale. Passé Munich, les nouvelles devinrent meilleures. On ne parlait guère de la ligne Maginot que Daladier avait mise en chantier, ni du réarmement pour lequel des crédits avaient pourtant été votés à la Chambre des députés. Les journaux évitaient de dramatiser une situation que l'on savait pourtant périlleuse, et seuls les communistes, au village, protestaient contre les accords de Munich, qui laissaient les mains libres à Hitler. Le calme revint pendant l'hiver qui vit affluer d'autres familles espagnoles, les républicains ayant été refoulés vers les Pyrénées. Cet hiver-là, bien protégé du froid dans sa voiture, Germain le passa sans encombres.

Mais le répit ne fut que de courte durée : fin mars, Hitler, persuadé que les Occidentaux ne protesteraient pas davantage que lorsqu'il avait occupé Prague, présenta des revendications sur le « corridor » polonais. Cette fois, Germain comprit que la France et l'Angleterre ne pourraient pas reculer, et il se prépara au pire en imaginant une retraite dans les bois du causse, où nul ne le trouverait.

Au mois d'août, le pacte de non-agression germano-soviétique jeta le pays tout entier dans la stupeur. Au village, Marty pérora sur son trottoir en démontrant à quel point il avait eu raison de les combattre.

– Trahison ! hurlait-il. En prison les bolcheviks ! En prison !

Il fut entendu par Daladier, qui les déclara hors-la-loi. Malgré la chasse aux sorcières que voulut instrumentaliser Marty, ils furent seulement surveillés et aucun d'entre eux ne fut arrêté. Le four communiste ferma et ne constitua plus pour Germain qu'un mauvais souvenir. Il garda pourtant toute sa vie de la défiance, sinon de l'hostilité envers ceux qui avaient failli le ruiner en un temps où il était vulnérable, mais il n'en parla pas. Il avait depuis toujours l'habitude d'aller à l'essentiel, non de ressasser le passé. Et l'essentiel, en août 1939, c'était l'imminence de la guerre.

Assuré du soutien de Staline, Hitler franchit la frontière polonaise le 1er septembre. Le 3, la France et l'Angleterre déclarèrent la guerre à l'Allemagne Germain n'avait pas acheté de poste de TSF car il considérait que c'était une dépense inutile. Les nouvelles arrivaient naturellement par les clients ou par la femme du maréchal-ferrant qui les colportait aussitôt entendues, car elle possédait, elle, un poste à galène près duquel elle vivait à longueur de journée. Ce fut elle qui surgit au fournil, ce jour-là, un peu avant midi et lui apprit la déclaration de guerre. Il n'en fut pas surpris, ne montra aucune émotion, afin de ne pas alarmer ses enfants. Mais au fond de lui, une sourde colère grondait : on avait tellement dit que la guerre de 14 était « la der des der », que le sacrifice de ses camarades aurait au moins servi à établir la paix pour longtemps ! Et voilà que, vingt ans plus tard, c'était comme si l'hécatombe des poilus n'avait servi à rien.

Il s'isola un moment dans le local à farine pour tenter de retrouver son calme avant le repas. Quand il s'assit à table, le regard de sa femme et de ses enfants se posa sur lui, cherchant un réconfort. Il était allé se renseigner auprès du maire quelques jours plus tôt, afin de ne pas être pris au dépourvu.

– Ne vous inquiétez pas, lui avait dit celui-ci. Vous avez quarante-deux ans et quatre enfants à charge. Il faut compter deux ans d'exemption par enfant, ce qui porte votre âge d'incorporation à cinquante. De plus, vous êtes boulanger, et ce sont toujours ceux-là qui partent les derniers.

Germain n'avait pas oublié qu'après les tueries de 1916, le gouvernement avait réquisitionné les hommes plus jeunes que l'âge d'appel, mais il estimait qu'il avait au moins un an devant lui avant que les pertes ne deviennent dramatiques. Il s'employa à rassurer ses enfants et il y parvint sans trop de difficulté, ce qui l'apaisa un peu. Une fois le repas terminé, il monta dans la chambre pour faire la sieste, mais il ne dormit pas. La colère, de nouveau, grondait en lui, contre ces gouvernements qui envoyaient à la mort des hommes jeunes qui ne demandaient qu'à vivre en paix. Or Jean, son fils aîné, avait quatorze ans. Si la guerre durait aussi longtemps que la précédente, il partirait à son tour. Germain ne put se faire à cette idée, et il se leva, se mit à couper du bois, frappant avec sa hache des billots de chêne dur comme le fer. L'effort le fit tousser et le contraignit à s'asseoir, couvert de sueur, haletant, incapable d'accepter cette pensée que son fils allait peut-être connaître ce qu'il avait vécu, lui, dans les tranchées.

C'est là que le trouva Eugénie, descendue du causse en tirant sa fille par la main, comme elle traînait Julien, jadis, vers Strenquels, chaque fois qu'elle sentait Germain menacé. Elle se campa devant lui, farouche et déterminée, comme si elle venait lui demander des comptes.

— Et alors ? fit-elle, le visage dur, les yeux ne cillant pas, sentinelle prête à tout pour protéger sa couvée.

— Alors quoi ? fit-il.

— Tu ne vas pas partir, au moins ?

— Mais non, le maire me l'a confirmé avant-hier.

— Ah bon !

Elle se détendit, soupira, lâcha la main de sa fille comme si tout danger était écarté. Celle-ci s'enfuit vers la maison où l'attendait, comme chaque fois, une friandise. Eugénie, elle, demeurait campée devant Germain pour sonder sa sincérité, le devinant préoccupé, mais sans comprendre qu'il l'était pour son fils et non pour lui.

— Il y en a assez d'un avec ton frère, fit-elle soudain.

Germain se leva, la prit par les épaules, se sentant honteux de n'avoir pas pensé au sort de Julien qui avait trente-deux ans.

— Viens ! dit-il, tu dois avoir soif avec cette chaleur.

Eugénie le suivit, embrassa sa belle-fille, ses petits-enfants, se rassura définitivement en parlant avec Germaine qui lui répéta les mots du maire. Puisqu'on était protégé par les mathématiques ($42 + 8 = 50$), il n'y avait effectivement pas à s'inquiéter. Elle ne se

318

résolut pas à repartir pour autant : elle espérait des mots de réconfort pour Julien qui était resté là-haut veiller sur Bonal.

– Il a plus de trente ans, dit Germain. S'il part, il ne montera pas en première ligne.

– Manquerait plus que ça ! fit-elle.

Germain s'en voulait de n'avoir jamais songé au sort de son frère depuis des mois. En même temps, il se sentait bouleversé par cette femme qui avait été tant meurtrie par la précédente guerre en perdant deux frères. Il choisit les mots dont elle avait besoin pour repartir, lui proposa de la reconduire en voiture. Elle finit par accepter, monta dans la Citroën, posa les deux tourtes de pain habituelles sur ses genoux, parut trouver le réconfort espéré dans le pain chaud. Une fois là-haut, elle réconforta Julien, et Germain l'y aida autant qu'il le put. Quand il repartit, une heure plus tard, Eugénie le suivit jusqu'à la voiture, planta son regard dans le sien pour vérifier une dernière fois qu'il lui disait bien la vérité, puis elle murmura, les mots passant difficilement ses lèvres serrées :

– Méfie-toi quand même. Cet Hitler, tu sais, il n'a pas bonne figure.

15

CES mots demeurèrent présents pendant quelques jours dans l'esprit de Germain, puis il les oublia car il ne se passait rien, sinon en Pologne, où la Blitzkrieg ravageait le pays. Il en conçut l'idée que cette guerre ne ressemblait absolument pas à la précédente, et que, peut-être, elle s'éteindrait d'elle-même, comme un feu insuffisamment alimenté. De fait, la vie, un moment suspendue, reprit son cours. La vraie vie, c'est-à-dire celle du travail, des tournées, des enfants qui grandissaient, l'aînée Noëlle, ayant déjà dix-huit ans. Elle travaillait toujours dans le magasin de vêtements du village, tandis que Jean, le second, aidait son père, et Georgette sa mère, comme il était d'usage à l'époque, dans les familles où l'on avait besoin de tous les bras pour venir à bout du travail quotidien.

L'hiver et ses frimas rendirent la guerre encore plus lointaine, les positions étant figées sur la ligne Maginot qui faisait face à la ligne Siegfried. Les journaux donnaient la parole à ceux qui voulaient en découdre, c'est-à-dire les jeunes radicaux, les socialistes blumistes et une partie de la droite patriote, face à ceux, beaucoup plus nombreux, qui se refusaient à la nécessité d'une Seconde Guerre mondiale, si peu de temps après l'hécatombe de 14-18.

Bien à l'abri dans sa voiture, Germain ne renonça pas aux tournées dans les campagnes, cet hiver-là, malgré le froid mordant et la neige qui gelait sur le sol. Il le passa sans encombre mais il toussait beaucoup, cependant, et s'en inquiétait sans l'avouer. Il commençait à se demander si ses poumons endommagés n'étaient pas devenus allergiques à la farine, et s'il ne devrait pas un jour renoncer à ce métier qui lui donnait tant de satisfaction. Mais chaque fois que cette pensée lui venait à l'esprit, il la repoussait vite et se mettait à travailler avec encore plus d'ardeur, comme pour se démontrer qu'il en était toujours capable.

À peine, à la fin mars, eut-il le temps de se réjouir de la démission de Daladier, qui, selon lui, n'avait pas été capable d'éviter la guerre, puis de sonder les intentions de Paul Reynaud son successeur, que le mois de mai s'annonça, et que, le 10, le coup de tonnerre de l'attaque allemande forte des Panzers revenus de Pologne frappa le pays de stupeur. Si Germain conçut une véritable inquiétude de cette drôle de guerre, ce fut à ce moment-là. Pour lui, l'armée française était tout à fait capable de résister, et les tranchées qu'il redoutait tant allaient inévitablement être creusées sur un front, qui, de nouveau, s'étendrait jusqu'à la mer.

L'écroulement de l'armée française et la débâcle

qui s'en suivit le surprirent et le meurtrirent. Il n'avait pas l'impression d'avoir cédé quoi que ce soit, lui, quand il s'était battu à son corps défendant. Il n'en tirait aucune gloire, mais il eut la sensation, ce mois de mai-là, d'une trahison de la part des officiers dont il ne s'était jamais accommodé, lui, des ordres souvent incompréhensibles.

Dès la fin du mois l'afflux de réfugiés dans le village lui donna la conviction que tout était perdu, que cette vague de pauvres gens fuyant l'avance allemande constituait déjà la confirmation d'un écroulement et d'une défaite honteux. Il se tut, cependant, car cette défaite inexplicable déboucha sur l'armistice et sur la certitude que ses fils, eux, ne connaîtraient pas la guerre. Comme sa femme, il en fut soulagé – non pas heureux, mais soulagé.

Il n'entendit ni de Gaulle ni Pétain, car il ne possédait toujours pas de poste de TSF. Il lut dans le journal ce qu'il fallait savoir, c'est-à-dire que l'armistice avait été signé à Rethondes, et que le Maréchal avait fait « don de sa personne à la France ». Il lut aussi que son village se trouvait dans la zone libre, ce qui le rassura, en quelque sorte, définitivement. Au reste, il n'eut pas le temps de s'apesantir davantage sur les événements, car l'afflux croissant des réfugiés exigeait qu'il y eût davantage de pain dans les boulangeries. La population du chef-lieu, Cahors, était passée de douze mille à soixante mille habitants. Dans tous les bourgs et dans tous les villages on rencontrait des hommes et des femmes qu'on n'avait jamais vus, ou rarement, quand ils étaient venus en visite chez leurs parents. Certains n'avaient pas de famille. Ils s'étaient échoués là grâce à une location obtenue par hasard, d'autres s'entassaient dans des maisons que des amis mettaient à leur disposition, ou même dans des pièces sans le moindre confort, des greniers et des granges.

Germain n'avait jamais entendu parler des juifs, sinon par l'Histoire sainte enseignée au cathéchisme par le curé de Saliac dont il ne gardait aucun souvenir. Si bien qu'en octobre, la loi portant statut des juifs le laissa dans la plus totale incompréhension. Pourquoi le régime du Maréchal réservait-il un sort particulier à des hommes et des femmes, qui, pour lui, étaient semblables aux autres ? Ils venaient au magasin et ils payaient leur pain. Que leur reprochait-on ? Il résolut de ne pas chercher à comprendre et de se fier à sa conscience : un homme était un homme, une femme une femme, et il n'y avait pas à faire de différence entre eux, quelles que fussent leur religion ou leurs opinions.

C'est là un héritage dont j'ai pu mesurer la richesse à sa juste valeur : j'ai eu la chance d'avoir des grands-parents qui ont donné du pain à des juifs, à des réfugiés espagnols, à des miséreux sans jamais leur demander qui ils étaient. Jamais dans mon enfance bénie je n'ai entendu le moindre mot désobligeant au sujet des juifs ou des étrangers. Pour moi, à seize ans, c'est-à-dire au sortir de l'enfance, tous les hommes se valaient et le racisme était sans fondement. Qu'il pût exister une hiérarchie entre les hommes, grâce à Germain et aussi, bien sûr, à mes parents, ne m'avait jamais effleuré l'esprit. Je me suis souvent demandé d'où il tenait, cet homme-là, cette

certitude, lui qui n'avait pu aller à l'école aussi longtemps qu'il l'aurait souhaité. De sa conscience? De
sa réflexion? De son instinct? Je ne sais pas vraiment.
Peut-être la mission de faire du pain rend-elle secourable. Mais il y avait plus que cela en lui : la dignité
d'homme qui lui avait été longtemps refusée, il
l'avait acquise dans le travail et la souffrance, et il en
avait conçu la conviction qu'il ne devait la refuser,
lui, à personne.

Il m'est aussi arrivé d'imaginer Eugénie, à cette
époque-là, en présence d'un réfugié caché sur le
causse, dont on lui aurait dit qu'il était juif. Je sais
ce qu'elle aurait demandé aussitôt, Eugénie, comme
à Germain le jour où il avait quitté la ferme dans
laquelle il était si malheureux :

– Tu as mangé, au moins?

Je n'en tire pas gloire, pas plus qu'ils n'en tirèrent,
eux, la moindre gloire, occupés qu'ils étaient à travailler pour vivre et à cuire ce pain dont les autres,
quels qu'ils fussent, avaient besoin.

Des réfugiés, il en repartit quelques-uns après
l'armistice, mais beaucoup demeurèrent au village
où ils se sentaient davantage en sécurité que dans
les grandes villes. La vie reprit son cours, sans que
l'on aperçoive le moindre soldat allemand. Et la vie,
ce mois d'octobre-là, ce fut le mariage de Noëlle
avec un jeune homme venu du Sarladais – mon
père – qu'elle fréquentait depuis presque deux ans.
Il était d'usage à cette époque de se marier jeune,
sans doute pour assurer le plus tôt possible aux filles
une sécurité.

Mon père travaillait dans une coopérative de transformation de fruits, ma mère dans le même magasin de vêtements qu'à ses débuts. Sans doute leur salaire était-il dérisoire, puisqu'ils acceptèrent l'hospitalité de Germain qui, je pense, était satisfait de ce mariage. Étant très attaché à ses enfants, il ne lui déplaisait pas de garder sa fille aînée près de lui, malgré les inévitables difficultés de la cohabitation. Germaine, qui était une sainte femme, n'avait vu pour sa part aucun inconvénient à partager avec sa fille la responsabilité domestique de la maison dont il était bien entendu, pour elle comme pour Germain, qu'elle était destinée à accueillir tout le monde.

Ainsi s'agrandissait la famille dont il avait rêvé, et où tous ceux auxquels il était attaché devaient trouver leur place.

Des mois passèrent, toujours sans le moindre uniforme allemand à l'horizon. Pourtant, après le soulagement de la fin de la guerre, il devint vite évident que le gouvernement de Vichy menait une politique de Révolution nationale à tous les niveaux, y compris dans les campagnes. Alors les tensions d'avant la guerre, une nouvelle fois, apparurent. Le pouvoir en place s'appuyait surtout sur les anciens combattants qui avaient souffert du désastre de 40, lesquels se regroupèrent dans la Légion, fidèle phalange du Maréchal, dont chaque village avait un président. À Beyssac, Marty était tout désigné pour remplir cette fonction. Fort de ses appuis politiques, il faisait la loi, menaçait, recrutait, s'en prenait aux communistes, aux juifs, aux instituteurs qui avaient refusé de prêter serment au Maréchal.

Il vint trouver Germain dans son fournil et lui demanda de rejoindre la Légion.

– Tu es un héros de la guerre, lui dit-il, tu as été trahi, comme nous tous. Tu as des droits, viens avec nous et tu ne le regretteras pas.

– Que faut-il penser de la poignée de main de Pétain à Hitler à Montoire? demanda Germain. C'est ça, la Révolution nationale?

– L'Allemagne, c'est l'ordre nouveau, c'est la morale, c'est la grandeur. Il n'y a aucune contradiction à collaborer avec Hitler. Après la gangrène d'avant 40, ça ne peut faire que du bien au pays.

– Pour moi, répondit Germain, les Allemands d'aujourd'hui sont les mêmes que ceux de 14.

Marty se raidit, réfléchit un instant et lança:

– Je vois bien que tu n'as pas changé, que tu es toujours du côté des bolcheviks, mais méfie-toi: le monde, lui, a changé, et ce ne sont plus les mêmes qui vont accorder les contingents de farine aux boulangers.

– Tous les jours mon bras cassé me rappelle à qui je le dois, fit Germain, piqué au vif, et chaque nuit je suis obligé de m'asseoir dans mon lit pour respirer un peu mieux.

– Je t'aurai prévenu! lança Marty avant de partir. Ne t'étonne pas si tu as des visites.

– J'ai toujours fait ce que je devais faire, conclut Germain. Et je continuerai.

Marty s'en alla, furieux, et Germain eut toutes les peines du monde à cacher à sa femme ce qui s'était passé. Elle s'en inquiéta, redoutant de ne plus pouvoir travailler.

– Ne t'en fais pas, lui dit-il, je trouverai toujours de la farine, chez les meuniers ou ailleurs.

Les campagnes souffraient car près de quatre cent mille paysans étaient prisonniers en Allemagne. De nouveau, comme au moment de la crise économique, ceux qui cultivaient du blé se replièrent sur eux-mêmes et remirent en activité les fours artisanaux. En outre, en vertu de la collaboration, les Allemands accroissaient de plus en plus leurs demandes en denrées agricoles. Le rationnement faisait son apparition, organisé par Vichy qui trouvait là l'occasion d'asseoir son autorité et d'imposer sa politique.

C'est ainsi qu'un matin de juillet Germain vit arriver deux inspecteurs du service des « indirectes », venus de Cahors, pour vérifier sa réserve de farine. Il en trouvait encore un peu chez les paysans, et achetait celle, de Beauce, à laquelle il avait droit, mais il s'approvisionnait aussi auprès d'un meunier de ses amis, pour faire face à la demande, qui restait forte, à cause des réfugiés. Cette farine-là n'était pas légalement déclarée. Et c'était bien celle que recherchaient les inspecteurs, après une dénonciation dont Germain ne doutait pas de l'origine.

– D'où vient-elle ? interrogea le chef des inspecteurs, un homme long et maigre, portant de fines lunettes de métal.

– Elle est là, répondit Germain, c'est ce qui compte pour ceux qui ont besoin de pain.

– Vous refusez de nous dire quel est le meunier qui vous a approvisionné ?

– Je pratique l'échange, vous le savez bien, répliqua Germain. Elle vient de chez les paysans.

– Vous devez en tenir une comptabilité. Où sont les livres ?

Germain les leur donna et ils eurent vite fait de constater qu'ils ne justifiaient pas de toute la farine contenue dans la remise.

– Donnez-nous le nom du meunier qui vous approvisionne frauduleusement ou ça va vous coûter cher ! répéta l'inspecteur. Vous savez parfaitement que la farine est contingentée.

Il ne répondit pas.

– Vous refusez de nous renseigner ?

– J'ai besoin de farine pour cuire le pain qu'on me demande, un point c'est tout.

Les deux hommes repartirent après une ultime menace qui fit s'évanouir Germaine accourue aux nouvelles. Avec l'aide de Jean, leur fils aîné, Germain la porta dans le fournil où elle reprit ses sens mais elle demeura un long moment affolée à l'idée que son mari pouvait aller en prison.

– Mais non, lui dit-il, ils savent bien qu'ils ont besoin des boulangers.

C'était là une idée qui lui avait toujours été précieuse. L'idée du pain indispensable, sacré, l'avait ancré dans la certitude qui gouvernait sa vie : on ne pouvait pas s'en prendre à ceux qui permettaient aux familles de manger. Il n'avait pas mesuré à quel point il vivait une période dangereuse et troublée. Et quand il reçut une convocation pour se présenter devant le tribunal de Cahors, ce fut peut-être la première fois de sa vie où il fut sérieusement ébranlé. Il n'en montra rien, bien sûr, et comme d'habitude il s'efforça de préserver sa famille en la rassurant de son mieux.

Je l'ai souvent imaginé, cet homme d'une honnêteté scrupuleuse, seul dans sa voiture sur la route de Cahors, un matin du mois d'août. Il avait refusé que Germaine l'accompagne, exigeant qu'elle demeure auprès de ses enfants, ne sachant ce qui allait se passer. Je suis sûr que, davantage que pendant la guerre, ce fut ce jour-là, peut-être, qu'il souffrit le plus dans sa vie. Monter les marches d'un tribunal était considéré partout comme une infamie. J'ai pour ma part hérité de cette conviction – relayée par mes parents – au moins jusqu'à l'âge où j'ai entrepris des études de droit et compris que la justice peut aussi aider ceux qui en ont besoin.

Mais lui, Germain, ce matin-là, quand la sentence tomba, sur quel bras protecteur aurait-il pu s'appuyer ? Aucun. Il était seul et il était coupable. Qu'a-t-il fait ? Qu'a-t-il dit ? Nul n'en a jamais rien su, ni sa femme ni ses enfants à qui il avait pris soin de cacher les raisons de ce voyage à Cahors.

Deux cents francs d'amende, fermeture du magasin pendant huit jours : telle fut la sentence. Ces mots résonnent dans sa tête tandis qu'il marche seul vers sa voiture pour rentrer. Il tremble un peu. De colère, de honte, peut-être, de chagrin, mais il avance vers la voiture qui va le ramener chez lui, là où bat le cœur de sa vie. Il s'assoit un instant sur un mur, il regarde droit devant lui, puis il regarde ses mains, celles qui pétrissent le pain, et elles le rassurent. Il repart, c'est fini. Il n'en parlera jamais. Personne n'en saura rien, sauf sa femme, mais il lui interdira d'en faire la moindre confidence. Et il faudra trente-cinq ans avant qu'elle me le dise à moi, trois ans avant de mourir, comme si elle devait se délester de ce secret trop lourd pour elle qui en avait conçu, comme lui sans doute, l'impression d'une flétrissure.

Comment payer? Vendre la voiture? Germaine s'y opposa, persuadée qu'un hiver dans le froid condamnerait son mari. Il monta voir Eugénie et lui dit simplement qu'il avait besoin de deux cents francs. Elle ne lui posa pas la moindre question. Elle passa dans sa chambre où se trouvait toujours Bonal paralysé dans son fauteuil de douleur, puis elle revint et compta devant son fils cent vingt francs les économies de deux vies : la sienne et celle de son époux. Elle posa négligemment les billets dans un coin de la table, s'écarta pour qu'il puisse les prendre sans qu'elle le voie tendre la main.

Il ne la remercia pas ni ne lui dit qu'il lui rendrait cet argent. La confiance entre eux était évidente en raison de ce lien intime qui les unissait, un lien du domaine du sacré. Il ne l'embrassa même pas. Il glissa les billets dans sa poche et, après être passé chez lui pour prendre le complément, il alla payer directement à la perception.

La fermeture de huit jours les blessa cruellement. Ils en eurent tellement honte qu'ils feignirent d'entreprendre en toute hâte des travaux. Au lieu de se morfondre en comptant les jours, Germain démolit une partie de son four qui n'en avait nullement besoin et la reconstruisit aussitôt. Il avait pris la précaution de faire déposer des briques réfractaires sur le trottoir, afin de justifier des travaux. Mais dans le village, tout le monde savait : Marty ne s'était pas dispensé de faire connaître le jugement de Cahors. Ce qui était grave, aussi, c'était le danger de perdre les clients obligés pendant huit jours d'aller s'approvisionner ailleurs, mais que faire, sinon patienter en sauvant les apparences ?

Cette semaine-là dura une éternité. Quand elle cessa enfin, Germain vérifia scrupuleusement son lot de farine chaque soir et chaque matin. Nul ne sut où il avait puisé les forces pour franchir cet obstacle ultime, mais ce dont je suis sûr, c'est qu'il y avait puisé vraiment, car à partir de ce jour sa santé s'altéra sérieusement.

La vie reprit, pourtant, tant bien que mal, avec, bientôt, l'instauration des cartes d'alimentation. Et tout de suite des problèmes insurmontables pour Germaine, au magasin, qui ne savait pas refuser le pain. Elle parvenait rarement, chaque fin de semaine, à établir une équivalence entre les tickets rassemblés et la quantité de pain vendue. Pour la première fois de sa vie, Germain se mit en colère contre elle, sachant ce qu'ils risquaient. Elle aussi le savait, mais c'était plus fort qu'elle : elle donnait du pain à ceux qui vivaient dans la clandestinité et ne possédaient pas de papiers officiels. Elle en donnait aussi aux réfugiés espagnols qui n'avaient pas eu le temps d'en obtenir. Je me souviens d'une vieille Castillane qui la vénéra jusqu'à la fin de sa vie et porta des fleurs sur sa tombe bien après sa mort.

Comment échappèrent-ils à la menace qui pesait sur eux ? Je crois que Germain compensait lors de ses tournées, jouant avec la quantité de l'échange avec les paysans. Mais ils vivaient dans la hantise d'un nouveau contrôle, laquelle s'aggrava à partir de la fin de novembre 1942, après l'invasion de la zone sud consécutive au débarquement allié en Afrique du Nord, quand on aperçut les premiers uniformes allemands dans le village. Ils ne s'y trouvaient pas en permanence, mais ils venaient de Brive pour assurer le ravitaillement des troupes cantonnées dans la ville.

Un matin de janvier 1943, à six heures du matin, deux officiers frappèrent à la porte de Germain qui crut qu'ils venaient l'arrêter. En fait, ils descendaient du train et voulaient se réchauffer car il faisait moins six dehors. Il les fit entrer, appela Germaine qui faillit s'évanouir et ne reprit un peu d'empire sur elle-même que lorsqu'il lui demanda du café et du beurre.

Tandis que les deux Allemands déjeunaient, Germain, leur ayant fait comprendre qu'il ne pouvait laisser brûler sa dernière fournée, reprit son travail. Il avait surtout veillé à ne pas les faire entrer dans la maison, pour ne pas effrayer ses enfants qui allaient se lever. Jean, qui l'aidait, la nuit, était heureusement monté déjeuner dix minutes avant l'arrivée des Allemands. Noëlle et son mari – mes parents – n'habitaient plus là, car ils avaient eu un fils, Pierre, en avril 1942, et ils avaient trouvé un petit logement à l'autre extrémité de Beyssac. Germain s'en félicita, ce matin-là, car la présence d'hommes jeunes dans la maison aurait été difficilement justifiable, à cause

333

des Chantiers de jeunesse dans lesquels ils étaient censés servir. Mon père, en fait, faisait office de chef de fabrication dans son entreprise et avait bénéficié d'une dispense, sa présence ayant été jugée indispensable par les autorités.

Les Allemands, ce matin-là, ne paraissaient pas pressés de partir : ils se trouvaient bien, au chaud, avant d'aller remplir leur mission, et ils le regardaient désenfourner, maniant habilement sa longue pelle de noisetier, s'efforçant de ne rien montrer des frissons, glacés malgré la chaleur, qui couraient dans son dos. Ils parlaient calmement entre eux, ne paraissaient pas menaçants, mais Germain, qui se méfiait des manigances de Marty, ne savait toujours pas à quoi s'en tenir. Il ne fut rassuré que lorsqu'ils le remercièrent, surpris par leur politesse et l'insistance qu'ils manifestèrent à payer le pain qu'ils avaient souhaité emporter.

Cet épisode-là le rassura un peu, mais les nuages noirs s'accumulèrent avec la création du STO, en février de l'année 1943. Tous les hommes de plus de dix-huit ans pouvaient être appelés à servir en Allemagne s'ils ne justifiaient pas d'un emploi conforme aux besoins du pays. Ces mesures concernaient mon père. S'il partait, ma mère se retrouverait seule pour élever son fils. En revanche Jean, qui aurait dix-huit ans en juin, n'était pas encore menacé, les premiers hommes à tomber sous le coup de la nouvelle loi étant ceux de la classe 22. Son fils aîné était très précieux à Germain en raison de l'aide qu'il lui apportait au fournil, la nuit, et le jour pour couper le bois. À cause de la pénurie,

Germain avait de surcroît loué un jardin sur la route de Martel et tous y travaillaient, pour faire venir des légumes bien nécessaires en ces temps de rationnement.

Toute la famille s'inquiétait beaucoup pour mon père, le mari de Noëlle, que la direction de la confiturerie où il travaillait ne parvenait plus à protéger du STO. La convocation tant redoutée arriva à l'automne et provoqua une concertation entre Germain et lui, un soir, sous la lampe.

– Ne t'inquiète pas pour ta femme, lui dit Germain, elle va revenir habiter avec nous et elle sera à l'abri du besoin. Quand à ton fils, il ne manquera de rien.

Mon père avait entendu parler des maquis qui commençaient à s'organiser sur le causse, et il lui arrivait d'écouter Londres chez des amis. Germain ne possédait toujours pas de poste de radio et il se méfiait de tout le monde. Comme il parlait peu, les confidences à son égard étaient rares et il en savait donc beaucoup moins que son gendre sur ce qui se passait.

– Si je trouve un contact, je ne partirai pas, dit mon père.

– Un contact ? interrogea Germain.

– Oui. Avec De Gaulle, la Résistance. J'irai dans les bois.

Noëlle était de cet avis : elle ne voulait pas que son mari parte en Allemagne, craignant qu'il ne revienne jamais.

– Fais ce que tu jugeras bon, dit Germain. Mais ne t'inquiète pas pour ta femme et pour ton enfant. Je m'en occuperai.

Mon père partit, et pendant quelque temps l'on fut sans nouvelles de lui. Puis un mot arriva depuis le causse, porté par une cousine lointaine chez qui il avait trouvé refuge en attendant le départ dans le maquis Armée secrète. Germain, comme sa fille, en fut rassuré. Les autorités n'avaient aucune chance de découvrir André qui, là-haut, au fond des bois, dormait dans une bergerie et était ravitaillé par une parente digne de confiance.

Dès lors Germain s'inquiéta davantage pour Jean, son fils aîné, qui partit à l'automne pour une période de formation militaire d'un mois à Souillac. Il mesura à cette occasion combien ce fils lui était précieux. À dix-huit ans, en effet, Jean se montrait fort et vaillant dans l'exercice du métier de boulanger. Et pourtant il aurait voulu faire des études, comme sa sœur aînée. Mais Germain était demeuré inflexible : ses enfants seraient traités de manière équitable. Puisque l'une n'avait pu étudier, les autres, comme elle, apprendraient un métier. Il n'y avait pas à discuter sur ce point. Jean travaillait donc près de son père, comme Georgette et Robert qui, la journée, allaient ramasser les glands pour nourrir les canards et le cochon qu'on élevait pour la viande, ou bien travaillaient au jardin.

Je crois qu'ils ne souffrirent jamais de la faim, contrairement à beaucoup d'autres, car même l'hiver, en l'absence de légumes – mais non de pommes de terre –, le pain ne leur manquait pas. Et une fois de plus Germain mesura combien il avait fait un choix judicieux en apprenant ce métier dont bénéficiait toujours Eugénie, fidèle sentinelle qu'il remboursait scrupuleusement chaque mois, sans qu'elle ne lui demande jamais rien.

L'hiver passa, au cours duquel Germain connut une nouvelle alerte pulmonaire qui le contraignit à se coucher pendant trois jours. Il franchit l'obstacle une fois de plus, soigné par le médecin qui le connaissait bien. Au village, le danger ne paraissait pas bien grand, même si les autorités de Vichy et les Allemands devenaient de plus en plus nerveux. Tout le monde surveillait tout le monde, et il fallait se montrer prudent, ne pas trop parler, même si jamais la moindre arrestation ne vint frapper les juifs qui se cachaient et qui, cependant, étaient connus de tous.

Germain avait reçu à deux reprises la visite des gendarmes qui étaient à la recherche de mon père, lequel était considéré comme déserteur. Sa fille à ses côtés, Germain leur avait calmement répondu qu'il ne savait pas où se trouvait son gendre. Afin de ne pas les provoquer, il évita d'ajouter que même s'il l'avait su, il ne leur aurait pas dit. Mon père, en effet, qui avait rejoint le maquis sur le causse de Gramat, revenait quelquefois, la nuit, pour voir sa femme et son fils et restait quarante-huit heures. Germain, pour sa fille, avait accepté ce risque sans hésitation mais il faillit le regretter le jour où, dans le magasin plein de monde, Robert, âgé de douze ans, surgit en disant qu'il y avait quelqu'un caché dans le grenier. On eut toutes les peines du monde à le faire taire, car, n'étant pas au courant de la présence de mon père, il insistait, s'indignant de n'être pas cru. Dès la nuit tombée, mon père partit et ne revint plus, laissant ma mère dans l'angoisse.

Au printemps, ce fut Jean qui manifesta lui aussi la volonté de rejoindre la Résistance. Heureusement, Germain parvint à convaincre le recruteur – un marchand de machines agricoles qui habitait le village – de le dissuader. L'homme n'opposa pas un refus formel à Jean, mais il lui demanda d'attendre un peu, ses effectifs étant pour le moment assez nombreux sur le causse de Martel. Jean s'inclina et continua d'aider son père efficacement, jusqu'au mois de juin 44.

Le 6 en milieu de matinée, quand il apprit la nouvelle du débarquement en Normandie, Germain, étreint par l'émotion, s'isola dans la remise à farine. Il lui semblait que les choses allaient enfin rentrer dans l'ordre, que tout ce qu'il avait souffert n'aurait pas été vain, car il ne doutait pas, ce matin-là, que le cours de l'histoire avait basculé. On disait que des parachutages avaient eu lieu sur le causse, que les maquis allaient attaquer, que les Allemands n'en avaient plus pour longtemps. Ce que l'on ignorait, c'était que les garnisons allemandes du sud de la France faisaient route vers le nord, dont la Das Reich, basée à Montauban, qui avait commencé à remonter vers la Normandie.

Le matin du 9, Germain hésita : irait-il ou non couper du bois à quatre kilomètres du village, dans une parcelle qu'il avait, comme d'habitude, prise à moitié avec le propriétaire ? Il s'y décida, finalement, après le repas de midi, et partit avec Jean vers la coupe située entre Murat et Martel, à flanc de coteau. Il fallait scier le tronc des chênes nains, les ébrancher et les couper en rondins d'un mètre, avant de les entreposer, en bas, au bord de la route où le gazogène d'un transporteur viendrait les chercher.

Il faisait beau, cette après-midi-là, et Germain n'éprouvait aucune fatigue, tant le bois sentait bon, crépitant sous le soleil qui jouait entre les branches basses. À quatre heures, ils firent une pause, mangèrent le pain et le fromage placés dans une musette emportée à cet effet. Se reposant un moment à l'ombre, ils virent surgir Robert à bicyclette, qui courut vers eux et, à bout de souffle et d'émotion, lança :

– Les Allemands ! Ils arrivent ! Des colonnes entières.

– Où sont-ils ? demanda Germain.

– On sait pas, mais ils arrivent, c'est sûr, on les a vus. Ils ont tué des gens. Il faut pas rentrer.

Germain tenta de le calmer et d'en apprendre davantage, mais son fils ne savait que répéter :

– Il faut pas rentrer, c'est la maman qui l'a dit.

Germain le rassura en promettant de ne pas revenir au village, puis il le renvoya, afin qu'il joue les messagers si cela se révélait de nouveau nécessaire. Ensuite ils reprirent le travail et ils décidèrent de passer la nuit dans les bois. L'inquiétude, pourtant, les taraudait, pour ceux qui étaient restés au village, et Germain, de surcroît, admettait difficilement de ne pas faire de pain pour le lendemain. Comme ils

339

ne pouvaient pas dormir, ils partirent à deux heures du matin sous la lueur de la lune qui s'était levée, éclairant suffisamment la route autour de laquelle régnait le silence apaisé des nuits d'été.

À l'approche de Beyssac, on n'entendait pas le moindre bruit. Ils avancèrent lentement, s'attendant à apercevoir des chars ou des camions, mais la rue principale était déserte. Ils progressèrent lentement vers la gare où il n'y avait personne sur le quai. Alors Germain résolut de rentrer, au moins pour avoir des nouvelles, quitte à repartir si c'était nécessaire.

Germaine, réveillée par des cailloux jetés contre les volets, leur apprit que les chars allemands n'avaient pu passer le pont de Puybrun sur la Dordogne, qui était trop étroit. Elle avait décidé d'attendre le matin, par précaution, pour renvoyer Robert.

– Et le pain ? fit Germain.

– On dit qu'ils ont fusillé des hommes et des femmes sur la nationale 20, un peu avant Brive. Il y a plusieurs colonnes. Celle de Puybrun venait de Figeac.

– Ils ont dû faire demi-tour et ils passeront par Tulle, dit Germain. On ne risque rien.

– Et s'il en arrive d'autres ?

– On sera prévenus comme tu l'as été cette après-midi. S'il le faut, on repartira par les collines.

Et il se mit au travail car, pour lui, malgré la guerre, un boulanger se devait de répondre à la confiance qui lui était consentie.

On apprit dans les jours qui suivirent que la colonne allemande qui avait fait demi-tour à Puybrun avait pendu quatre-vingt-dix-neuf otages à Tulle et qu'une autre avait massacré la population d'un village de la Haute-Vienne appelé Oradour. Toute la remontée de la Das Reich avait été ponctuée d'exactions en représailles aux manœuvres de harcèlement lancées par les maquis. Beyssac était miraculeusement passé au travers de ces massacres grâce à l'étroitesse d'un pont et parce qu'il était situé à l'écart des deux grands axes nord-sud.

La frayeur rétrospective disparue, la vie reprit son cours, rythmée par les nouvelles des combats dans l'Ouest et le Nord. Dès le mois d'août, Brive fut libérée par ses propres moyens, puis Paris le fut également, et Germain comprit que tout danger était écarté. Mon père rentra à la fin du mois et renonça, sur la supplique de ma mère, à s'engager jusqu'à la fin de la guerre.

Dans les villes et dans les villages, les vengeances personnelles et les haines entre les familles donnèrent lieu à des règlements de comptes qui s'exercèrent, à Beyssac, contre ceux qui avaient pris des responsabilités sous le régime de Vichy, notamment Marty et la délégation municipale qui avait géré la commune depuis 1940. Germain se tint à l'écart de ces représailles, car la vengeance ne faisait pas partie de son univers.

Comme tous les Français, il découvrit l'existence des camps où avaient péri des milliers de juifs et d'opposants politiques. Les costumes rayés sur des corps squelettiques firent la une des journaux et frappèrent le monde entier d'épouvante. Germain en demeura tremblant de colère et d'indignation : il y avait là quelque chose qu'il ne comprenait pas.

Il s'inquiéta bientôt de la présence de nombreux ministres communistes au gouvernement : pas vraiment pour des raisons idéologiques, mais il gardait en mémoire l'épisode du four, et il craignit quelque temps de ne pouvoir travailler comme il le souhaitait. Rien ne vint pourtant réellement obscurcir le nouvel espoir qui était né avec l'éloignement des combats, et, rapidement, de la fin de la guerre. Cette fin coïncida d'ailleurs avec le mariage de Jean avec une jeune fille du village prénommée Pierrette, et pour Germain, avec une nouvelle cohabitation dans une maison devenue trop petite.

Le 8 mai, quand les cloches se mirent à sonner au clocher du village, comme à son habitude il s'isola dans la remise à farine pour ne pas montrer son émotion. Cinq ans à redouter de voir partir ses enfants, de danger quotidien à cause des règlements de comptes, cinq ans de menace et de folie s'achevaient enfin, à son grand soulagement. À midi, Eugénie surgit comme elle surgissait lors de chaque événement important de la vie. Elle avait laissé Bonal à la garde de Julien et d'Henriette. Elle partagea le repas de la maisonnée, écouta les commentaires, et conclut avant de repartir :

– C'est égal ! Il n'y avait pas que cet Hitler qui avait mauvaise figure. Il y avait des Français aussi. Heureusement comme on dit là-haut : un coup pour l'âne, un coup pour le meunier. Il y a peut-être bien un bon Dieu quelque part.

Puis, forte de ces considérations philosophiques, elle repartit sans plus attendre, droite et fière comme un roc sur lequel seraient venues se briser les vagues de l'Histoire.

16

À la fin de la guerre, Germain avait quarante-huit ans : la force de l'âge pour un homme qui n'aurait pas subi les épreuves qu'il avait subies, souffert dans son corps comme il avait souffert. Il ne dormait plus ou à peine, car il restait assis, la nuit, dans son lit, pour ne pas tousser. Chaque hiver représentait un danger pour sa santé. Heureusement, Jean et Robert l'aidaient beaucoup. Aussi, un an plus tard, quand l'aîné décida de partir à Paris avec sa femme, Germain en fut profondément ébranlé. Mais Jean avait besoin d'indépendance, de connaître autre chose que son village, d'apprendre les différents aspects du métier. Qui aurait pu le lui reprocher ? Au reste, il y avait trop de monde dans la maison, mes parents ayant ouvert un commerce à leur compte tout en continuant d'y habiter.

Germain se trouva devant un mur infranchissable : il savait qu'il n'allait pas pouvoir continuer le métier de boulanger car ses poumons ne supportaient plus la farine, mais il savait aussi qu'il ne pourrait pas toucher de retraite – même minime – avant soixante-cinq ans. Que faire ? Il y songeait chaque heure du jour et de la nuit, et l'idée de ne plus pouvoir travailler, lui qui travaillait depuis l'âge de douze ans, le mortifiait. C'est alors qu'au lieu de s'écrouler, cet homme de fer décida de construire une petite maison à l'extrémité du terrain sur lequel avait été édifiée la boulangerie. À part pétrir le pain, il ne savait que travailler la terre. N'en possédant pas, il en louerait – au moins des prés –, élèverait des vaches et vivrait de la vente du lait et du loyer de son commerce mis en gérance. Mais pour mettre en gérance, il fallait habiter ailleurs, d'où la nécessité de construire une petite maison, une grange attenante qui ouvrirait sur le pré de derrière, libre de tout bail de location.

Une fois la décision prise, il fallut trouver la force de bâtir des murs avec des pierres récupérées un peu partout sur des murs écroulés, mais qui, bientôt, vinrent à manquer. Quand il n'eut plus de pierres, Germain se mit à mouler des moellons, un travail fastidieux qui s'ajoutait aux heures passées au fournil et aux tournées. Il n'avait pas le choix : il ne pouvait pas payer un maçon. Il se faisait aider par ses enfants, et par un journalier espagnol qu'il nourrissait à midi et le soir, afin qu'il ne lui coûte pas trop cher. Trois pièces seulement, cette maison, puisque ses enfants grandissaient et qu'ils allaient partir. D'ailleurs Georgette, sa deuxième fille, s'était mariée au début de l'année 1947 avec un jeune boulanger de Vayrac. Il aimait beaucoup cette enfant qui avait les mêmes yeux que lui, d'un bleu magnifique, et qui alliait l'énergie à la douceur. Il ne s'était pas opposé à ce mariage bien qu'elle n'eût que dix-sept ans, car il

346

savait que la grande maison ne pourrait bientôt plus remplir son office, et il ne lui déplaisait pas, bien au contraire, que sa deuxième fille épousât un homme qui exerçait le même métier que lui.

Pour achever la maison, il fallait agir vite, mais le temps et les forces lui manquaient. Les travaux n'avançaient pas assez rapidement à son gré, pourtant, à l'entrée de l'hiver 1947, les murs étaient achevés et elle était couverte.

C'est là que j'ai été baptisé, du moins c'est là qu'eut lieu le repas de baptême, comme il était d'usage, à l'époque, sur une table dressée sur toute la longueur de l'édifice, les cloisons n'ayant pas encore été montées. Je suis né dans la grande maison de Germain, et j'ai donc été baptisé dans la petite maison, toutes deux construites de ses mains. Sans doute ce baptême, maintes fois raconté par ma mère, n'a-t-il pas été étranger au fait que je l'ai achetée à la mort de Germain et de sa femme. J'y avais été tellement heureux, près d'eux, pendant mon enfance ! Hélas ! j'ai dû m'en séparer par la suite, car elle était trop enclavée et le droit de passage n'était pas respecté par le boulanger gérant de la grande, d'où des problèmes qui ternissaient mon bonheur d'en être devenu propriétaire. Je me suis consolé en me disant que Germain n'était plus là pour le voir et, d'une certaine manière pour lui rester fidèle, c'est à ce moment-là que j'ai acheté la maison d'Eugénie, là-haut, sur le causse. Aujourd'hui je la possède toujours et j'espère que je ne devrai jamais m'en séparer. D'une certaine manière, c'est la sienne, car c'est là-haut que tout s'est joué, entre Eugénie et lui, au début d'une

347

évolution dont ni l'un ni l'autre ne pouvait mesurer les conséquences.

Et là-haut, précisément, la vie était toujours aussi difficile, malgré l'aide apportée par Julien qui ne s'était pas marié. Henriette, elle, était partie, après avoir épousé un peintre en bâtiment qui l'avait emmenée dans la vallée. Mais Eugénie ne pouvait pas travailler comme elle le souhaitait à cause de la présence de Bonal. Aussi sa mort, cette année-là, fut-elle vécue par elle comme une délivrance. Elle l'avait soigné, nourri avec dévouement, mais elle n'en pouvait plus. La disparition de son deuxième époux la libéra d'un chemin de croix qu'elle avait gravi sans jamais se plaindre. Elle se retrouva seule avec Julien, s'arc-bouta sur son lopin sans le moindre revenu, sinon celui que son fils allait glaner comme ouvrier charpentier, de temps en temps, dans la vallée.

Ils descendaient à la foire avec le petit âne gris, qui n'avait pas la force de remonter la côte. Eugénie le tirait par la bride, Julien poussait la carriole, noirs tous les deux, farouches comme des corbeaux, ivres de la liberté d'une journée aussi bien que des mets avalés chez Germain. Inséparables, aussi, à tout jamais, la seule relation amoureuse de Julien ayant été épistolaire, avec une nommée Marie qui avait été terrifiée à l'idée de devoir s'installer dans l'antre d'Eugénie.

J'ai retrouvé ces lettres à la mort de Julien, dans le grenier de sa maison. Elles témoignent d'une grande sensibilité de sa part mais également d'une impossibilité viscérale à quitter sa mère. Elles s'épuisent dans les regrets, quelques reproches réciproques, toujours empreints, cependant, d'une étonnante délicatesse. Sans ces lettres, nul n'en aurait jamais rien su, à part Eugénie qui veillait comme une louve sur son petit domaine conquis de haute lutte et que seuls ses enfants et ses petits-enfants étaient autorisés à fréquenter.

Plutôt que de confier la gérance future à un étranger, Germain caressait le rêve de la céder à sa fille qui s'était mariée au boulanger de Vayrac. Ce projet l'aidait à venir à bout de la construction de la maison qui achevait de l'épuiser. Le médecin s'inquiétait beaucoup pour lui, qui ne dormait toujours pas et travaillait sans le moindre répit.

– Si vous continuez encore un an comme ça, vous n'y survivrez pas ! décréta-t-il à la fin de l'année 1948.

Germain ne pouvait se résoudre à abandonner le métier qui l'avait fait vivre depuis l'âge de seize ans. Malgré la fatigue, malgré la toux qui l'accablaient, il ne parvenait pas à franchir le pas. Sa femme le pressait, pourtant, assurant qu'ils auraient de quoi vivre, mais il ressentait cette mutation comme une défaite, et il entrait dans des colères de plus en plus violentes, qui terrifiaient tout le monde, y compris ses voisins. Il s'en prenait au gouvernement, aux militaires, à l'armée, à tous ceux qui ne travaillaient pas de leurs mains et qui ne pensaient qu'à envoyer les jeunes se faire tuer à la guerre. Car, sans la guerre, il aurait pu continuer à exercer le métier qu'il aimait, et qui les avait nourris, lui et sa famille.

Ce qu'il n'avouait pas, c'était qu'au terme de trente années de travail il n'avait pas de quoi acheter ce dont il avait besoin pour s'installer : c'est-à-dire quelques terres, les bêtes et le matériel. Il considérait de surcroît cette reconversion obligatoire comme un retour en arrière, le recul vers un statut dont il avait souffert, lui qui n'avait jamais possédé la terre mais seulement travaillé celle des autres. Il s'agissait bien d'un échec, d'un nouveau péril, alors qu'il avait cru en être pour toujours, grâce au pain, préservé.

Aurait-il franchi le pas sans le coup de pouce du destin qui intervint au début de l'année 1949 ? Je ne sais pas. Peut-être serait-il mort au travail, les poumons définitivement rongés par la farine. Toujours est-il que Jean manifesta le désir de revenir et de prendre le fonds de la boulangerie en gérance, alors que Georgette et son mari hésitaient toujours, à cause d'une situation familiale incertaine à Vayrac. Ainsi fut fait. Germain se décida en une seule journée, donna son accord à son fils pour le mois de mai, et, afin d'être certain de ne pas revenir en arrière, signa un bail chez le notaire.

Dès lors, il parut soulagé, devint moins irritable, du moins pendant quelque temps. Dans la petite maison, les cloisons avaient été enfin dressées et les murs peints à la chaux. La grange avait été terminée elle aussi. Julien vint y installer un râtelier pour les vaches et une échelle de meunier qui conduisait au grenier dans lequel serait entreposé le foin. Il ne restait plus à Germain qu'à déménager, tourner la plus belle page de sa vie, renoncer définitivement à un métier qui l'avait rendu heureux. Je ne sais s'il avait mesuré que, dans sa nouvelle activité, il n'aurait toujours pas de dimanches, la vente du lait et le soin du bétail représentant une servitude quotidienne dont on ne pouvait pas se dispenser. Mais il n'avait pas le choix. À cinquante-deux ans, il commençait une autre vie dans une maison minuscule – la deuxième qu'il ait construite de ses mains – sans être certain que sa nouvelle activité allait lui permettre de vivre décemment.

C'est là que je les ai le plus côtoyés, Germaine et lui : dans cette petite maison de trois pièces d'égale dimension – deux chambres et une cuisine chauffées par une cuisinière à bois. Deux armoires, deux lits, c'était tout. Dans la grange, d'abord trois vaches, puis six, un pré loué à l'arrière, un autre dans un hameau appelé Saint-Julien à deux kilomètres de là. Un jardin, loué lui aussi, pour les légumes, et le pain gratuit.

À lui, il ne lui en fallait pas plus : il avait été habitué dès son plus jeune âge à se contenter de peu, pas même du nécessaire. Germaine, elle, aurait bien voulu acheter de menus cadeaux à ses petits-enfants, mais il veillait sur l'argent, et c'était souvent une source de conflit entre elle et lui. Non qu'il fût avare, mais il retrouvait des réflexes de sa vie d'avant, quand il se savait en péril, démuni de tout, avec peu de ressources en argent, juste ce qu'il fallait pour vivre. Elle devait user de stratagèmes pour soustraire à la bourse commune de quoi agrémenter la vie quotidienne, c'est-à-dire, pour ses petits-enfants, une boîte de crayons de couleur, un livre, ou des oranges à la saison.

Je vivais plus près d'eux que de mes parents, ceux-ci étant très pris par leur commerce, et c'est donc pendant mon enfance que j'ai appris l'essentiel des travaux de la terre, auprès de Germain : les foins, les moissons auxquels il participait dans les fermes pour rendre les journées durant lesquelles les voisins l'avaient aidé ; la traite des vaches, leur litière à changer tous les soirs, sans oublier les travaux du jardin et ceux de la vigne, louée elle aussi, qui donnait en septembre l'occasion de magnifiques vendanges. J'ai raconté tout cela dans mes *Bonheurs d'enfance*: le quatre-heures partagé avec Germain dans les champs ou sur la table de la cuisine recouverte d'une toile cirée, le silence de cet homme incapable de livrer le moindre sentiment, mais dont le regard, d'un bleu lumineux, à lui seul, ensoleillait ma vie.

Lorsqu'il fut un peu rassuré sur ses conditions de vie, il s'apaisa. Le danger s'éloignait, il toussait moins, dormait mieux, et il se persuadait d'avoir une fois de plus trouvé la bonne solution. Ses enfants, tous, travaillaient ; Robert, maintenant, chez mon père comme apprenti. Germaine réglait de son mieux les conflits de génération qui apparaissaient de temps en temps, surtout avec la famille de Jean qui était la plus proche et partageait un domaine si difficilement acquis. Était-ce la pauvreté ? Je ne l'ai jamais ressenti à cette époque-là. Jamais un mot de dépit, jamais la moindre plainte ne sortaient de la bouche de Germain. Nombreuses étaient encore, dans les campagnes, les familles qui vivaient de peu, en économie fermée, comme vivait toujours Eugénie, là-haut, flanquée de Julien, avec lequel elle descendait régulièrement au village vérifier de son regard d'aigle que tout était en ordre. Il fallait se lever de très bonne heure, mais Germain y était habitué. Le soir, il finissait tard, après la traite, et Germaine partait livrer le lait dans le village, sa cantine à la main, pendant qu'il changeait la litière des vaches. Le reste du temps, la journée, il travaillait au jardin, et l'été, dans les champs et les prés. Un nouvel équilibre s'était créé dans sa vie, qui, en quelque sorte, le rassurait. Rien ne le menaçait. Il était resté svelte, presque maigre, mais se tenait droit comme le lui avait enseigné Eugénie.

Seule l'ombre renaissante de la guerre et le départ proche de son deuxième fils, Robert, au service militaire, le mirent en alerte. En Indochine, heureusement, seuls partaient les engagés. Pourtant, en 1950, la loi avait porté à dix-huit mois la durée du service national. Dans quelle perspective ? Dans quel but non avoué ? Il y avait là une menace précise, et Germain la devinait, qui comptait les jours depuis le départ de son fils, redoutant de découvrir une mauvaise nouvelle dans le journal. En Indochine, en effet, depuis la défaite française de Cao Bang, la situation s'aggravait et la nomination du général Salan comme commandant en chef faisait craindre l'envoi des appelés. Germain ne fut vraiment rassuré que le jour où son fils fut libéré, et plus encore à l'issue de la bataille de Diên Biên Phû, au mois de mai 1954, qui mit fin à la guerre. Si bien qu'au mois de novembre de la même année, lors de la Toussaint rouge en Algérie, il n'imagina pas que s'ouvrait là un nouveau front qui menacerait un jour Robert.

Sans la hantise de la guerre, ces années-là auraient été pour lui, j'en suis persuadé, des années de bonheur. Sa santé s'était améliorée à force de vivre au grand air, d'avoir retrouvé le sommeil, de travailler à un rythme plus adapté à son âge et à son état de santé. Il vivait libre, ne dépendait de personne, et il avait surtout compris que la solution qu'il avait trouvée était la bonne, les besoins essentiels étant satisfaits. Ses colères ne retentissaient plus que le dimanche, à l'occasion de parties de cartes au café de la gare, car il ne supportait pas de perdre. C'était le seul jour où il mettait les pieds dans le café – le dimanche après-midi, donc –, se reposant enfin un peu, au moins jusqu'à six heures, au moment où il faudrait reprendre le travail. Contrairement à beaucoup d'hommes de son âge, il n'avait jamais fréquenté ce genre d'établissement, d'abord parce qu'il avait été harcelé par le travail, sans doute aussi parce que régnait là une oisiveté coupable à ses yeux. Un début de faiblesse, ou de vice, qui n'était pas compatible avec le combat à mener pour gagner sa vie. Et s'il s'autorisait deux parties de cartes, c'était probablement pour frôler enfin le rêve des dimanches si longtemps poursuivi. La preuve d'une réussite, l'évidence d'une victoire destinées à compenser la sensation d'échec du retour à la terre.

Ils rêvaient des dimanches

On pouvait alors l'entendre crier à plus de cent mètres de là, tout simplement parce que la défaite, qu'il ne supportait pas, impliquait aussi qu'il devrait payer la tournée avec son partenaire. Et il y avait là quelque chose d'inacceptable : l'idée que son seul moment de loisirs obérait ses revenus de quelques francs – toujours cette sensation, entretenue aussi par Eugénie, que la vie était un combat jamais gagné et qu'il fallait veiller, chaque jour, à ne pas se mettre en péril. Mais le rêve à assouvir était probablement plus fort puisqu'il n'y renonça pas, sauf à la fin de sa vie. Il existait enfin un dimanche. Il avait au moins gagné cette partie-là.

Il en perdit une autre, hélas, et son fils avec lui, au printemps de l'année 1956. Robert s'était marié avec une Parisienne, prénommée Michèle, en 1955, l'ayant connue dans la capitale où il travaillait depuis son retour du service militaire. En avril, la nouvelle nous frappa comme la foudre : il venait d'être rappelé pour partir en Algérie, comme l'autorisait la loi votée récemment. J'écris « nous » car j'étais là, j'avais neuf ans, quand Robert vint nous faire ses adieux avant son départ pour ce qui était effectivement une guerre. Depuis quelques jours, déjà, on ne parlait plus qu'à voix basse chez mes parents, et Germain, lui, s'était réfugié dans un silence glacé. Il était furieux, livide, ses yeux bleus lançaient des éclairs de banquise. Il constatait une fois de plus qu'il n'avait pas assez payé, dans sa chair, le droit pour ses enfants d'être épargnés de ce que lui avait souffert.

C'était une après-midi assez douce, un jeudi, sans doute, puisque je me trouvais là au cours du repas de midi, terriblement silencieux, mais aussi au moment de la séparation, quand le fils de Germain lui dit au revoir. Germain ne le serra pas dans ses bras, il l'embrassa comme il l'avait toujours embrassé lors de ses départs pour Paris, vite, très vite, puis il s'écarta pour laisser s'approcher les autres membres de la famille. Cela se passait chez mes parents, dans la maison qu'ils louaient à cent mètres de la boulangerie. Ma mère accompagna son frère à la gare, ou peut-être mon père, mais pas Germain. Il s'était réfugié chez lui, où, d'instinct, je le rejoignis, persuadé d'une chose : il ne fallait pas prononcer le moindre mot. Il fallait être là, c'était tout, et moi j'étais là, dans la grange, près de lui, impuissant, écrasé par ma petitesse, mon incapacité à consoler cet homme qui ne pleurait pas, mais que je sentais souffrir et qui vacilla, le dos tourné, en soulevant une botte de paille, lui qui n'avait jamais vacillé en portant les sacs de farine de cent kilos.

Un peu plus tard, il est allé faire le tour du pré, derrière la maison. J'ai hésité à le suivre et j'y ai renoncé. Une voix me soufflait qu'il fallait laisser seul cet homme qui ne voulait pas montrer sa détresse. Je suis revenu dans la petite maison où ma grand-mère priait. Elle se signa très vite, puis elle me rejoignit et s'évertua à me parler d'autre chose, comme s'il lui paraissait essentiel de détourner l'attention du destin en marche.

À partir de ce jour, un petit poste de radio à transistors fit son apparition dans la maisonnette qui était entrée dans l'hiver. Chaque heure apportait des informations sur les « événements » – c'était ainsi qu'on appelait la guerre en Algérie. Nous guettions dans la bouche du speaker le nom de la ville où se trouvait en garnison le fils de Germain : Saïda. Nous ne l'entendions pas souvent, heureusement, mais les attentats, là-bas, faisaient rage, et les morts de soldats français se multipliaient, si bien que Germain en perdit la parole. Sa femme, elle, prit chaque jour le chemin de l'église, comme bien d'autres, au reste, dont les fils étaient en danger.

Ce calvaire dura six mois, six longs mois vécus dans l'angoisse, sans que ni l'un ni l'autre ne trouve la force d'en parler. Et puis, à l'automne suivant, la nouvelle tant espérée arriva : Robert rentrait en France ; il allait être démobilisé. Je vis alors Germain changer du jour au lendemain : il me sembla qu'une lumière neuve brillait dans ses yeux. Il se remit à parler, se livra un peu, comme si une digue avait cédé en lui, laissant passer quelques mots relatifs non à la guerre mais plutôt à quelque bonheur ancien, vite effacé. Cela ne dura pas, simplement le temps de me faire comprendre qu'il avait été ébranlé et qu'il cherchait les repères d'une vie ordinaire retrouvée. Le temps, aussi, de me laisser deviner une fissure dans un bloc que j'avais cru indestructible. Je ne l'en aimais que davantage, cet homme qui se rapprochait de ses petits-enfants, surtout les jours où nous travaillions dans un pré ou dans un champ. Il me donnait le pain de quatre heures comme jamais personne, depuis, ne m'en a donné : la main tournée vers le haut, grande ouverte, son regard bleu fixé sur moi. J'ai souvent pensé depuis qu'il mesurait peut-être mon âge, songeait que moi aussi j'aurais vingt ans un jour et qu'il était important de vivre le moment présent, de partager ce qu'il y avait à partager, c'est-à-dire l'essentiel : la vie de tous les jours dans sa plus simple expression, le bonheur simple et fragile du pain savouré dans l'ombre de l'été, d'une complicité muette et d'autant plus précieuse.

Il n'avait pas tort. Je n'avais pas vingt ans quand j'ai dû le quitter mais seulement douze. En pension au lycée de Brive, je ne l'ai plus retrouvé que le samedi après-midi, et encore pas toutes les semaines. Il vieillissait mais ne se courbait pas. Son fils Jean était parti à Toulouse, laissant la boulangerie à un gérant venu du Cantal, inconnu au village. Germain avait sûrement été peiné par ce départ qui sanctionnait une cohabitation difficile, fruit d'un conflit de générations qu'il était bien incapable d'admettre. Trop de différences étaient apparues entre la manière de vivre de ces années-là, et celle qui avait été la sienne au début de sa vie. Son inflexibilité, son incapacité à tolérer le moindre changement dans ce qui demeurait son domaine, avaient fini par pousser son fils à partir, des problèmes familiaux s'étant greffés sur ceux d'une cohabitation par définition compliquée.

Un échec pour Germain ? Je ne l'ai jamais su. Il n'en fit pas le moindre commentaire. L'essentiel, pour lui, était peut-être d'avoir trouvé un successeur à Jean et que le loyer continue à être versé, car il en avait besoin, la vente du lait ne représentant pas un revenu suffisant pour vivre. Une blessure supplémentaire, sans doute, jamais avouée, en tout cas pas plus que les autres.

La vie reprit son cours, et le général de Gaulle mit fin à la guerre d'Algérie. Il était temps : mon frère aîné avait vingt ans. Les années s'accumulaient sur les petits-enfants de Germain, comme sur les aïeux : Eugénie, elle, en avait quatre-vingts. Elle ne descendait plus au village, seul Julien faisait les courses, muni maintenant d'une mobylette qui avait remplacé l'âne gris. Elle travaillait toujours, ne se courbait pas plus que Germain, noire des pieds à la tête, toujours aussi farouche et perdant la vue. Je suivais Germain quand il montait la voir, conduisant la voiture de mon père. Elle posait les verres sur la table, versait le vin de la vigne travaillée par Julien, demandait :

– Et alors ?

Il donnait quelques nouvelles de la famille, des cousins ou cousines éloignés, s'inquiétait surtout pour elle et pour Julien.

– On ne manque de rien, disait-elle.

Les murs de la maison étaient noirs de suie, noir le plafond, noire la cheminée dans laquelle elle faisait la cuisine, sur un trépied où mijotait le contenu d'une marmite de fonte. Germain mesurait sans doute là le chemin parcouru, et il n'aimait pas s'attarder. C'était comme s'il redoutait d'être happé par cette pauvreté qui ne ressemblait plus à la sienne, la

pauvreté d'avant, celle dont il avait réussi à se déli-
vrer.

Et pourtant, au moment de se séparer, Eugénie
insistait toujours pour lui donner une demi-douzaine
d'œufs ou ces fromages de chèvre qui séchaient sur
une clayette accrochée au plafond et qui laissait couler de temps en temps des gouttes couleur crème sur
ceux qui, imprudemment, étaient assis dessous. Germain repoussait à plusieurs reprises la main sacrée de
sa mère, puis finissait par accepter : refuser le présent
d'Eugénie eût signifié qu'il la considérait comme
indigne de lui. Il prenait le paquet enveloppé dans
du papier-journal, ne remerciait pas, les mots, entre
eux, étant devenus superflus. Eugénie nous suivait
jusque dans la cour, observait d'un œil réservé la
voiture garée devant sa porte, reculait quand le
moteur se mettait à tourner, vaguement satisfaite,
sans jamais l'avouer, de ce qu'elle croyait être le luxe
suprême, auquel avait accédé son fils aîné.

Quatre années passèrent encore, qui le virent
mener cette vie finalement paisible, mais qui était
trop fatigante, pour lui qui avait trop travaillé. Fatigante aussi pour Germaine que je voyais porter la
cantine de lait dans la rue, et dont le cœur s'affolait.
Elle tomba malade plusieurs fois, fut soignée par ma
mère, se releva mais tangua de plus en plus le soir,
après la traite, son fardeau à la saignée du bras, si
bien qu'à soixante-cinq ans, il fallut arrêter, vendre
les bêtes, vivre d'une misérable retraite, heureusement augmentée du loyer de la boulangerie.

Je n'ai pas assisté pas au départ des six vaches, étant en pension à Brive. Mes parents ne m'en avaient pas parlé. J'ai découvert l'étable vide le samedi suivant le pré sans clôture, le foin vendu aussi, Germain subitement vacant, mais ne parvenant pas à se réjouir d'un repos bien gagné.

– Oui ! me dit-il, il le fallait bien.

Non, il ne le fallait pas, et il le savait. Car il venait de renoncer, et s'en étonnait encore, tandis que Germaine, elle, ne cachait pas son soulagement.

– Ton père a loué des terres à la Peyrade, me dit-il dans un soupir. Je les travaillerai.

C'était comme s'il se sentait coupable, comme s'il cherchait à s'excuser, la plus grande honte étant pour lui de ne pas travailler. Or il travaillait depuis l'âge de douze ans – depuis ce jour funeste où Eugénie l'avait conduit à la ferme des Bastide et l'avait laissé désemparé, pour « servir chez les autres » – soit depuis cinquante-trois ans. Et il jugeait nécessaire de continuer avec mon père, comme pour gagner son pain de chaque jour. Cet homme exemplaire avait travaillé la nuit, il avait travaillé le jour, souvent les deux, et il considérait infâmant de ne pas continuer.

Pour la première fois de sa vie, il se courba un peu mais demeura très beau, le visage aigu, le corps mince, les yeux toujours aussi bleus, les avant-bras musculeux, vêtu de son costume de velours noir, le dimanche, quand il venait déjeuner chez mes parents, savourant chaque bouchée, lentement, silencieux, étonné mais certainement heureux des propos qu'il entendait au sujet de la ville, de la vie qu'on y menait, et qui, je crois, lui rappelait Toulouse. Heureux, aussi, j'en suis certain, que ses petits-enfants puissent faire des études, mon frère aîné le premier, à la faculté de droit de Bordeaux.

Il paraissait apaisé, mais il ne l'était pas réellement. Quelques colères l'embrasaient encore, surtout à l'occasion du 11 novembre et du banquet des anciens combattants auquel il se refusait à assister. S'il n'avait rien oublié de la maudite guerre durant laquelle il avait tant souffert, il n'en parlait jamais. Je n'ai jamais osé l'interroger là-dessus. Je savais qu'il y avait là une blessure qui ne s'était jamais refermée. À cette époque-là, il refusait toujours l'infime rente d'ancien combattant : il n'avait pas encore cessé de lutter, il n'avait pas rendu les armes, à l'image d'Eugénie qui, malgré son âge, veillait là-haut sur son rocher, redoutée de tous, prête au combat, chaque matin, jetant des regards d'aigle sur la vallée étendue à ses pieds.

17

Un accord avait été passé avec mes parents, plus précisément avec ma mère qui était la plus proche de son père et de sa mère. Germain travaillerait le jardin, Germaine s'occuperait de la cuisine, et tous deux, désormais, prendraient leur repas chez leur fille. Ils ne regagneraient leur maison que le soir, pour y dormir. Ce fut un vrai bonheur pour moi, qui les avais côtoyés surtout dans leur demeure, que de les trouver plus près encore, protégés, en quelque sorte, à l'abri du besoin, car il avait été aussi tacitement entendu – mais je l'ignorais encore – que ma mère s'occuperait d'eux jusqu'au bout.

C'était la coutume alors, dans les familles, que l'un des enfants s'occupât des parents jusqu'à leur mort. Aujourd'hui les personnes âgées meurent dans les maisons de retraite ou dans les hôpitaux. Comme ma mère, décédée en 1998, à l'hôpital de Brive, où nous, ses enfants, avons dû la conduire sur la fin de sa vie pour alléger ses souffrances. Était-ce mieux avant ? Je ne sais pas. L'essentiel, sans doute, est de les accompagner le plus loin possible, jusqu'à ce que la douleur exige de les confier à ceux qui ont les moyens de l'apaiser. C'est du moins ce que l'on peut se dire pour oublier ce sentiment de culpabilité qui nous accable, parfois, en songeant au temps où les hommes et les femmes mouraient dans leur foyer.

Germain, alors, était heureux – je le sais, j'en suis sûr – de se rendre dans le jardin loué par mon père. il y puisait une nouvelle légitimité. Germaine inventait une cuisine qui me fait aujourd'hui juger fade celle des plus grands restaurants. Oui, je suis certain qu'ils se sentaient protégés, à l'abri des menaces du temps et de l'âge. Rien ne pressait : Germain partait tôt le matin sur sa bicyclette au jardin, rentrait vers onze heures, avant la grande chaleur du jour, puis il se reposait, mangeait, faisait la sieste et ne repartait que vers le soir. Une sérénité nouvelle l'habitait. Ses colères devenaient moins fréquentes. Pour les foins et les vendanges, il allait aider Julien à Murat, retrouvait Eugénie qui préparait le repas de midi, veillait sur ses deux fils, courbée davantage, désormais, mais avec la même énergie, la même force – au moins la même présence tutélaire. Seule l'intensité du regard baissait. Elle devenait aveugle, s'en accommodait sans se plaindre, soutenue par Julien qui lui manifestait une tendresse bourrue, silencieuse et bouleversante.

Eugénie demeura forte et redoutable jusqu'à la dernière année de sa vie. Je la vis seulement trois ou quatre fois, durant cette période, et chaque fois en présence de Germain, car j'avais quitté Brive pour la faculté de Limoges. Pas le moindre soupir, pas la moindre plainte ne sortait de ses lèvres. Elle se battait contre la maladie comme elle s'était battue contre l'âpreté de la vie, c'est-à-dire avec orgueil, sans jamais incliner le front.

Je n'ai pas assisté à ses derniers jours, hélas, et je le regrette. Je suis certain qu'il y a eu là un combat magnifique : le dernier que cette femme de fer livra contre une existence où rien ne lui fut donné. Je ne l'ai pas vue, non plus, sur son lit de mort. Je suis arrivé trop tard, pris par mon travail – on l'avait déjà mise en bière. Ma mère et ma tante m'ont raconté l'adieu bouleversant de Julien à sa mère, juste avant qu'on ne referme le cercueil. Il s'est avancé lentement, l'a embrassée sur le front et il lui a dit :

– Ma pauvre, il faut bien qu'on se quitte maintenant.

Ces quelques mots, dérisoires mais lumineux, sanctionnaient la fin d'une vie commune et d'un amour éperdu. Ils disaient peu mais disaient tout. Ils le renvoyaient aussi vers une solitude à laquelle rien ne l'avait préparé.

Nous sommes partis vers la petite église de Lasvaux, celle qui se trouve près de l'école que Germain dut quitter à douze ans. Je crois que c'était au mois de mai. Il faisait tiède et doux, au cœur de ce village du causse où je me rends souvent pour goûter la sérénité de ces lieux à l'écart du monde et du temps.

Au sortir de l'église, nous avons marché jusqu'au petit cimetière situé au flanc d'une colline qui s'incline doucement vers un vallon plein de fleurs. Je marchais juste derrière Germain, qui était vêtu de son costume de velours noir. Il semblait loin, regardait de temps en temps vers le chemin qu'il avait pris, enfant, à midi et le soir, pour se rendre à l'école. Pensait-il au jour où le couperet était tombé, à sa course folle vers l'instituteur qui incarnait son seul secours ? Je ne sais pas. Il marchait droit, près de Julien, qui, lui, était écrasé par le chagrin et marchait difficilement. Car il avait renoncé à tout pour sa mère et voilà qu'elle le laissait désemparé, se demandant ce qu'il allait devenir, seul, là-haut, dans la maisonnette qu'elle lui léguait.

J'ai dû repartir après le cimetière. Je ne suis pas revenu dans la maison d'Eugénie où, je l'espère, on n'a pas laissé Julien seul, au moins cette première nuit. Le dévouement, la dévotion qu'il nourrissait pour sa mère avaient peuplé sa vie mieux que ne l'eût fait une épouse venue d'ailleurs. Mais l'ombre protectrice qui planait sur le causse, et parfois jusqu'à la vallée, venait de s'envoler. Eugénie était morte. La première pierre d'un édifice patiemment édifié venait de s'écrouler.

À partir de ce jour, ses enfants, orphelins, entrèrent dans la vieillesse. Germain avait soixante-treize ans, Julien soixante-trois. Rien pour eux, comme pour nous, ne fut plus jamais comme avant. La première à flancher fut Germaine, qui s'alita, se releva, mais demeura très affaiblie. Au point qu'elle et Germain quittèrent leur petite maison pour venir habiter chez mes parents, dormir dans une chambre douillette où, sur leur lit, trônait un édredon de plumes. Germain ne manquait pas d'aller voir sa maison tous les jours. Il travaillait toujours le jardin, mais ce n'était plus celui de la route de Martel : c'était celui qui se trouvait au fond de la cour de mes parents. Au moins avait-il abandonné sa bicyclette qui le mettait en danger, ces dernières années, car il entendait de moins en moins.

Son univers s'était rétréci, comme il advient souvent, pour les personnes d'âge, mais il me semblait heureux. De chaleureux repas nous réunissaient tous, le dimanche, et le fait d'être devenu arrière-grand-père ne le contrariait pas du tout. Il souriait, écoutant les uns et les autres, un peu absent, mais savourant les huîtres de Noël qu'il avait découvertes tard, et dont il raffolait.

Il devinait que Germaine déclinait. Elle allait de plus en plus mal, rongée par un cancer dont on ne prononça jamais le nom, et que ma mère soigna dans un lit médicalisé, dans lequel Germain dormait également. La dernière fois que j'ai vu ma grand-mère vivante, il était allongé près d'elle et il la regardait s'éteindre doucement. Avec quelle souffrance ? La plus atroce, sans doute, mais elle ne lui arracha pas un gémissement. Il avait consenti à ce qui s'annonçait, car il redoutait surtout de voir souffrir celle qui, un jour, était venue chercher du pain, à Strenquels, et avait levé sur lui un regard dans lequel il s'était senti un homme. Celle qui l'avait reconnu, adopté, aimé, lui l'enfant au cœur desséché par la solitude. Elle l'avait réconcilié avec lui-même, lui avait fait envisager le monde sous un jour différent, plus habitable, moins hostile.

J'ai dit quel respect régnait entre eux. Elle

l'appelait Germain, avec une sorte de distance, d'admiration, de peur, aussi, sans doute, même à la fin de sa vie. Lui, il ne s'en approchait qu'avec précaution, comme s'il redoutait de la briser. Sans doute se méfiait-il aussi de sa violence venue de si loin, mais qui, au grand jamais, ne s'exerça contre elle. Il y avait dans son regard pour elle, outre de la tendresse, de la reconnaissance. Elle avait tout partagé, elle l'avait accompagné dans les heures les plus difficiles comme dans les moments de bonheur, elle ne l'avait jamais trahi, et elle allait mourir.

Je n'ai pas assisté à ses derniers instants, heureusement, car je n'aurais pas supporté la douleur de Germain. Douleur muette, évidemment, qui le laissait seul sur un rivage où personne ne pouvait l'aider, à part ses enfants, peut-être, je l'espère. Il demeura droit, sans larmes, mais dévasté par une souffrance qui lui laissait comme un sourire sur les lèvres – une pitié. Il ne chancela que devant la tombe, au cimetière, un bref instant seulement, murmurant ces mots qui révélaient une blessure inacceptable :

– Quand même... quand même...

J'étais tout près, soucieux de l'entraîner très vite loin de là, redoutant de le voir s'écrouler.

Ce ne fut pas le cas. Il accepta tout, même les quelques rires inévitables qui montèrent de la table où furent réunis les parents et amis, le soir, comme c'était l'usage. Il était assis en face de moi. Mon regard croisa le sien plusieurs fois, dont le bleu ressemblait à celui d'un ciel délavé par la pluie. J'ai souri. Il s'est remis à manger, a paru se perdre dans des pensées obscures, heureusement ailleurs, très loin, peut-être sur les chemins de son enfance où le chagrin l'accompagnait souvent.

Il survécut trois ans à Germaine, soigné par ses filles, allant de la petite chambre qu'il avait partagée avec elle, au jardin et à la salle à manger où il prenait ses repas en compagnie de mes parents. J'étais loin, marié, j'avais des enfants que j'emmenais parfois le voir, et qui ne l'ont jamais oublié. Ce fut une époque où il se mit un peu à parler. Non pas de son enfance, mais de son métier, de quelques événements de l'Occupation, quand il se sentait surveillé, de sa jument avec laquelle il partait en tournée, de sa première voiture, de son obsession du bois à couper, de Toulouse, du pain qu'il cuisait, de son instituteur de Lasvaux, des souvenirs sans grande importance mais qui en avaient revêtu, pour lui, sans qu'il en avoue rien. Il ne me parla jamais de sa guerre. Et pourtant elle était présente, car il étouffait de plus en plus, ses poumons ayant finalement été envahis par des tumeurs inévitables. Il est mort dans les plus grandes souffrances, dont mon père, témoin privilégié, m'a parlé. C'est avec soulagement que je l'ai accompagné vers Germaine, dans le cimetière de Beyssac qui surplombe le chemin qui mène aux champs où nous faisions quatre-heures face à face, à l'ombre des grands chênes, dans la paix de l'été.

Seul restait Julien d'une époque, d'une génération témoin d'un siècle qui vit le monde changer plus vite que pendant les dix-neuf siècles précédents. Il vivait avec ses chèvres, là-haut, sur le causse de sa vie, puisqu'il ne l'a jamais quitté. J'allais souvent le voir, lui portais des livres, dont celui que j'avais publié sur un homme nommé Antonin, et qui lui ressemblait. Il s'y était d'ailleurs reconnu, était flatté, heureux, je crois, qu'une vie comme la sienne puisse intéresser des milliers de personnes. Quand je laissais s'écouler trop de temps avant de remonter le voir, il m'accueillait froidement, me disait, bougon :

– Je t'ai cru mort.

Je commençais à raconter ce qui s'était passé depuis ma dernière visite, alors il s'amadouait, deve‧ nait soucieux de la santé des miens, des nôtres. Lui qui n'en avait jamais eu, il s'intéressait beaucoup à mes enfants. Chaque fois que je lui parlais d'eux, il pleurait.

Mais sur quoi pleurait-il ? Sur une vie dont il avait rêvé ? Sur une fiancée perdue ? Sur ces enfants, précisément, qui n'avaient jamais égayé cette maison où tout s'était joué ? C'est probablement à la suite de mes confidences qu'il me dit un jour « qu'il ne fallait pas que cette maison parte ». Sous la maladresse des mots, j'avais très bien compris ce qu'il voulait exprimer. Comme je l'ai déjà dit, je la lui ai achetée en rente viagère, cette petite maison conquise par Eugénie, l'aidant à augmenter sa misérable retraite pour une sécurité dont lui aussi, comme Eugénie, comme Germain, était soucieux.

Puis les séjours à l'hôpital se succédèrent, où j'allais régulièrement le voir. Il me disait, retrouvant les expressions d'Eugénie :

– La nuit dernière, j'ai bien pâti.

Je le rassurais de mon mieux, lui promettais un retour rapide à Murat. Ce qui fut vrai quelque temps, jusqu'au jour où il ne put rester seul sans danger. Sa dernière année dans une maison de soins fut hélas douloureuse. J'étais incapable de supporter longtemps son regard de bête prise au piège, sa dépendance, son immense chagrin. J'y allais pourtant très souvent, lui racontant la vie qui continuait ailleurs, et qui l'intéressait toujours, mais je ne pouvais pas rester plus d'une demi-heure en ces lieux où régnaient la souffrance et le malheur de devoir mourir seul.

Il s'est éteint en 1994, un jour de juillet. Je l'avais vu la veille, et, dans son demi-coma, il me semble qu'il avait prononcé le mot « maison » en serrant la main que j'avais glissée entre ses doigts. Il a rejoint Eugénie dans le cimetière de Lasvaux, d'où l'on aperçoit le chemin de crête qui mène à Murat. Seule demeure là-haut, la maison d'Eugénie, devenue mienne, qui veille toujours sur la vallée, assise sur ses blocs de rocher indestructibles.

Quand je l'ai rénovée, avant de poser le carrelage, le maçon a voulu miner les roches qui soutiennent les murs, mais elles se sont à peine fissurées. Je les ai donc gardées, et chaque fois que mon regard les rencontre, elles me rappellent qu'il y a là quelque chose sur lequel ni le temps ni les hommes n'ont de prise.

Je m'y rends très souvent pour prendre pied sur ce socle où sommeille la maison d'Eugénie, et j'y puise des forces avant de regagner le monde des vivants d'où elle-même, Germain et Julien n'ont jamais vraiment disparu. Ils continuent de m'habiter, de me parler, et leur proximité diffuse en moi la chaleur des pierres en été. Je ne doute pas qu'ils me regardent et qu'ils me jugent. Et de ce jugement-là, je ne suis jamais sorti indemne, seulement coupable, jusqu'à ce jour, de n'avoir pu témoigner de leur œuvre humaine

18

QU'EST-CE qui compte, en effet, dans une vie, sinon la fidélité à un monde, à des êtres à qui nous devons tout, qui nous ont fait ce que nous sommes – ces branches d'un arbre, qui, sans les mots, frissonneraient éternellement dans le silence ? À quoi serviraient les livres s'ils ne portaient témoignage de ceux qui ont aimé, qui ont souffert, qui ont lutté pour eux-mêmes, mais aussi et surtout pour préparer l'existence de leurs enfants et de leurs petits-enfants ?

Peu importe qu'elles aient été banales, ces vies. En vérité, aucune ne l'est dès qu'elle a subi le choc de l'Histoire en marche, de ses guerres ou de ses grandes mutations. Elles appartiennent alors à des hommes et à des femmes dont le passage sur terre a eu des conséquences, a laissé des traces. Celles dont j'ai écrit montrent incontestablement que les vies d'avant n'étaient pas plus aisées que celles d'aujourd'hui – je parle de ceux qui ne possédaient rien, sinon leurs mains pour travailler – que la nostalgie à leur égard serait malvenue, qu'il ne s'agit pas de comparer, mais de dire, simplement que l'existence de ces êtres n'était ni pire ni meilleure. Elle était ainsi, tout simplement.

Ces vies ressemblent à beaucoup d'autres, parce que, pour beaucoup de familles, le XXᵉ siècle a été un formidable ascenseur social. Mais aujourd'hui, en 2008, nul n'est sûr que ses enfants vivront mieux que lui. En moins de dix ans, le monde a changé à une vitesse folle, et il n'est pas certain qu'il change aussi vite pendant les cinquante prochaines années. Aujourd'hui, on est censé beaucoup communiquer, mais on ne transmet pas. Cette communication est horizontale, rarement verticale. Seuls les livres transmettent vraiment. C'est peut-être la raison de leur survie À condition qu'ils ne se limitent pas au monde contemporain qui n'a pas besoin d'eux. Les journalistes, la télévision et le Web suffisent amplement à rendre compte d'une réalité quotidienne que nul n'ignore plus, dans un monde où travailler de ses mains est désormais mal porté.

On ne reviendra pas en arrière et il ne le faut pas. Au reste, la marche du monde ne s'est jamais embarrassée des vies minuscules, hier pas plus qu'aujourd'hui. Pour moi, ces existences du siècle passé sont précieuses uniquement parce qu'elles constituent un socle sur lequel prendre appui pour franchir les obstacles. Puiser à leur source doit donner des forces pour rendre demain meilleur. La littérature, qui est, je crois, avant tout, une lutte perpétuelle contre l'oubli et le temps, doit s'attacher à cette mission grâce à laquelle, j'espère, elle survivra tout en témoignant du fait que les hommes, comme les arbres, pour pousser haut ont besoin de racines profondes et vigoureuses.

Une conviction m'habite et me protège : si je suis devenu écrivain, c'est parce que je suis le petit-fils de Germain et l'arrière-petit-fils d'Eugénie, deux magnifiques branches d'un arbre dont les feuilles frissonnent au vent de l'éternité. J'ai toujours su qu'un jour je les ferais sortir du silence dans lequel, humblement, ils s'étaient réfugiés.

DU MÊME AUTEUR

Aux Éditions Albin Michel

LES VIGNES DE SAINTE-COLOMBE :
1. Les Vignes de Sainte-Colombe (Grand Prix des lecteurs du Livre de Poche), 1996.
2. La Lumière des collines (Prix des maisons de la Presse) 1997.

BONHEUR D'ENFANCE, 1996.

LA PROMESSE DES SOURCES, 1998.

BLEUS SONT LES ÉTÉS, 1998.

LES CHÊNES D'OR, 1999.

CE QUE VIVENT LES HOMMES :
1. Les Noëls blancs, 2000.
2. Les Printemps de ce monde, 2001.

UNE ANNÉE DE NEIGE, 2002.

CETTE VIE OU CELLE D'APRÈS, 2003.

LA GRANDE ÎLE, 2004.

LES VRAIS BONHEURS, 2005.

LES MESSIEURS DE GRANDVAL :
1. Les Messieurs de Grandval (Grand Prix de littérature populaire de la Société des gens de lettres), 2005.
2. Les Dames de la Ferrière, 2006.

UN MATIN SUR LA TERRE (Prix Claude Farrère des écrivains combattants), 2007.

Composition IGS-CP
Impression CPI Bussière en décembre 2009
à Saint-Amand-Montrond (Cher)
Editions Albin Michel
22, rue Huyghens, 75014 Paris
www.albin-michel.fr

ISBN broché 978-2-226-18851-9
ISBN luxe 978-2-226-18415-3
N° d'édition : 18183/09. – N° d'impression : 093543/4.
Dépôt légal : octobre 2008.
Imprimé en France.